魯迅文選

魯迅 著

魯迅留日時期。

作者像。

1933 年 5 月 1 日，攝於上海。
魯迅身著伴侶許廣平所織的毛衣。

魯迅與伴侶許廣平以及兒子周海嬰。

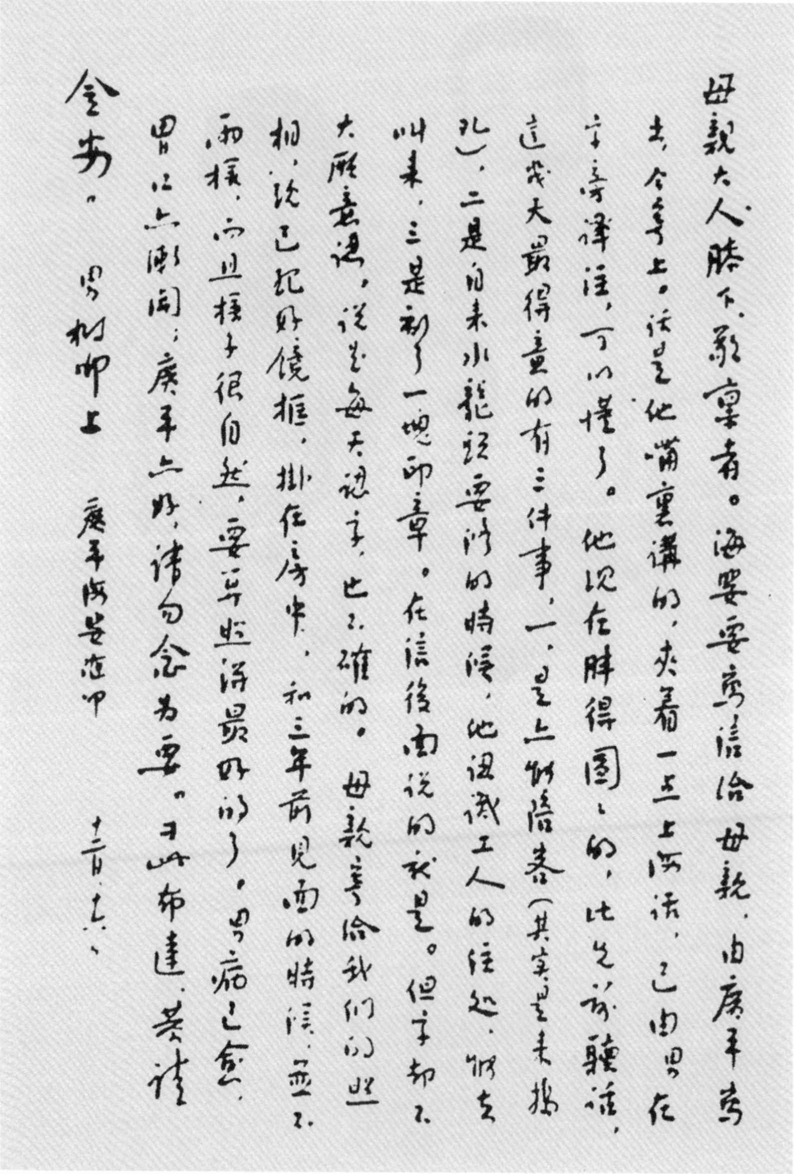
母親大人膝下，敬稟者。海嬰要寫信給母親，由廣平寫去，今寄上。信是他嘴裏講的，夾着一点上海話，已由男在字旁譯注，可以懂了。他現在胖得圓圓的，比先前聽話，這幾天最得益的有三件事，一，是上幼稚園（其實是來搗亂），二是自來水龍頭要關的時候，他認識工人的住處，能去叫來，三是刻了一塊印章。在信後面說的就是。但字却不大雅觀，說是每天認字，也不確的。母親寄給我們的照相，現已配好鏡框，掛在房中，和三年前見面的時候，並不兩樣，而且樣子很自然，要算照得最好的了。男病已愈，胃口亦開；廣平亦好，請勿念為要。專此布達，恭請
金安。　男樹叩上　廣平海嬰同叩　十二月十六

魯迅書信手稿翻拍。

三味書屋，魯迅幼時讀書之所。

魯迅上海藏書處（外景）。

魯迅上海藏書處（內景）。

青春回想

生活所感

詩文散著

故人往事

論中國人

關於文章

時有所感

青春回想

從百草園到三味書屋

我家的後面有一個很大的園，相傳叫作百草園。現在是早已併屋子一起賣給朱文公[1]的子孫了，連那最末次的相見也已經隔了七八年，其中似乎確鑿只有一些野草；但那時卻是我的樂園。

不必說碧綠的菜畦，光滑的石井欄，高大的皂莢樹，紫紅的桑椹；也不必說鳴蟬在樹葉裡長吟，肥胖的黃蜂伏在菜花上，輕捷的叫天子（雲雀）忽然從草間直竄向雲霄裡去了。單是周圍的短短的泥牆根一帶，就有無限趣味。油蛉在這裡低唱，蟋蟀們在這裡彈琴。翻開斷磚來，有時會遇見蜈蚣；還有斑蝥，倘若用手指按住牠的脊梁，便會拍的一聲，從後竅噴出一陣煙霧。何首烏藤和木蓮藤纏絡著，木蓮有蓮房一般的果實，何首烏有擁腫的根。有人說，何首烏根是有像人形的，吃了便可以成仙，我於是常常拔它起來，牽連不斷地拔起來，也曾因此弄壞了泥牆，卻從來沒有見過有一塊根像人樣。如果不怕刺，還可以摘到覆盆子，像小珊瑚珠攢成的小球，又酸又甜，色味都比桑椹要好得遠。

1. 朱文公，即朱熹，諡文，又稱朱文公。此屋於 1919 年賣給姓朱的人，所以作者在此戲稱。

長的草裡是不去的，因為相傳這園裡有一條很大的赤練蛇。

長媽媽曾經講給我一個故事聽：先前，有一個讀書人住在古廟裡用功，晚間，在院子裡納涼的時候，突然聽到有人在叫他。答應著，四面看時，卻見一個美女的臉露在牆頭上，向他一笑，隱去了。他很高興；但竟給那走來夜談的老和尚識破了機關。說他臉上有些妖氣，一定遇見「美女蛇」了；這是人首蛇身的怪物，能喚人名，倘一答應，夜間便要來吃這人的肉的。他自然嚇得要死，而那老和尚卻道無妨，給他一個小盒子，說只要放在枕邊，便可高枕而臥。他雖然照樣辦，卻總是睡不著，——當然睡不著的。到半夜，果然來了，沙沙沙！門外像是風雨聲。他正抖作一團時，卻聽得豁的一聲，一道金光從枕邊飛出，外面便什麼聲音也沒有了，那金光也就飛回來，斂在盒子裡。後來呢？後來，老和尚說，這是飛蜈蚣，牠能吸蛇的腦髓，美女蛇就被牠治死了。

結末的教訓是：所以倘有陌生的聲音叫你的名字，你萬不可答應他。

這故事很使我覺得做人之險，夏夜乘涼，往往有些擔心，不敢去看牆上，而且極想得到一盒老和尚那樣的飛蜈蚣。走到百草園的草叢旁邊時，也常常這樣想。但直到現在，總還是沒有得到，但也沒有遇見過赤練蛇和美女蛇。叫我名字的陌生聲音自然是常有的，然而都不是美女蛇。

冬天的百草園比較的無味；雪一下，可就兩樣了。拍雪人（將自己的全形印在雪上）和塑雪羅漢需要人們鑒賞，這是荒園，人跡罕至，所以不相宜，只好來捕鳥。薄薄的雪，是不行的；總須積雪蓋了地面一兩天，鳥雀們久已無處覓食的時候才好。掃開一塊雪，露出地面，用一枝短棒支起一面大的竹篩來，下面撒些秕穀，棒上繫一條長繩，人遠遠地牽著，看鳥雀下來啄食，走到竹篩底下的時候，將繩子一拉，便罩住了。但所得的是麻雀居多，也有白頰的「張飛鳥」，性子很躁，養不過夜的。

這是閏土的父親所傳授的方法，我卻不大能用。明明見牠們進去了，拉了繩，跑去一看，卻什麼都沒有，費了半天力，捉住的不過三四隻。閏土的父親是小半天便能捕獲幾十隻，裝在叉袋裡叫著撞著的。我曾經問他得失的緣由，他只靜靜地笑道：你太性急，來不及等牠走到中間去。

我不知道為什麼家裡的人要將我送進書塾裡去了，而且還是全城中稱為最嚴厲的書塾。也許是因為拔何首烏毀了泥牆罷，也許是因為將磚頭拋到間壁的梁家去了罷，也許是因為站在石井欄上跳了下來罷，……都無從知道。總而言之：我將不能常到百草園了。Ade[2]，我的蟋蟀們！Ade，我的覆盆子們和木蓮們！……出門向東，不上半里，走過一道石橋，便是我的先生的家了。從一扇黑油的竹門進去，第三間是書房。中間掛著一塊扁道：三味書屋；扁下面是一幅畫，畫著一隻很肥大的梅花鹿伏在古樹下。沒有孔子牌位，我們便對著那扁和鹿行禮。第一次算是拜孔子，第二次算是拜先生。

第二次行禮時，先生便和藹地在一旁答禮。他是一個高而瘦的老人，鬚髮都花白了，還戴著大眼鏡。我對他很恭敬，因為我早聽到，他是本城中極方正，質樸，博學的人。

不知從哪裡聽來的，東方朔也很淵博，他認識一種蟲，名曰「怪哉」，冤氣所化，用酒一澆，就消釋了。我很想詳細地知道這故事，但阿長是不知道的，因為她畢竟不淵博。現在得到機會了，可以問先生。

「先生，『怪哉』這蟲，是怎麼一回事？……」我上了生書，將要退下來的時候，趕忙問。

「不知道！」他似乎很不高興，臉上還有怒色了。

我才知道做學生是不應該問這些事的，只要讀書，因為他是淵博的宿儒，決不

2. Ade：德語，「再見」的意思。

至於不知道，所謂不知道者，乃是不願意說。年紀比我大的人，往往如此，我遇見過好幾回了。

我就只讀書，正午習字，晚上對課。先生最初這幾天對我很嚴厲，後來卻好起來了，不過給我讀的書漸漸加多，對課也漸漸地加上字去，從三言到五言，終於到七言。

三味書屋後面也有一個園，雖然小，但在那裡也可以爬上花壇去折蠟梅花，在地上或桂花樹上尋蟬蛻。最好的工作是捉了蒼蠅餵螞蟻，靜悄悄地沒有聲音。然而同窗們到園裡的太多，太久，可就不行了，先生在書房裡便大叫起來：

「人都到哪裡去了？！」

人們便一個一個陸續走回去；一同回去，也不行的。他有一條戒尺，但是不常用，也有罰跪的規則，但也不常用，普通總不過瞪幾眼，大聲道：

「讀書！」

於是大家放開喉嚨讀一陣書，真是人聲鼎沸。有念「仁遠乎哉我欲仁斯仁至矣」[3]的，有念「笑人齒缺曰狗竇大開」[4]的，有念「上九潛龍勿用」[5]的，有念「厥土下上上錯厥貢苞茅橘柚」[6]的……。先生自己也念書。後來，我們的聲音便低下去，

3. 出自《論語．述而》。
4. 出自《幼學瓊林．身體》。
5. 出自《周易．乾》。
6. 出自《尚書．禹貢》。

靜下去了，只有他還大聲朗讀著：

「鐵如意，指揮倜儻，一座皆驚呢；金叵羅，顛倒淋漓噫，千杯未醉嗬……。」[7]

我疑心這是極好的文章，因為讀到這裡，他總是微笑起來，而且將頭仰起，搖著，向後面拗過去，拗過去。

先生讀書入神的時候，於我們是很相宜的。有幾個便用紙糊的盔甲套在指甲上做戲。我是畫畫兒，用一種叫作「荊川紙」的，蒙在小說的繡像上一個個描下來，像習字時候的影寫一樣。讀的書多起來，畫的畫也多起來；書沒有讀成，畫的成績卻不少了，最成片段的是《蕩寇志》和《西遊記》的繡像，都有一大本。後來，因為要錢用，賣給一個有錢的同窗了。他的父親是開錫箔店的；聽說現在自己已經做了店主，而且快要升到紳士的地位了。這東西早已沒有了罷。

九月十八日

7. 出自清末劉翰《李克用置酒三垂崗賦》。

雪

暖國的雨，向來沒有變過冰冷的堅硬的燦爛的雪花。博識的人們覺得他單調，他自己也以為不幸否耶？江南的雪，可是滋潤美豔之至了；那是還在隱約著的青春的消息，是極壯健的處子的皮膚。雪野中有血紅的寶珠山茶，白中隱青的單瓣梅花，深黃的磬口的蠟梅花；雪下面還有冷綠的雜草。蝴蝶確乎沒有；蜜蜂是否來採山茶花和梅花的蜜，我可記不真切了。但我的眼前彷彿看見冬花開在雪野中，有許多蜜蜂們忙碌地飛著，也聽得他們嗡嗡地鬧著。

孩子們呵著凍得通紅，像紫芽薑一般的小手，七八個一齊來塑雪羅漢。因為不成功，誰的父親也來幫忙了。羅漢就塑得比孩子們高得多，雖然不過是上小下大的一堆，終於分不清是壺盧還是羅漢，然而很潔白，很明豔，以自身的滋潤相黏結，整個地閃閃地生光。孩子們用龍眼核給他做眼珠，又從誰的母親的脂粉奩中偷得胭脂來塗在嘴唇上。這回確是一個大阿羅漢了。他也就目光灼灼地嘴唇通紅地坐在雪地裡。

第二天還有幾個孩子來訪問他；對了他拍手，點頭，嘻笑。但他終於獨自坐著了。晴天又來消釋他的皮膚，寒夜又使他結一層冰，化作不透明的水晶模樣，連續的晴天又使他成為不知道算什麼，而嘴上的胭脂也褪盡了。

但是，朔方的雪花在紛飛之後，卻永遠如粉，如沙，他們決不黏連，撒在屋上，地上，枯草上，就是這樣。屋上的雪是早已就有消化了的，因為屋裡居人的火的溫熱。別的，在晴天之下，旋風忽來，便蓬勃地奮飛，在日光中燦燦地生光，如包藏火焰的大霧，旋轉而且升騰，彌漫太空，使太空旋轉而且升騰地閃爍。

在無邊的曠野上，在凜冽的天宇下，閃閃地旋轉升騰著的是雨的精魂……

是的，那是孤獨的雪，是死掉的雨，是雨的精魂。

一九二五年一月十八日

風箏

北京的冬季，地上還有積雪，灰黑色的禿樹枝丫叉於晴朗的天空中，而遠處有一二風箏浮動，在我是一種驚異和悲哀。

故鄉的風箏時節，是春二月，倘聽到沙沙的風輪聲，仰頭便能看見一個淡墨色的蟹風箏或嫩藍色的蜈蚣風箏。還有寂寞的瓦片風箏，沒有風輪，又放得很低，伶仃地顯出憔悴可憐模樣。但此時地上的楊柳已經發芽，早的山桃也多吐蕾，和孩子們的天上的點綴相照應，打成一片春日的溫和。我現在在哪裡呢？四面都還是嚴冬的肅殺，而久經訣別的故鄉的久經逝去的春天，卻就在這天空中蕩漾了。

但我是向來不愛放風箏的，不但不愛，並且嫌惡他，因為我以為這是沒出息孩子所做的玩藝。和我相反的是我的小兄弟，他那時大概十歲內外罷，多病，瘦得不堪，然而最喜歡風箏，自己買不起，我又不許放，他只得張著小嘴，呆看著空中出神，有時至於小半日。遠處的蟹風箏突然落下來了，他驚呼；兩個瓦片風箏的纏繞解開了，他高興得跳躍。他的這些，在我看來都是笑柄，可鄙的。

有一天，我忽然想起，似乎多日不很看見他了，但記得曾見他在後園拾枯竹。我恍然大悟似的，便跑向少有人去的一間堆積雜物的小屋去，推開門，果然就在塵封的什物堆中發見了他。他向著大方凳，坐在小凳上；便很驚惶地站了起來，失了色瑟縮著。大方凳旁靠著一個蝴蝶風箏的竹骨，還沒有糊上紙，凳上是一對做眼睛用的小風輪，正用紅紙條裝飾著，將要完工了。我在破獲秘密的滿足中，又很憤怒他的瞞了我的眼睛，這樣苦心孤詣地來偷做沒出息孩子的玩藝。我即刻伸手折斷了蝴蝶的一支翅骨，又將風輪擲在地下，踏扁了。論長幼，論力氣，他是都敵不過我的，我當然得到完全的勝利，於是傲然走出，留他絕望地站在小屋裡。後來他怎樣，我不知道，也沒有留心。

然而我的懲罰終於輪到了，在我們離別得很久之後，我已經是中年。我不幸偶而看了一本外國的講論兒童的書，才知道遊戲是兒童最正當的行為，玩具是兒童的天使。於是二十年來毫不憶及的幼小時候對於精神的虐殺的這一幕，忽地在眼前展開，而我的心也彷彿同時變了鉛塊，很重很重的墮下去了。

但心又不竟墮下去而至於斷絕，他只是很重很重地墮著，墮著。

我也知道補過的方法的：送他風箏，贊成他放，勸他放，我和他一同放。我們嚷著，跑著，笑著。——然而他其時已經和我一樣，早已有了鬍子了。

我也知道還有一個補過的方法的：去討他的寬恕，等他說，「我可是毫不怪你呵。」那麼，我的心一定就輕鬆了，這確是一個可行的方法。有一回，我們會面的時候，是臉上都已添刻了許多「生」的辛苦的條紋，而我的心很沉重。我們漸漸談起兒時的舊事來，我便敘述到這一節，自說少年時代的糊塗。「我可是毫不怪你呵。」我想，他要說了，我即刻便受了寬恕，我的心從此也寬鬆了罷。

「有過這樣的事麼？」他驚異地笑著說，就像旁聽著別人的故事一樣。他什麼也不記得了。

全然忘卻，毫無怨恨，又有什麼寬恕之可言呢？無怨的恕，說謊罷了。

我還能希求什麼呢？我的心只得沉重著。

現在，故鄉的春天又在這異地的空中了，既給我久經逝去的兒時的回憶，而一併也帶著無可把握的悲哀。我倒不如躲到肅殺的嚴冬中去罷，——但是，四面又明明是嚴冬，正給我非常的寒威和冷氣。

一九二五年一月二十四日

秋夜

在我的後園，可以看見牆外有兩株樹，一株是棗樹，還有一株也是棗樹。

這上面的夜的天空，奇怪而高，我生平沒有見過這樣的奇怪而高的天空。他彷彿要離開人間而去，使人們仰面不再看見。然而現在卻非常之藍，閃閃地映著幾十個星星的眼，冷眼。他的口角上現出微笑，似乎自以為大有深意，而將繁霜灑在我的園裡的野花草上。

我不知道那些花草真叫什麼名字，人們叫他們什麼名字。我記得有一種開過極細小的粉紅花，現在還開著，但是更極細小了，她在冷的夜氣中，瑟縮地做夢，夢見春的到來，夢見秋的到來，夢見瘦的詩人將眼淚擦在她最末的花瓣上，告訴她秋雖然來，冬雖然來，而此後接著還是春，蝴蝶亂飛，蜜蜂都唱起春詞來了。她於是一笑，雖然顏色凍得紅慘慘地，仍然瑟縮著。

棗樹，他們簡直落盡了葉子。先前，還有一兩個孩子來打他們別人打剩的棗子，現在是一個也不剩了，連葉子也落盡了。他知道小粉紅花的夢，秋後要有春；他也知道落葉的夢，春後還是秋。他簡直落盡葉子，單剩幹子，然而脫了當初滿樹是果實和葉子時候的弧形，欠伸得很舒服。但是，有幾枝還低亞著，護定他從打棗的竿梢所得的皮傷，而最直最長的幾枝，卻已默默地鐵似的直刺著奇怪而高的天空，使天空閃閃地鬼䀹眼；直刺著天空中圓滿的月亮，使月亮窘得發白。

鬼䀹眼的天空越加非常之藍，不安了，彷彿想離去人間，避開棗樹，只將月亮剩下。然而月亮也暗暗地躲到東邊去了。而一無所有的幹子，卻仍然默默地鐵似的直刺著奇怪而高的天空，一意要制他的死命，不管他各式各樣䀹地著許多蠱惑的眼睛。

哇的一聲，夜遊的惡鳥飛過了。

我忽而聽到夜半的笑聲，吃吃地，似乎不願意驚動睡著的人，然而四圍的空氣都應和著笑。夜半，沒有別的人，我即刻聽出這聲音就在我嘴裡，我也即刻被這笑聲所驅逐，回進自己的房。燈火的帶子也即刻被我旋高了。

後窗的玻璃上丁丁地響，還有許多小飛蟲亂撞。不多久，幾個進來了，許是從窗紙的破孔進來的。他們一進來，又在玻璃的燈罩上撞得丁丁地響。一個從上面撞進去了，他於是遇到火，而且我以為這火是真的。兩三個卻休息在燈的紙罩上喘氣。

那罩是昨晚新換的罩，雪白的紙，折出波浪紋的迭痕，一角還畫出一枝猩紅色的梔子。

猩紅的梔子開花時，棗樹又要做小粉紅花的夢，青蔥地彎成弧形了……我又聽到夜半的笑聲；我趕緊砍斷我的心緒，看那老在白紙罩上的小青蟲，頭大尾小，向日葵子似的，只有半粒小麥那麼大，遍身的顏色蒼翠得可愛，可憐。

我打一個呵欠，點起一支紙煙，噴出煙來，對著燈默默地敬奠這些蒼翠精緻的英雄們。

一九二四年九月十五日

臘葉

燈下看《雁門集》，忽然翻出一片壓乾的楓葉來。

這使我記起去年的深秋。繁霜夜降，木葉多半凋零，庭前的一株小小的楓樹也變成紅色了。我曾繞樹徘徊，細看葉片的顏色，當他青蔥的時候是從沒有這麼注意的。他也並非全樹通紅，最多的是淺絳，有幾片則在緋紅地上，還帶有幾團濃綠。一片獨有一點蛀孔，鑲著烏黑的花邊，在紅，黃和綠的斑駁中，明眸似的向人凝視。我自念：這是病葉呵！便將他摘了下來，夾在剛才買到的《雁門集》裡。大概是願使這將墜的被蝕而斑斕的顏色，暫得保存，不即與群葉一同飄散罷。

但今夜他卻黃蠟似的躺在我的眼前，那眸子也不復似去年一般灼灼。假使再過幾年，舊時的顏色在我記憶中消去，怕連我也不知道他何以夾在書裡面的原因了。將墜的病葉的斑斕，似乎也只能在極短時中相對，更何況是蔥郁的呢。看看窗外，很能耐寒的樹木也早經禿盡了；楓樹更何消說得。當深秋時，想來也許有和這去年的模樣相似的病葉的罷，但可惜我今年竟沒有賞玩秋樹的餘閒。

一九二五年十二月二十六日

五猖會

孩子們所盼望的，過年過節之外，大概要數迎神賽會的時候了。但我家的所在很偏僻，待到賽會的行列經過時，一定已在下午，儀仗之類，也減而又減，所剩的極其寥寥。往往伸著頸子等候多時，卻只見十幾個人抬著一個金臉或藍臉紅臉的神像匆匆地跑過去。於是，完了。

我常存著這樣的一個希望：這一次所見的賽會，比前一次繁盛些。可是結果總是一個「差不多」；也總是只留下一個紀念品，就是當神像還未抬過之前，花一文錢買下的，用一點爛泥，一點顏色紙，一枝竹籤和兩三枝雞毛所做的，吹起來會發出一種刺耳的聲音的哨子，叫作「吹都都」的，吡吡地吹它兩三天。

現在看看《陶庵夢憶》，覺得那時的賽會，真是豪奢極了，雖然明人的文章，怕難免有些誇大。因為禱雨而迎龍王，現在也還有的，但辦法卻已經很簡單，不過是十多人盤旋著一條龍，以及村童們扮些海鬼。那時卻還要扮故事，而且實在奇拔得可觀。他記扮《水滸傳》中人物云：「……於是分頭四出，尋黑矮漢，尋梢長大漢，尋頭陀[1]，尋胖大和尚，尋茁壯婦人，尋姣長婦人，尋青面，尋歪頭，尋赤鬚，尋美髯，尋黑大漢，尋赤臉長鬚。大索城中；無，則之郭，之村，之山僻，之鄰府州縣。用重價聘之，得三十六人，梁山泊好漢，個個呵活，臻臻至至，人馬稱娖而行。……」這樣的白描的活古人，誰能不動一看的雅興呢？可惜這種盛舉，早已和明社一同消滅了。

賽會雖然不像現在上海的旗袍，北京的談國事，為當局所禁止，然而婦孺們是不許看的，讀書人即所謂士子，也大抵不肯趕去看。只有遊手好閒的閒人，這才跑到廟前或衙門前去看熱鬧；我關於賽會的知識，多半是從他們的敘述上得來的，並非考據家所貴重的「眼學」[2]。然而記得有一回，也親見過較盛的賽會。開首是一個孩子騎馬先來，稱為「塘報」；過了許久，「高照」到了，長竹竿揭起一條很長的旗，一個汗流浹背的胖大漢用兩手托著；他高興的時候，就肯將竿頭放在頭頂或牙齒上，甚而至於鼻尖。其次是所謂「高蹺」，「抬閣」，「馬頭」了；還有扮犯人的，紅衣枷鎖，內中也有孩子。我那時覺得這些都是有光榮的事業，與聞其事的即全是大有運氣的人，——大概羨慕他們的出風頭罷。我想，我為什麼不生一場重病，使我的母親也好到廟裡去許下一個「扮犯人」的心願的呢？……然而我到現在

1. 梵語音譯。原指佛教苦行，後用以稱遊方乞食的和尚。
2. 語出《顏氏家訓．勉學》：「談說製文，援引古昔，必須眼學，勿信耳受。」意即：做學問寫文章所引用之資料必須親眼看過。

終於沒有和賽會發生關係過。

要到東關看五猖會去了。這是我兒時所罕逢的一件盛事。因為那會是全縣中最盛的會，東關又是離我家很遠的地方，出城還有六十多里水路，在那裡有兩座特別的廟。一是梅姑廟，就是《聊齋志異》所記，室女守節，死後成神，卻篡取別人的丈夫的；現在神座上確塑著一對少年男女，眉開眼笑，殊與「禮教」有妨。其一便是五猖廟了，名目就奇特。據有考據癖的人說：這就是五通神。然而也並無確據。神像是五個男人，也不見有什麼猖獗之狀；後面列坐著五位太太，卻並不「分坐」，遠不及北京戲園裡界限之謹嚴。其實呢，這也是殊與「禮教」有妨的，——但他們既然是五猖，便也無法可想，而且自然也就「又作別論」了。

因為東關離城遠，大清早大家就起來。昨夜預定好的三道明瓦窗的大船，已經泊在河埠頭，船椅，飯菜，茶炊，點心盒子，都在陸續搬下去了。我笑著跳著，催他們要搬得快。忽然，工人的臉色很謹肅了，我知道有些蹊蹺，四面一看，父親就站在我背後。

「去拿你的書來。」他慢慢地說。

這所謂「書」，是指我開蒙時候所讀的《鑒略》[3]，因為我再沒有第二本了。

3. 清代王仕云著，四言韵語，上起盤古，下迄明代弘光。舊時學塾所使用的初級歷史讀物。

我們那裡上學的歲數是多揀單數的，所以這使我記住我其時是七歲。

我忐忑著，拿了書來了。他使我同坐在堂中央的桌子前，教我一句一句地讀下去。我擔著心，一句一句地讀下去。

兩句一行，大約讀了二三十行罷，他說：「給我讀熟。背不出，就不准去看會。」他說完，便站起來，走進房裡去了。

我似乎從頭上澆了一盆冷水。但是，有什麼法子呢？自然是讀著，讀著，強記著，——而且要背出來。

粵自盤古，生於太荒，
首出御世，肇開混茫。

就是這樣的書，我現在只記得前四句，別的都忘卻了；那時所強記的二三十行，自然也一齊忘卻在裡面了。記得那時聽人說，讀《鑒略》比讀《千字文》，《百家姓》有用得多，因為可以知道從古到今的大概。知道從古到今的大概，那當然是很好的，然而我一字也不懂。「粵自盤古」就是「粵自盤古」，讀下去，記住它，「粵自盤古」呵！「生於太荒」呵！……

應用的物件已經搬完，家中由忙亂轉成靜肅了。朝陽照著西牆，天氣很清朗。

母親，工人，長媽媽即阿長，都無法營救，只默默地靜候著我讀熟，而且背出來。在百靜中，我似乎頭裡要伸出許多鐵鉗，將什麼「生於太荒」之流夾住；也聽到自己急急誦讀的聲音發著抖，彷彿深秋的蟋蟀，在夜中鳴叫似的。

他們都等候著；太陽也升得更高了。

我忽然似乎已經很有把握，便即站了起來，拿書走進父親的書房，一氣背將下去，夢似的就背完了。「不錯。去罷。」父親點著頭，說。

大家同時活動起來，臉上都露出笑容，向河埠走去。工人將我高高地抱起，彷彿在祝賀我的成功一般，快步走在最前頭。

我卻並沒有他們那麼高興。開船以後，水路中的風景，盒子裡的點心，以及到了東關的五猖會的熱鬧，對於我似乎都沒有什麼大意思。

直到現在，別的完全忘卻，不留一點痕跡了，只有背誦《鑑略》這一段，卻還分明如昨日事。

我至今一想起，還詫異我的父親何以要在那時候叫我來背書。

五月二十五日

無常

迎神賽會這一天出巡的神，如果是掌握生殺之權的，——不，這生殺之權四個字不大妥，凡是神，在中國彷彿都有些隨意殺人的權柄似的，倒不如說是職掌人民的生死大事的罷，就如城隍和東嶽大帝之類，那麼，他的鹵簿中間就另有一群特別的腳色[1]：鬼卒，鬼王，還有活無常。

這些鬼物們，大概都是由粗人和鄉下人扮演的。鬼卒和鬼王是紅紅綠綠的衣裳，赤著腳；藍臉，上面又畫些魚鱗，也許是龍鱗或別的什麼鱗罷，我不大清楚。鬼卒拿著鋼叉，叉環振得琅琅地響，鬼王拿的是一塊小小的虎頭牌。據傳說，鬼王是只用一隻腳走路的；但他究竟是鄉下人，雖然臉上已經畫上些魚鱗或者別的什麼鱗，卻仍然只得用了兩隻腳走路。所以看客對於他們不很敬畏，也不大留心，除了念佛老嫗和她的孩子們為面面圓到起見，也照例給他們一個「不勝屏營待命之至」[2]的儀節。

至於我們——我相信：我和許多人——所最願意看的，卻在活無常。他不但活

1. 即角色。
2. 舊時官府對上級呈文結束的套語。此處作肅立敬畏之意。

潑而詼諧，單是那渾身雪白這一點，在紅紅綠綠中就有「鶴立雞群」之概。只要望見一頂白紙的高帽子和他手裡的破芭蕉扇的影子，大家就都有些緊張，而且高興起來了。

人民之於鬼物，惟獨與他最為稔熟，也最為親密，平時也常常可以遇見他。譬如城隍廟或東嶽廟中，大殿後面就有一間暗室，叫作「陰司間」，在才可辨色的昏暗中，塑著各種鬼：吊死鬼，跌死鬼，虎傷鬼，科場鬼，……而一進門口所看見的長而白的東西就是他。我雖然也曾瞻仰過一回這「陰司間」，但那時膽子小，沒有看明白。聽說他一手還拿著鐵索，因為他是勾攝生魂的使者。相傳樊江東嶽廟的「陰司間」的構造，本來是極其特別的：門口是一塊活板，人一進門，踏著活板的這一端，塑在那一端的他便撲過來，鐵索正套在你脖子上。後來嚇死了一個人，釘實了，所以在我幼小的時候，這就已不能動。

倘使要看個分明，那麼，《玉歷鈔傳》上就畫著他的像，不過《玉歷鈔傳》也有繁簡不同的本子的，倘是繁本，就一定有。身上穿的是斬衰凶服[3]，腰間束的是草繩，腳穿草鞋，項掛紙錠；手上是破芭蕉扇，鐵索，算盤；肩膀是聳起的，頭髮卻披下來；眉眼的外梢都向下，像一個「八」字。頭上一頂長方帽，下大頂小，按

3. 喪禮規制中的重孝喪服，以粗麻布裁製，下緣不縫合。

比例一算，該有二尺來高罷；在正面，就是遺老遺少們所戴瓜皮小帽的綴一粒珠子或一塊寶石的地方，直寫著四個字道：「一見有喜」。有一種本子上，卻寫的是「你也來了」。這四個字，是有時也見於包公殿的扁額上的，至於他的帽上是何人所寫，他自己還是閻羅王，我可沒有研究出。

《玉歷鈔傳》上還有一種和活無常相對的鬼物，裝束也相仿，叫作「死有分」。這在迎神時候也有的，但名稱卻訛作死無常了，黑臉，黑衣，誰也不愛看。在「陰司間」裡也有的，胸口靠著牆壁，陰森森地站著；那才真真是「碰壁」。凡有進去燒香的人們，必須摩一摩他的脊梁，據說可以擺脫了晦氣；我小時也曾摩過這脊梁來，然而晦氣似乎終於沒有脫，——也許那時不摩，現在的晦氣還要重罷，這一節也還是沒有研究出。

我也沒有研究過小乘佛教的經典，但據耳食之談，則在印度的佛經裡，焰摩天是有的，牛首阿旁也有的，都在地獄裡做主任。至於勾攝生魂的使者的這無常先生，卻似乎於古無徵，耳所習聞的只有什麼「人生無常」之類的話。大概這意思傳到中國之後，人們便將他具象化了。這實在是我們中國人的創作。

然而人們一見他，為什麼就都有些緊張，而且高興起來呢？凡有一處地方，如果出了文士學者或名流，他將筆頭一扭，就很容易變成「模範縣」。我的故鄉，在漢末雖曾經虞仲翔先生揄揚過，但是那究竟太早了，後來到底免不了產生所謂「紹興師爺」[4]，不過也並非男女老小全是「紹興師爺」，別的「下等人」也不少。這些「下等人」，要他們發什麼「我們現在走的是一條狹窄險阻的小路，左面是一個廣漠無際的泥潭，右面也是一片廣漠無際的浮砂，前面是遙遙茫茫蔭在薄霧的裡面的目的地」那樣熱昏似的妙語，是辦不到的，可是在無意中，看得往這「蔭在薄霧的裡面的目的地」的道路很明白：求婚，結婚，養孩子，死亡。但這自然是專就我的故鄉而言，若是「模範縣」裡的人民，那當然又作別論。他們——敝同鄉「下等人」——的許多，活著，苦著，被流言，被反噬，因了積久的經驗，知道陽間維持「公理」的只有一個會，而且這會的本身就是「遙遙茫茫」，於是乎勢不得不發生對於陰間的神往。人是大抵自以為銜些冤抑的；活的「正人君子」們只能騙鳥，若問愚民，他就可以不假思索地回答你：公正的裁判是在陰間！

想到生的樂趣，生固然可以留戀；但想到生的苦趣，無常也不一定是惡客。無論貴賤，無論貧富，其時都是「一雙空手見閻王」，有冤的得伸，有罪的就得罰。然而雖說是「下等人」，也何嘗沒有反省？自己做了一世人，又怎麼樣呢？未曾「跳

4. 清代官署中承辦刑事案牘、參謀顧問的幕僚稱作「刑名師爺」。往往能透過案牘的書寫左右案情，由於當時刑名師爺多由紹興籍人士擔任，所以又被稱為「紹興師爺」。

到半天空」麼？沒有「放冷箭」麼？無常的手裡就拿著大算盤，你擺盡臭架子也無益。對付別人要滴水不羼的公理，對自己總還不如雖在陰司裡也還能夠尋到一點私情。然而那又究竟是陰間，閻羅天子，牛首阿旁，還有中國人自己想出來的馬面，都是並不兼差，真正主持公理的腳色，雖然他們並沒有在報上發表過什麼大文章。當還未做鬼之前，有時先不欺心的人們，遙想著將來，就又不能不想在整塊的公理中，來尋一點情面的末屑，這時候，我們的活無常先生便見得可親愛了，利中取大，害中取小，我們的古哲墨翟先生謂之「小取」云。

在廟裡泥塑的，在書上墨印的模樣上，是看不出他那可愛來的。最好是去看戲。但看普通的戲也不行，必須看「大戲」或者「目連戲」。目連戲的熱鬧，張岱在《陶庵夢憶》上也曾誇張過，說是要連演兩三天。在我幼小時候可已經不然了，也如大戲一樣，始於黃昏，到次日的天明便完結。這都是敬神禳災的演劇，全本裡一定有一個惡人，次日的將近天明便是這惡人的收場的時候，「惡貫滿盈」，閻王出票來勾攝了，於是乎這活的活無常便在戲台上出現。

我還記得自己坐在這一種戲台下的船上的情形，看客的心情和普通是兩樣的。平常愈夜深愈懶散，這時卻愈起勁。他所戴的紙糊的高帽子，本來是掛在台角上的，這時預先拿進去了；一種特別樂器，也準備使勁地吹。這樂器好像喇叭，細而長，可有七八尺，大約是鬼物所愛聽的罷，和鬼無關的時候就不用；吹起來，Nhatu, nhatu, nhatututu[5]地響，所以我們叫它「目連嗐頭」[6]。

在許多人期待著惡人的沒落的凝望中，他出來了，服飾比畫上還簡單，不拿鐵索，也不帶算盤，就是雪白的一條莽漢，粉面朱唇，眉黑如漆，蹙著，不知道是在笑還是在哭。但他一出台就須打一百零八個嚏，同時也放一百零八個屁，這才自述他的履歷。可惜我記不清楚了，其中有一段大概是這樣：

「……

大王出了牌票，叫我去拿隔壁的癩子。

問了起來呢，原來是我堂房的阿侄。

生的是什麼病？傷寒，還帶痢疾。

看的是什麼郎中？下方橋的陳念義 la 兒子。

開的是怎樣的藥方？附子，肉桂，外加牛膝。

第一煎吃下去，冷汗發出；第二煎吃下去，兩腳筆直。

我道 nga 阿嫂哭得悲傷，暫放他還陽半刻。大王道我是得錢買放，就將我捆打

5. 擬聲詞。

6. 嗐頭，紹興方言，即號筒。號筒，銅製吹奏樂器。目連嗐頭是一種特別加長的號筒，多用於目連戲中，故有此稱。

四十！」

這敘述裡的「子」字都讀作入聲。陳念義是越中的名醫，俞仲華曾將他寫入《蕩寇志》裡，擬為神仙；可是一到他的令郎，似乎便不大高明了。la者「的」也；「兒」讀若「倪」，倒是古音罷；nga者，「我的」或「我們的」之意也。

他口裡的閻羅天子彷彿也不大高明，竟會誤解他的人格，——不，鬼格。但連「還陽半刻」都知道，究竟還不失其「聰明正直之謂神」。不過這懲罰，卻給了我們的活無常以不可磨滅的冤苦的印象，一提起，就使他更加蹙緊雙眉，捏定破芭蕉扇，臉向著地，鴨子浮水似的跳舞起來。

Nhatu，nhatu，nhatu-nhatu-nhatututuu！目連嗐頭也冤苦不堪似的吹著。

他因此決定了：

「難是弗放者個！
哪怕你，銅牆鐵壁！
哪怕你，皇親國戚！
……」

「難」者，「今」也；「者個」者「的了」之意，詞之決也。「雖有忮心，不怨飄瓦」[7]，他現在毫不留情了，然而這是受了閻羅老子的督責之故，不得已也。一切鬼眾中，就是他有點人情；我們不變鬼則已，如果要變鬼，自然就只有他可以比較的相親近。

我至今還確鑿記得，在故鄉時候，和「下等人」一同，常常這樣高興地正視過這鬼而人，理而情，可怖而可愛的無常；而且欣賞他臉上的哭或笑，口頭的硬語與諧談……。

迎神時候的無常，可和演劇上的又有些不同了。他只有動作，沒有言語，跟定了一個捧著一盤飯菜的小丑似的腳色走，他要去吃；他卻不給他。另外還加添了兩名腳色，就是「正人君子」之所謂「老婆兒女」。凡「下等人」，都有一種通病：常喜歡以己之所欲，施之於人。雖是對於鬼，也不肯給他孤寂，凡有鬼神，大概總要給他們一對一對地配起來。無常也不在例外。所以，一個是漂亮的女人，只是很有些村婦樣，大家都稱她無常嫂；這樣看來，無常是和我們平輩的，無怪他不擺教授先生的架子。一個是小孩子，小高帽，小白衣；雖然小，兩肩卻已經聳起了，眉目的外梢也向下。這分明是無常少爺了，大家卻叫他阿領，對於他似乎都不很表敬意；猜起來，彷彿是無常嫂的前夫之子似的。但不知何以相貌又和無常有這麼像？

7. 出自《莊子．達生》。此處意思是，心裡雖有憤恨，卻也不好怨誰了。

吁！鬼神之事，難言之矣，只得姑且置之弗論。至於無常何以沒有親兒女，到今年可很容易解釋了；鬼神能前知，他怕兒女一多，愛說閒話的就要旁敲側擊地鍛成他拿盧布[8]，所以不但研究，還早已實行了「節育」了。

這捧著飯菜的一幕，就是「送無常」。因為他是勾魂使者，所以民間凡有一個人死掉之後，就得用酒飯恭送他。至於不給他吃，那是賽會時候的開玩笑，實際上並不然。但是，和無常開玩笑，是大家都有此意的，因為他爽直，愛發議論，有人情，——要尋真實的朋友，倒還是他妥當。

有人說，他是生人走陰，就是原是人，夢中卻入冥去當差的，所以很有些人情。我還記得住在離我家不遠的小屋子裡的一個男人，便自稱是「走無常」，門外常常燃著香燭。但我看他臉上的鬼氣反而多。莫非入冥做了鬼，倒會增加人氣的麼？吁！鬼神之事，難言之矣，這也只得姑且置之弗論了。

六月二十三日

8. 盧布為俄羅斯貨幣單位。

父親的病

大約十多年前罷，S城[1]中曾經盛傳過一個名醫的故事：

他出診原來是一元四角，特拔十元，深夜加倍，出城又加倍。有一夜，一家城外人家的閨女生急病，來請他了，因為他其時已經闊得不耐煩，便非一百元不去。他們只得都依他。待去時，卻只是草草地一看，說道「不要緊的」，開一張方，拿了一百元就走。那病家似乎很有錢，第二天又來請了。他一到門，只見主人笑面承迎，道，「昨晚服了先生的藥，好得多了，所以再請你來覆診一回。」仍舊引到房裡，老媽子便將病人的手拉出帳外來。他一按，冷冰冰的，也沒有脈，於是點點頭道，「唔，這病我明白了。」從從容容走到桌前，取了藥方紙，提筆寫道：

「憑票付英洋[2]壹百元正。」下面是署名，畫押。

「先生，這病看來很不輕了，用藥怕還得重一點罷。」主人在背後說。

「可以，」他說。於是另開了一張方：

「憑票付英洋貳百元正。」下面仍是署名，畫押。

1. 此處指紹興城。
2. 即鷹洋，墨西哥銀元，幣面鑄有老鷹圖案。鴉片戰爭後曾大量流入中國。

這樣，主人就收了藥方，很客氣地送他出來了。

我曾經和這名醫周旋過兩整年，因為他隔日一回，來診我的父親的病。那時雖然已經很有名，但還不至於闊得這樣不耐煩；可是診金卻已經是一元四角。現在的都市上，診金一次十元並不算奇，可是那時是一元四角已是鉅款，很不容易張羅的了；又何況是隔日一次。他大概的確有些特別，據輿論說，用藥就與眾不同。我不知道藥品，所覺得的，就是「藥引」的難得，新方一換，就得忙一大場。先買藥，再尋藥引。「生薑」兩片，竹葉十片去尖，他是不用的了。起碼是蘆根，須到河邊去掘；一到經霜三年的甘蔗，便至少也得搜尋兩三天。可是說也奇怪，大約後來總沒有購求不到的。

據輿論說，神妙就在這地方。先前有一個病人，百藥無效；待到遇見了什麼葉天士先生，只在舊方上加了一味藥引：梧桐葉。只一服，便霍然而愈了。「醫者，意也。」其時是秋天，而梧桐先知秋氣。其先百藥不投，今以秋氣動之，以氣感氣，所以……。我雖然並不了然，但也十分佩服，知道凡有靈藥，一定是很不容易得到的，求仙的人，甚至於還要拚了性命，跑進深山裡去採呢。

這樣有兩年，漸漸地熟識，幾乎是朋友了。父親的水腫是逐日利害，將要不能起床；我對於經霜三年的甘蔗之流也逐漸失了信仰，採辦藥引似乎再沒有先前一般踴躍了。正在這時候，他有一天來診，問過病狀，便極其誠懇地說：

「我所有的學問，都用盡了。這裡還有一位陳蓮河先生，本領比我高。我薦他來看一看，我可以寫一封信。可是，病是不要緊的，不過經他的手，可以格外好得快……。」

這一天似乎大家都有些不歡，仍然由我恭敬地送他上轎。進來時，看見父親的臉色很異樣，和大家談論，大意是說自己的病大概沒有希望的了；他因為看了兩年，毫無效驗，臉又太熟了，未免有些難以為情，所以等到危急時候，便薦一個生手自代，和自己完全脫了干係。但另外有什麼法子呢？本城的名醫，除他之外，實在也只有一個陳蓮河了。明天就請陳蓮河。

陳蓮河的診金也是一元四角。但前回的名醫的臉是圓而胖的，他卻長而胖了：這一點頗不同。還有用藥也不同，前回的名醫是一個人還可以辦的，這一回卻是一個人有些辦不妥帖了，因為他一張藥方上，總兼有一種特別的丸散和一種奇特的藥引。

蘆根和經霜三年的甘蔗，他就從來沒有用過。最平常的是「蟋蟀一對」，旁注小字道：「要原配，即本在一窠中者。」似乎昆蟲也要貞節，續弦或再醮，連做藥資格也喪失了。但這差使在我並不為難，走進百草園，十對也容易得，將牠們用線一縛，活活地擲入沸湯中完事。然而還有「平地木十株」呢，這可誰也不知道是什麼東西了，問藥店，問鄉下人，問賣草藥的，問老年人，問讀書人，問木匠，都只是搖搖頭，臨末才記起了那遠房的叔祖，愛種一點花木的老人，跑去一問，他果然知道，是生在山中樹下的一種小樹，能結紅子如小珊瑚珠的，普通都稱為「老弗大」。

「踏破鐵鞋無覓處，得來全不費工夫。」藥引尋到了，然而還有一種特別的丸藥：敗鼓皮丸。這「敗鼓皮丸」就是用打破的舊鼓皮做成；水腫一名鼓脹，一用打破的鼓皮自然就可以剋伏他。清朝的剛毅因為憎恨「洋鬼子」，預備打他們，練了些兵稱作「虎神營」，取虎能食羊，神能伏鬼的意思，也就是這道理。可惜這一種神藥，全城中只有一家出售的，離我家就有五里，但這卻不像平地木那樣，必須暗中摸索了，陳蓮河先生開方之後，就懇切詳細地給我們說明。

「我有一種丹，」有一回陳蓮河先生說，「點在舌上，我想一定可以見效。因為舌乃心之靈苗……。價錢也並不貴，只要兩塊錢一盒……。」

我父親沉思了一會，搖搖頭。

「我這樣用藥還會不大見效，」有一回陳蓮河先生又說，「我想，可以請人看一看，可有什麼冤愆……。醫能醫病，不能醫命，對不對？自然，這也許是前世的事……。」

我的父親沉思了一會，搖搖頭。

凡國手，都能夠起死回生的，我們走過醫生的門前，常可以看見這樣的扁額。現在是讓步一點了，連醫生自己也說道：「西醫長於外科，中醫長於內科。」但是S城那時不但沒有西醫，並且誰也還沒有想到天下有所謂西醫，因此無論什麼，都只能由軒轅岐伯[3]的嫡派門徒包辦。軒轅時候是巫醫不分的，所以直到現在，他的門徒就還見鬼，而且覺得「舌乃心之靈苗」。這就是中國人的「命」，連名醫也無從醫治的。

不肯用靈丹點在舌頭上，又想不出「冤愆」來，自然，單吃了一百多天的「敗鼓皮丸」有什麼用呢？依然打不破水腫，父親終於躺在床上喘氣了。還請一回陳蓮河先生，這回是特拔，大洋十元。他仍舊泰然的開了一張方，但已停止敗鼓皮丸不用，藥引也不很神妙了，所以只消半天，藥就煎好，灌下去，卻從口角上回了出來。

從此我便不再和陳蓮河先生周旋，只在街上有時看見他坐在三名轎夫的快轎裡

3. 指古代名醫。

飛一般抬過；聽說他現在還康健，一面行醫，一面還做中醫什麼學報，正在和只長於外科的西醫奮鬥哩。

中西的思想確乎有一點不同。聽說中國的孝子們，一到將要「罪孽深重禍延父母」的時候，就買幾斤人參，煎湯灌下去，希望父母多喘幾天氣，即使半天也好。我的一位教醫學的先生卻教給我醫生的職務道：可醫的應該給他醫治，不可醫的應該給他死得沒有痛苦。——但這先生自然是西醫。

父親的喘氣頗長久，連我也聽得很吃力，然而誰也不能幫助他。我有時竟至於電光一閃似的想道：「還是快一點喘完了罷……。」立刻覺得這思想就不該，就是犯了罪；但同時又覺得這思想實在是正當的，我很愛我的父親。便是現在，也還是這樣想。

早晨，住在一門裡的衍太太[4]進來了。她是一個精通禮節的婦人，說我們不應該空等著。於是給他換衣服；又將紙錠和一種什麼《高王經》[5]燒成灰，用紙包了給他捏在拳頭裡……。

「叫呀，你父親要斷氣了。快叫呀！」衍太太說。

「父親！父親！」我就叫起來。

4. 魯迅從叔祖周子傳的妻子。

5. 即《高王觀世音》。舊時在人過世時將《高王經》燒成灰，放入死人手中，望死者至陰間受刑時可以減少痛苦。

「大聲！他聽不見。還不快叫？！」
「父親！！！父親！！！」
他已經平靜下去的臉，忽然緊張了，將眼微微一睜，彷彿有一些苦痛。
「叫呀！快叫呀！」她催促說。
「父親！！！」
「什麼呢？……不要嚷。……不……。」他低低地說，又較急地喘著氣，好一會，這才復了原狀，平靜下去了。
「父親！！！」我還叫他，一直到他咽了氣。
我現在還聽到那時的自己的這聲音，每聽到時，就覺得這卻是我對於父親的最大的錯處。

十月七日

瑣記

衍太太現在是早經做了祖母，也許竟做了曾祖母了；那時卻還年青，只有一個兒子比我大三四歲。她對自己的兒子雖然狠，對別家的孩子卻好的，無論鬧出什麼亂子來，也決不去告訴各人的父母，因此我們就最願意在她家裡或她家的四近玩。

舉一個例說罷，冬天，水缸裡結了薄冰的時候，我們大清早起一看見，便吃冰。有一回給沈四太太看到了，大聲說道：「莫吃呀，要肚子疼的呢！」這聲音又給我母親聽到了，跑出來我們都挨了一頓罵，並且有大半天不准玩。我們推論禍首，認定是沈四太太，於是提起她就不用尊稱了，給她另外起了一個綽號，叫作「肚子疼」。

衍太太卻決不如此。假如她看見我們吃冰，一定和藹地笑著說，「好，再吃一塊。我記著，看誰吃的多。」

但我對於她也有不滿足的地方。一回是很早的時候了，我還很小，偶然走進她家去，她正在和她的男人看書。我走近去，她便將書塞在我的眼前道，「你看，你知道這是什麼？」我看那書上畫著房屋，有兩個人光著身子彷彿在打架，但又不很像。正遲疑間，他們便大笑起來了。這使我很不高興，似乎受了一個極大的侮辱，不到那裡去大約有十多天。一回是我已經十多歲了，和幾個孩子比賽打旋子，看誰旋得多。她就從旁計著數，說道，「好，八十二個了！再旋一個，八十三！好，八十四！……」但正在旋著的阿祥，忽然跌倒了，阿祥的嬸母也恰恰走進來。她便接著說道，「你看，不是跌了麼？不聽我的話。我叫你不要旋，不要旋……。」

雖然如此，孩子們總還喜歡到她那裡去。假如頭上碰得腫了一大塊的時候，去尋母親去罷，好的是罵一通，再給擦一點藥；壞的是沒有藥擦，還添幾個栗鑿和一通罵。衍太太卻決不埋怨，立刻給你用燒酒調了水粉，搽在疙瘩上，說這不但止痛，將來還沒有瘢痕。

父親故去之後，我也還常到她家裡去，不過已不是和孩子們玩耍了，卻是和衍太太或她的男人談閒天。我其時覺得很有許多東西要買，看的和吃的，只是沒有錢。有一天談到這裡，她便說道，「母親的錢，你拿來用就是了，還不就是你的麼？」我說母親沒有錢，她就說可以拿首飾去變賣；我說沒有首飾，她卻道，「也許你沒有留心。到大廚的抽屜裡，角角落落去尋去，總可以尋出一點珠子這類東西……。」

這些話我聽去似乎很異樣，便又不到她那裡去了，但有時又真想去打開大廚，細細地尋一尋。大約此後不到一月，就聽到一種流言，說我已經偷了家裡的東西去變賣了，這實在使我覺得有如掉在冷水裡。流言的來源，我是明白的，倘是現在，只要有地方發表，我總要罵出流言家的狐狸尾巴來，但那時太年青，一遇流言，便連自己也彷彿覺得真是犯了罪，怕遇見人們的眼睛，怕受到母親的愛撫。

好。那麼，走罷！

但是，哪裡去呢？S城人的臉早經看熟，如此而已，連心肝也似乎有些了然。總得尋別一類人們去，去尋為S城人所詬病的人們，無論其為畜生或魔鬼。那時為全城所笑罵的是一個開得不久的學校，叫作中西學堂，漢文之外，又教些洋文和算學。然而已經成為眾矢之的了；熟讀聖賢書的秀才們，還集了「四書」的句子，做一篇八股來嘲誚它，這名文便即傳遍了全城，人人當作有趣的話柄。我只記得那「起講」的開頭是：

「徐子以告夷子曰：吾聞用夏變夷者，未聞變於夷者也。今也不然：舌之音，聞其聲，皆雅言也。……」

以後可忘卻了，大概也和現今的國粹保存大家的議論差不多。但我對於這中西學堂，卻也不滿足，因為那裡面只教漢文，算學，英文和法文。功課較為別致的，還有杭州的求是書院，然而學費貴。

無須學費的學校在南京，自然只好往南京去。第一個進去的學校，目下不知道稱為什麼了，光復以後，似乎有一時稱為雷電學堂，很像《封神榜》上「太極陣」「混元陣」一類的名目。總之，一進儀鳳門，便可以看見它那二十丈高的桅杆和不知多高的煙通。功課也簡單，一星期中，幾乎四整天是英文："It is a cat." "Is it a rat?" 一整天是讀漢文：「君子曰，潁考叔可謂純孝也已矣，愛其母，施及莊公。」[1] 一整天是做漢文：《知己知彼百戰百勝論》，《潁考叔論》，《雲從龍風從虎論》，《咬得菜根則百事可做論》。

初進去當然只能做三班生，臥室裡是一桌一凳一床，床板只有兩塊。頭二班學生就不同了，二桌二凳或三凳一床，床板多至三塊。不但上講堂時挾著一堆厚而且大的洋書，氣昂昂地走著，決非只有一本「潑賴媽」[2] 和四本《左傳》的三班生所敢正視；便是空著手，也一定將肘彎撐開，像一隻螃蟹，低一班的在後面總不能走出他之前。這一種螃蟹式的名公巨卿，現在都闊別得很久了，前四五年，竟在教育部的破腳躺椅上，發見了這姿勢，然而這位老爺卻並非雷電學堂出身的，可見螃蟹態度，在中國也頗普遍。

1. 出自《左傳》。
2. 英語 Primer 的音譯，即英語初級讀本。

可愛的是桅杆。但並非如「東鄰」的「支那通」[3]所說，因為它「挺然翹然」[4]，又是什麼的象徵。乃是因為它高，烏鴉喜鵲，都只能停在它的半途的木盤上。人如果爬到頂，便可以近看獅子山，遠眺莫愁湖，——但究竟是否真可以眺得那麼遠，我現在可委實有點記不清楚了。而且不危險，下面張著網，即使跌下來，也不過如一條小魚落在網子裡；況且自從張網以後，聽說也還沒有人曾經跌下來。

原先還有一個池，給學生學游泳的，這裡面卻淹死了兩個年幼的學生。當我進去時，早填平了，不但填平，上面還造了一所小小的關帝廟。廟旁是一座焚化字紙的磚爐，爐口上方橫寫著四個大字道：「敬惜字紙」。只可惜那兩個淹死鬼失了池子，難討替代，總在左近徘徊，雖然已有「伏魔大帝關聖帝君」鎮壓著。辦學的人大概是好心腸的，所以每年七月十五，總請一群和尚到雨天操場來放焰口[5]，一個紅鼻而胖的大和尚戴上毗盧帽[6]，捏訣，念咒：「迴資囉，普彌耶吽！唵耶吽！唵！耶！吽！！！」

我的前輩同學被關聖帝君鎮壓了一整年，就只在這時候得到一點好處，——雖然我並不深知是怎樣的好處。所以當這些時，我每每想：做學生總得自己小心些。

總覺得不大合適，可是無法形容出這不合適來。現在是發見了大致相近的字眼

3. 支那，古代梵語對中國的稱呼。當時日本亦稱中國為支那。支那通即是指通曉中國情況的日本人。

4. 此處為諷刺安岡秀夫在其著作《從小說看來的支那民族性》中，說中國人「耽於享樂，而淫風熾盛」，連食物也都與性有關，如喜歡吃筍，就是「因為那挺然翹然的姿勢，引起想像來」的原故。

5. 焰口，梵語中的餓鬼名。農曆七月十五日晚上請和尚結盂蘭盆會，誦經施食，稱為放焰口。

6. 放焰口時，主座大和尚所戴的繡有毗盧佛像的帽子。

了，「烏煙瘴氣」，庶幾乎其可也。只得走開。近來是單是走開也就不容易，「正人君子」者流會說你罵人罵到了聘書，或者是發「名士」脾氣，給你幾句正經的俏皮話。不過那時還不打緊，學生所得的津貼，第一年不過二兩銀子，最初三個月的試習期內是零用五百文。於是毫無問題，去考礦路學堂去了，也許是礦路學堂，已經有些記不真，文憑又不在手頭，更無從查考。試驗並不難，錄取的。

這回不是 It is a cat 了，是 Der Mann, Das Weib, Das Kind[7]。漢文仍舊是「潁考叔可謂純孝也已矣」，但外加《小學集注》。論文題目也小有不同，譬如《工欲善其事必先利其器論》，是先前沒有做過的。

此外還有所謂格致，地學，金石學，……都非常新鮮。但是還得聲明：後兩項，就是現在之所謂地質學和礦物學，並非講輿地和鐘鼎碑版[8]的。只是畫鐵軌橫斷面圖卻有些麻煩，平行線尤其討厭。但第二年的總辦是一個新黨，他坐在馬車上的時候大抵看著《時務報》，考漢文也自己出題目，和教員出的很不同。有一次是《華盛頓論》，漢文教員反而惴惴地來問我們道：「華盛頓是什麼東西呀？……」

看新書的風氣便流行起來，我也知道了中國有一部書叫《天演論》。星期日跑到城南去買了來，白紙石印的一厚本，價五百文正。翻開一看，是寫得很好的字，

7. 德語：男人，女人，小孩。為初級德語讀本上的課文。
8. 古代銅器、石刻。此指研究古物形制、文字圖像的金石學。

開首便道：

「赫胥黎獨處一室之中，在英倫之南，背山而面野，檻外諸境，歷歷如在機下。乃懸想二千年前，當羅馬大將愷徹[9]未到時，此間有何景物？計惟有天造草昧……」

哦！原來世界上竟還有一個赫胥黎坐在書房裡那麼想，而且想得那麼新鮮？一口氣讀下去，「物競」「天擇」也出來了，蘇格拉第，柏拉圖也出來了，斯多噶也出來了。學堂裡又設立了一個閱報處，《時務報》不待言，還有《譯學匯編》[10]，那書面上的張廉卿一流的四個字，就藍得很可愛。

「你這孩子有點不對了，拿這篇文章去看去，抄下來去看去。」一位本家的老輩嚴肅地對我說，而且遞過一張報紙來。接來看時，「臣許應跪奏……」，那文章現在是一句也不記得了，總之是參康有為變法的；也不記得可曾抄了沒有。

仍然自己不覺得有什麼「不對」，一有閒空，就照例地吃侉餅，花生米，辣椒，看《天演論》。

但我們也曾經有過一個很不平安的時期。那是第二年，聽說學校就要裁撤了。這也無怪，這學堂的設立，原是因為兩江總督（大約是劉坤一罷）聽到青龍山的煤礦出息好，所以開手的。待到開學時，煤礦那面卻已將原先的技師辭退，換了一個

9. 通譯凱撒。

10. 應是《譯書匯編》，中國留日學生最早出版的雜誌之一，刊載各國政治法律名著。1900年12月6日於日本創刊的月刊。後改名《政治學報》。

不甚了然的人了。理由是：一、先前的技師薪水太貴；二、他們覺得開煤礦並不難。於是不到一年，就連煤在哪裡也不甚了然起來，終於是所得的煤，只能供燒那兩架抽水機之用，就是抽了水掘煤，掘出煤來抽水，結一筆出入兩清的賬。既然開礦無利，礦路學堂自然也就無須乎開了，但是不知怎的，卻又並不裁撤。到第三年我們下礦洞去看的時候，情形實在頗淒涼，抽水機當然還在轉動，礦洞裡積水卻有半尺深，上面也點滴而下，幾個礦工便在這裡面鬼一般工作著。

畢業，自然大家都盼望的，但一到畢業，卻又有些爽然若失。爬了幾次桅，不消說不配做半個水兵；聽了幾年講，下了幾回礦洞，就能掘出金銀銅鐵錫來麼？實在連自己也茫無把握，沒有做《工欲善其事必先利其器論》的那麼容易。爬上天空二十丈和鑽下地面二十丈，結果還是一無所能，學問是「上窮碧落下黃泉，兩處茫茫皆不見」了。所餘的還只有一條路：到外國去。

留學的事，官僚也許可了，派定五名到日本去。其中的一個因為祖母哭得死去活來，不去了，只剩了四個。日本是同中國很兩樣的，我們應該如何準備呢？有一個前輩同學在，比我們早一年畢業，曾經遊歷過日本，應該知道些情形。跑去請教之後，他鄭重地說：

「日本的襪是萬不能穿的，要多帶些中國襪。我看紙票也不好，你們帶去的錢不如都換了他們的現銀。」

四個人都說遵命。別人不知其詳，我是將錢都在上海換了日本的銀元，還帶了十雙中國襪——白襪。

後來呢？後來，要穿制服和皮鞋，中國襪完全無用；一元的銀圓日本早已廢置不用了，又賠錢換了半元的銀圓和紙票。

十月八日

《二十四孝圖》

我總要上下四方尋求，得到一種最黑，最黑，最黑的咒文，先來詛咒一切反對白話，妨害白話者。即使人死了真有靈魂，因這最惡的心，應該墮入地獄，也將決不改悔，總要先來詛咒一切反對白話，妨害白話者。

自從所謂「文學革命」[1]以來，供給孩子的書籍，和歐，美，日本的一比較，雖然很可憐，但總算有圖有說，只要能讀下去，就可以懂得的了。可是一班別有心腸的人們，便竭力來阻遏它，要使孩子的世界中，沒有一絲樂趣。北京現在常用「馬虎子」這一句話來恐嚇孩子們。或者說，那就是《開河記》[2]上所載的，給隋煬帝開河，蒸死小兒的麻叔謀；正確地寫起來，須是「麻胡子」。那麼，這麻叔謀乃是胡人了。但無論他是甚麼人，他的吃小孩究竟也還有限，不過盡他的一生。妨害白話者的流毒卻甚於洪水猛獸，非常廣大，也非常長久，能使全中國化成一個麻胡，凡有孩子都死在他肚子裡。

只要對於白話來加以謀害者，都應該滅亡！

1. 五四運動時期反對文言文、提倡白話文，反對舊文學、提倡新文學的運動。
2. 紀載隋煬帝令麻叔謀開掘卞渠的傳奇小說，宋代人所作。

這些話，紳士們自然難免要掩住耳朵的，因為就是所謂「跳到半天空，罵得體無完膚，——還不肯甘休。」[3]而且文士們一定也要罵，以為大悖於「文格」，亦即大損於「人格」。豈不是「言者心聲也」麼？「文」和「人」當然是相關的，雖然人間世本來千奇百怪，教授們中也有「不尊敬」作者的人格而不能「不說他的小說好」的特別種族。但這些我都不管，因為我幸而還沒有爬上「象牙之塔」去，正無須怎樣小心。倘若無意中竟已撞上了，那就即刻跌下來罷。然而在跌下來的中途，當還未到地之前，還要說一遍：

只要對於白話來加以謀害者，都應該滅亡！

每看見小學生歡天喜地地看著一本粗拙的《兒童世界》之類，另想到別國的兒童用書的精美，自然要覺得中國兒童的可憐。但回憶起我和我的同窗小友的童年，卻不能不以為他幸福，給我們的永逝的韶光一個悲哀的吊唁。我們那時有什麼可看呢，只要略有圖畫的本子，就要被塾師，就是當時的「引導青年的前輩」禁止，呵斥，甚而至於打手心。我的小同學因為專讀「人之初性本善」讀得要枯燥而死了，只好偷偷地翻開第一葉，看那題著「文星高照」四個字的惡鬼一般的魁星像，來滿足他幼稚的愛美的天性。昨天看這個，今天也看這個，然而他們的眼睛裡還閃出蘇

3. 1926年1月30日陳西瀅於《晨報副刊》發表《致志摩》文中攻擊魯迅的話。

醒和歡喜的光輝來。

在書塾以外，禁令可比較的寬了，但這是說自己的事，各人大概不一樣。我能在大眾面前，冠冕堂皇地閱看的，是《文昌帝君陰騭文圖說》和《玉歷鈔傳》，都畫著冥冥之中賞善罰惡的故事，雷公電母站在雲中，牛頭馬面布滿地下，不但「跳到半天空」是觸犯天條的，即使半語不合，一念偶差，也都得受相當的報應。這所報的也並非「睚眥之怨」，因為那地方是鬼神為君，「公理」作宰，請酒下跪，全都無功，簡直是無法可想。在中國的天地間，不但做人，便是做鬼，也艱難極了。然而究竟很有比陽間更好的處所：無所謂「紳士」，也沒有「流言」。

陰間，倘要穩妥，是頌揚不得的。尤其是常常好弄筆墨的人，在現在的中國，流言的治下，而又大談「言行一致」的時候。前車可鑒，聽說阿爾志跋綏夫[4]曾答一個少女的質問說，「惟有在人生的事實這本身中尋出歡喜者，可以活下去。倘若在那裡什麼也不見，他們其實倒不如死。」於是乎有一個叫作密哈羅夫的，寄信嘲罵他道，「……所以我完全誠實地勸你自殺來禍福你自己的生命，因為這第一是合於邏輯，第二是你的言語和行為不至於背馳。」

其實這論法就是謀殺，他就這樣地在他的人生中尋出歡喜來。阿爾志跋綏夫只

4. 俄國小說家，著有長篇小說《長寧》等。

發了一大通牢騷，沒有自殺。密哈羅夫先生後來不知道怎樣，這一個歡喜失掉了，或者另外又尋到了「什麼」了罷。誠然，「這些時候，勇敢，是安穩的；情熱，是毫無危險的。」

然而，對於陰間，我終於已經頌揚過了，無法追改；雖有「言行不符」之嫌，但確沒有受過閻王或小鬼的半文津貼，則差可以自解。總而言之，還是仍然寫下去罷：

我所看的那些陰間的圖畫，都是家藏的老書，並非我所專有。我所收得的最先的畫圖本子，是一位長輩的贈品：《二十四孝圖》。這雖然不過薄薄的一本書，但是下圖上說，鬼少人多，又為我一人所獨有，使我高興極了。那裡面的故事，似乎是誰都知道的；便是不識字的人，例如阿長，也只要一看圖畫便能夠滔滔地講出這一段的事蹟。但是，我於高興之餘，接著就是掃興，因為我請人講完了二十四個故事之後，才知道「孝」有如此之難，對於先前癡心妄想，想做孝子的計畫，完全絕望了。

「人之初，性本善」麼？這並非現在要加研究的問題。但我還依稀記得，我幼小時候實未嘗蓄意忤逆，對於父母，倒是極願意孝順的。不過年幼無知，只用了私見來解釋「孝順」的做法，以為無非是「聽話」，「從命」，以及長大之後，給年老的父母好好地吃飯罷了。自從得了這一本孝子的教科書以後，才知道並不然，而且還要難到幾十幾百倍。其中自然也有可以勉力仿效的，如「子路負米」，「黃香扇枕」之類。「陸績懷橘」也並不難，只要有闊人請我吃飯。「魯迅先生作賓客而懷橘乎？」我便跪答云，「吾母性之所愛，欲歸以遺母。」闊人大佩服，於是孝子就做穩了，也非常省事。「哭竹生筍」就可疑，怕我的精誠未必會這樣感動天地。但是哭不出筍來，還不過拋臉而已，一到「臥冰求鯉」，可就有性命之虞了。我鄉的天氣是溫和的，嚴冬中，水面也只結一層薄冰，即使孩子的重量怎樣小，躺上去，也一定嘩喇一聲，冰破落水，鯉魚還不及游過來。自然，必須不顧性命，這才孝感神明，會有出乎意料之外的奇蹟，但那時我還小，實在不明白這些。

其中最使我不解，甚至於發生反感的，是「老萊娛親」和「郭巨埋兒」兩件事。

我至今還記得，一個躺在父母跟前的老頭子，一個抱在母親手上的小孩子，是怎樣地使我發生不同的感想呵。他們一手都拿著「搖咕咚」。這玩意兒確是可愛的，北京稱為小鼓，蓋即鼗也，朱熹曰，「鼗，小鼓，兩旁有耳；持其柄而搖之，則旁耳還自擊，」咕咚咕咚地響起來。然而這東西是不該拿在老萊子手裡的，他應該扶一枝拐杖。現在這模樣，簡直是裝樣，侮辱了孩子。我沒有再看第二回，一到這一葉，便急速地翻過去了。

那時的《二十四孝圖》，早已不知去向了，目下所有的只是一本日本小田海僊所畫的本子，敘老萊子事云，「行年七十，言不稱老，常著五色斑斕之衣，為嬰兒戲於親側。又常取水上堂，詐跌仆地，作嬰兒啼，以娛親意。」大約舊本也差不多，而招我反感的便是「詐跌」。無論忤逆，無論孝順，小孩子多不願意「詐」作，聽故事也不喜歡是謠言，這是凡有稍稍留心兒童心理的都知道的。

然而在較古的書上一查，卻還不至於如此虛偽。師覺授《孝子傳》云，「老萊子……常著斑斕之衣，為親取飲，上堂腳跌，恐傷父母之心，僵仆為嬰兒啼。」（《太平御覽》四百十三引）較之今說，似稍近於人情。不知怎地，後之君子卻一定要改得他「詐」起來，心裡才能舒服。鄧伯道棄子救侄，想來也不過「棄」而已矣，昏妄人也必須說他將兒子捆在樹上，使他追不上來才肯歇手。正如將「肉麻當作有趣」一般，以不情為倫紀，誣衊了古人，教壞了後人。老萊子即是一例，道學先生以為他白璧無瑕時，他卻已在孩子的心中死掉了。

至於玩著「搖咕咚」的郭巨的兒子，卻實在值得同情。他被抱在他母親的臂膊上，高高興興地笑著；他的父親卻正在掘窟窿，要將他埋掉了。說明云，「漢郭巨家貧，有子三歲，母嘗減食與之。巨謂妻曰，貧乏不能供母，子又分母之食。盍埋此子？」但是劉向《孝子傳》所說，卻又有些不同：巨家是富的，他都給了兩弟；孩子是才生的，並沒有到三歲。結末又大略相像了，「及掘坑二尺，得黃金一釜，上云：天賜郭巨，官不得取，民不得奪！」

我最初實在替這孩子捏一把汗，待到掘出黃金一釜，這才覺得輕鬆。然而我已經不但自己不敢再想做孝子，並且怕我父親去做孝子了。家景正在壞下去，常聽到父母愁柴米；祖母又老了，倘使我的父親竟學了郭巨，那麼，該埋的不正是我麼？如果一絲不走樣，也掘出一釜黃金來，那自然是如天之福，但是，那時我雖然年紀小，似乎也明白天下未必有這樣的巧事。

現在想起來，實在很覺得傻氣。這是因為現在已經知道了這些老玩意，本來誰也不實行。整飭倫紀的文電是常有的，卻很少見紳士赤條條地躺在冰上面，將軍跳下汽車去負米。何況現在早長大了，看過幾部古書，買過幾本新書，什麼《太平御覽》咧，《古孝子傳》咧，《人口問題》咧，《節制生育》咧，《二十世紀是兒童的世界》咧，可以抵抗被埋的理由多得很。不過彼一時，此一時，彼時我委實有點又害怕：掘好深坑，不見黃金，連「搖咕咚」一同埋下去，蓋上土，踏得實實的，又有什麼法子可想呢。我想，事情雖然未必實現，但我從此總怕聽到我的父母愁窮，怕看見我的白髮的祖母，總覺得她是和我不兩立，至少，也是一個和我的生命有些妨礙的人。後來這印象日見其淡了，但總有一些留遺，一直到她去世——這大概是送給《二十四孝圖》的儒者所萬料不到的罷。

五月十日

狗・貓・鼠

從去年起，彷彿聽得有人說我是仇貓的。那根據自然是在我的那一篇《兔和貓》；這是自畫招供，當然無話可說，——但倒也毫不介意。一到今年，我可很有點擔心了。我是常不免於弄弄筆墨的，寫了下來，印了出去，對於有些人似乎總是搔著癢處的時候少，碰著痛處的時候多。萬一不謹，甚而至於得罪了名人或名教授，或者更甚而至於得罪了「負有指導青年責任的前輩」之流，可就危險已極。為什麼呢？因為這些大腳色是「不好惹」的。怎地「不好惹」呢？就是怕要渾身發熱之後，做一封信登在報紙上，廣告道：「看哪！狗不是仇貓的麼？魯迅先生卻自己承認是仇貓的，而他還說要打『落水狗』！」這「邏輯」的奧義，即在用我的話，來證明我倒是狗，於是而凡有言說，全都根本推翻，即使我說二二得四，三三見九，也沒有一字不錯。這些既然都錯，則紳士口頭的二二得七，三三見千等等，自然就不錯了。

我於是就間或留心著查考牠們成仇的「動機」。這也並非敢妄學現下的學者以動機來褒貶作品的那些時髦，不過想給自己預先洗刷洗刷。據我想，這在動物心理學家，是用不著費什麼力氣的，可惜我沒有這學問。後來，在覃哈特博士（Dr. O. Dähnhardt）[1]的《自然史底國民童話》裡，總算發見了那原因了。據說，是這麼一回事：動物們因為要商議要事，開了一個會議，鳥，魚，獸都齊集了，單是缺了象。大會議定，派夥計去迎接牠，拈到了當這差使的鬮的就是狗。「我怎麼找到那象呢？我沒有見過牠，也和牠不認識。」牠問。「那容易，」大眾說，「牠是駝背的。」狗去了，遇見一匹貓，立刻弓起脊梁來，牠便招待，同行，將弓著脊梁的貓介紹給大家道：「象在這裡！」但是大家都嗤笑牠了。從此以後，狗和貓便成了仇家。

日耳曼人走出森林雖然還不很久，學術文藝卻已經很可觀，便是書籍的裝潢，玩具的工緻，也無不令人心愛。獨有這一篇童話卻實在不漂亮；結怨也結得沒有意思。貓的弓起脊梁，並不是希圖冒充，故意擺架子的，其咎卻在狗的自己沒眼力。然而原因也總可以算作一個原因。我的仇貓，是和這大大兩樣的。

其實人禽之辨，本不必這樣嚴。在動物界，雖然並不如古人所幻想的那樣舒適自由，可是嚕囌做作的事總比人間少。牠們適性任情，對就對，錯就錯，不說一句分辯話。蟲蛆也許是不乾淨的，但牠們並沒有自鳴清高；鷙禽猛獸以較弱的動物為

1. 今譯德恩哈爾特，德國文史學家、民俗學者。

餌，不妨說是凶殘的罷，但牠們從來就沒有豎過「公理」「正義」的旗子，使犧牲者直到被吃的時候為止，還是一味佩服讚歎牠們。人呢，能直立了，自然是一大進步；能說話了，自然又是一大進步；能寫字作文了，自然又是一大進步。然而也就墮落，因為那時也開始了說空話。說空話尚無不可，甚至於連自己也不知道說著違心之論，則對於只能嗥叫的動物，實在免不得「顏厚有忸怩」。假使真有一位一視同仁的造物主，高高在上，那麼，對於人類的這些小聰明，也許倒以為多事，正如我們在萬生園[2]裡，看見猴子翻筋斗，母象請安，雖然往往破顏一笑，但同時也覺得不舒服，甚至於感到悲哀，以為這些多餘的聰明，倒不如沒有的好罷。然而，既經為人，便也只好「黨同伐異」，學著人們的說話，隨俗來談一談，——辯一辯了。

現在說起我仇貓的原因來，自己覺得是理由充足，而且光明正大的。一，牠的性情就和別的猛獸不同，凡捕食雀鼠，總不肯一口咬死，定要盡情玩弄，放走，又捉住，捉住，又放走，直待自己玩厭了，這才吃下去，頗與人們的幸災樂禍，慢慢地折磨弱者的壞脾氣相同。二，牠不是和獅虎同族的麼？可是有這麼一副媚態！但這也許是限於天分之故罷，假使牠的身材比現在大十倍，那就真不知道牠所取的是怎麼一種態度。然而，這些口實，彷彿又是現在提起筆來的時候添出來的，雖然也

2. 清末設立的動物園，今北京動物園的前身。

像是當時湧上心來的理由。要說得可靠一點，或者倒不如說不過因為牠們配合時候的嗥叫，手續竟有這麼繁重，鬧得別人心煩，尤其是夜間要看書，睡覺的時候。當這些時候，我便要用長竹竿去攻擊牠們。狗們在大道上配合時，常有閒漢拿了木棍痛打；我曾見大勃呂該爾（P. Bruegel d. Ä）的一張銅版畫 Allegorie der Wollust[3] 上，也畫著這回事，可見這樣的舉動，是中外古今一致的。自從那執拗的奧國學者弗羅特（S. Freud）[4] 提倡了精神分析說——Psychoanalysis，聽說章士釗先生是譯作「心解」的，雖然簡古，可是實在難解得很——以來，我們的名人名教授也頗有隱隱約約，檢來應用的了，這些事便不免又要歸宿到性慾上去。打狗的事我不管，至於我的打貓，卻只因為牠們嚷嚷，此外並無惡意，我自信我的嫉妒心還沒有這麼博大，當現下「動輒獲咎」之秋，這是不可不預先聲明的。例如人們當配合之前，也很有些手續，新的是寫情書，少則一束，多則一捆；舊的是什麼「問名」「納采」，磕頭作揖，去年海昌蔣氏在北京舉行婚禮，拜來拜去，就十足拜了三天，還印有一本紅面子的《婚禮節文》，《序論》裡大發議論道：「平心論之，既名為禮，當必繁重。專圖簡易，何用禮為？……然則世之有志於禮者，可以興矣！不可退居於禮所不下之庶人矣！」然而我毫不生氣，這是因為無須我到場；因此也可見我的仇貓，

3. 德語：情慾的喻言。

4. 通譯佛洛伊德，精神分析學說創立者，奧地利精神病學家。

理由實在簡簡單單，只為了牠們在我的耳朵邊盡嚷的緣故。人們的各種禮式，局外人可以不見不聞，我就滿不管，但如果當我正要看書或睡覺的時候，有人來勒令朗誦情書，奉陪作揖，那是為自衛起見，還要用長竹竿來抵禦的。還有，平素不大交往的人，忽而寄給我一個紅帖子，上面印著「為舍妹出閣」，「小兒完姻」，「敬請觀禮」或「闔第光臨」這些含有「陰險的暗示」的句子，使我不花錢便總覺得有些過意不去的，我也不十分高興。

但是，這都是近時的話。再一回憶，我的仇貓卻遠在能夠說出這些理由之前，也許是還在十歲上下的時候了。至今還分明記得，那原因是極其簡單的：只因為牠吃老鼠，——吃了我飼養著的可愛的小小的隱鼠。

聽說西洋是不很喜歡黑貓的，不知道可確；但Edgar Allan Poe[5]的小說裡的黑貓，卻實在有點駭人。日本的貓善於成精，傳說中的「貓婆」，那食人的慘酷確是更可怕。中國古時候雖然曾有「貓鬼」，近來卻很少聽到貓興妖作怪，似乎古法已經失傳，老實起來了。只是我在童年，總覺得牠有點妖氣，沒有什麼好感。那是一個我的幼時的夏夜，我躺在一株大桂樹下的小板桌上乘涼，祖母搖著芭蕉扇坐在桌旁，給我猜謎，講故事。忽然，桂樹上沙沙地有趾爪的爬搔聲，一對閃閃的眼睛在

5. 愛倫·坡（1809-1849），美國詩人、小說家。

暗中隨聲而下，使我吃驚，也將祖母講著的話打斷，另講貓的故事了——

「你知道麼？貓是老虎的先生。」她說。「小孩子怎麼會知道呢，貓是老虎的師父。老虎本來是什麼也不會的，就投到貓的門下來。貓就教給牠撲的方法，捉的方法，吃的方法，像自己的捉老鼠一樣。這些教完了；老虎想，本領都學到了，誰也比不過牠了，只有老師的貓還比自己強，要是殺掉貓，自己便是最強的腳色了。牠打定主意，就上前去撲貓。貓是早知道牠的來意的，一跳，便上了樹，老虎卻只能眼睜睜地在樹下蹲著。牠還沒有將一切本領傳授完，還沒有教給牠上樹。」

這是僥倖的，我想，幸而老虎很性急，否則從桂樹上就會爬下一匹老虎來。然而究竟很怕人，我要進屋子裡睡覺去了。夜色更加黯然；桂葉瑟瑟地作響，微風也吹動了，想來草席定已微涼，躺著也不至於煩得翻來覆去了。

幾百年的老屋中的豆油燈的微光下，是老鼠跳梁的世界，飄忽地走著，吱吱地叫著，那態度往往比「名人名教授」還軒昂。貓是飼養著的，然而吃飯不管事。祖母她們雖然常恨鼠子們齧破了箱櫃，偷吃了東西，我卻以為這也算不得什麼大罪，也和我不相干，況且這類壞事大概是大個子的老鼠做的，決不能誣陷到我所愛的小鼠身上去。這類小鼠大抵在地上走動，只有拇指那麼大，也不很畏懼人，我們那裡叫牠「隱鼠」，與專住在屋上的偉大者是兩種。我的床前就帖著兩張花紙，一是「八戒招贅」，滿紙長嘴大耳，我以為不甚雅觀；別的一張「老鼠成親」卻可愛，自新郎新婦以至儐相，賓客，執事，沒有一個不是尖腮細腿，像煞讀書人的，但穿的都是紅衫綠褲。我想，能舉辦這樣大儀式的，一定只有我所喜歡的那些隱鼠。現在是粗俗了，在路上遇見人類的迎娶儀仗，也不過當作性交的廣告看，不甚留心；但那時的想看「老鼠成親」的儀式，卻極其神往，即使像海昌蔣氏似的連拜三夜，怕也未必會看得心煩。正月十四的夜，是我不肯輕易便睡，等候牠們的儀仗從床下出來的夜。然而仍然只看見幾個光著身子的隱鼠在地面遊行，不像正在辦著喜事。直到我熬不住了，怏怏睡去，一睜眼卻已經天明，到了燈節了。也許鼠族的婚儀，不但不分請帖，來收羅賀禮，雖是真的「觀禮」，也絕對不歡迎的罷，我想，這是牠們向來的習慣，無法抗議的。

老鼠的大敵其實並不是貓。春後，你聽到牠「咋！咋咋咋咋！」地叫著，大家稱為「老鼠數銅錢」的，便知道牠的可怕的屠伯已經光降了。這聲音是表現絕望的驚恐的，雖然遇見貓，還不至於這樣叫。貓自然也可怕，但老鼠只要竄進一個小洞去，牠也就奈何不得，逃命的機會還很多。獨有那可怕的屠伯——蛇，身體是細長的，圓徑和鼠子差不多，凡鼠子能到的地方，牠也能到，追逐的時間也格外長，而且萬難倖免，當「數錢」的時候，大概是已經沒有第二步辦法的了。

有一回，我就聽得一間空屋裡有著這種「數錢」的聲音，推門進去，一條蛇伏在橫梁上，看地上，躺著一匹隱鼠，口角流血，但兩肋還是一起一落的。取來給躺在一個紙盒子裡，大半天，竟醒過來了，漸漸地能夠飲食，行走，到第二日，似乎就復了原，但是不逃走。放在地上，也時時跑到人面前來，而且緣腿而上，一直爬到膝髁。給放在飯桌上，便檢吃些菜渣，舐舐碗沿；放在我的書桌上，則從容地遊行，看見硯台便舐吃了研著的墨汁。這使我非常驚喜了。我聽父親說過的，中國有一種墨猴，只有拇指一般大，全身的毛是漆黑而且發亮的。牠睡在筆筒裡，一聽到磨墨，便跳出來，等著，等到人寫完字，套上筆，就舐盡了硯上的餘墨，仍舊跳進筆筒裡去了。我就極願意有這樣的一個墨猴，可是得不到；問哪裡有，哪裡買的呢，誰也不知道。「慰情聊勝無」，這隱鼠總可以算是我的墨猴了罷，雖然牠舐吃墨汁，並不一定肯等到我寫完字。

現在已經記不分明，這樣地大約有一兩月；有一天，我忽然感到寂寞了，真所謂「若有所失」。我的隱鼠，是常在眼前遊行的，或桌上，或地上。而這一日卻大半天沒有見，大家吃午飯了，也不見牠走出來，平時，是一定出現的。我再等著，再等牠一半天，然而仍然沒有見。

長媽媽，一個一向帶領著我的女工，也許是以為我等得太苦了罷，輕輕地來告訴我一句話。這即刻使我憤怒而且悲哀，決心和貓們為敵。她說：隱鼠是昨天晚上被貓吃去了！

當我失掉了所愛的，心中有著空虛時，我要充填以報仇的惡念！

我的報仇，就從家裡飼養著的一匹花貓起手，逐漸推廣，至於凡所遇見的諸貓。最先不過是追趕，襲擊；後來卻愈加巧妙了，能飛石擊中牠們的頭，或誘入空屋裡面，打得牠垂頭喪氣。這作戰繼續得頗長久，此後似乎貓都不來近我了。但對於牠們縱使怎樣戰勝，大約也算不得一個英雄；況且中國畢生和貓打仗的人也未必多，所以一切韜略，戰績，還是全都省略了罷。

但許多天之後，也許是已經經過了大半年，我竟偶然得到一個意外的消息：那隱鼠其實並非被貓所害，倒是牠緣著長媽媽的腿要爬上去，被她一腳踏死了。

這確是先前所沒有料想到的。現在我已經記不清當時是怎樣一個感想，但和貓的感情卻終於沒有融和；到了北京，還因為牠傷害了兔的兒女們，便舊隙夾新嫌，使出更辣的辣手。「仇貓」的話柄，也從此傳揚開來。然而在現在，這些早已是過去的事了，我已經改變態度，對貓頗為客氣，倘其萬不得已，則趕走而已，決不打傷牠們，更何況殺害。這是我近幾年的進步。經驗既多，一旦大悟，知道貓的偷魚肉，拖小雞，深夜大叫，人們自然十之九是憎惡的，而這憎惡是在貓身上。假如我出而為人們驅除這憎惡，打傷或殺害了牠，牠便立刻變為可憐，那憎惡倒移在我身上了。所以，目下的辦法，是凡遇貓們搗亂，至於有人討厭時，我便站出去，在門口大聲叱曰：「噓！滾！」小小平靜，即回書房，這樣，就長保著禦侮保家的資格。其實這方法，中國的官兵就常在實做的，他們總不肯掃清土匪或撲滅敵人，因為這麼一來，就要不被重視，甚至於因失其用處而被裁汰。我想，如果能將這方法推廣應用，我大概也總可望成為所謂「指導青年」的「前輩」的罷，但現下也還未決心實踐，正在研究而且推敲。

一九二六年二月二十一日

女吊

大概是明末的王思任[1]說的罷：「會稽乃報仇雪恥之鄉，非藏垢納污之地！」這對於我們紹興人很有光彩，我也很喜歡聽到，或引用這兩句話。但其實，是並不的確的；這地方，無論為哪一樣都可以用。

不過一般的紹興人，並不像上海的「前進作家」那樣憎惡報復，卻也是事實。單就文藝而言，他們就在戲劇上創造了一個帶復仇性的，比別的一切鬼魂更美，更強的鬼魂。這就是「女吊」。我以為紹興有兩種特色的鬼，一種是表現對於死的無可奈何，而且隨隨便便的「無常」，我已經在《朝華夕拾》裡得了紹介給全國讀者的光榮了，這回就輪到別一種。

「女吊」也許是方言，翻成普通的白話，只好說是「女性的吊死鬼」。其實，在平時，說起「吊死鬼」，就已經含有「女性的」的意思的，因為投繯而死者，向來以婦人女子為最多。有一種蜘蛛，用一枝絲掛下自己的身體，懸在空中，《爾雅》上已謂之「蜆，縊女」，可見在周朝或漢朝，自經的已經大抵是女性了，所以那時

1. 王思任，字季重，浙江山陰人(今紹興)，明末官九江僉事。弘光元年清兵破紹興城後，絕食而死。著有《文飯小品》等。

不稱它為男性的「縊夫」或中性的「縊者」。不過一到做「大戲」或「目連戲」的時候，我們便能在看客的嘴裡聽到「女吊」的稱呼。也叫作「吊神」。橫死的鬼魂而得到「神」的尊號的，我還沒有發見過第二位，則其受民眾之愛戴也可想。但為什麼這時獨要稱她「女吊」呢？很容易解：因為在戲台上，也要有「男吊」出現了。

我所知道的是四十年前的紹興，那時沒有達官顯宦，所以未聞有專門為人（堂會？）的演劇。凡做戲，總帶著一點社戲性，供著神位，是看戲的主體，人們去看，不過叨光。但「大戲」或「目連戲」所邀請的看客，範圍可較廣了，自然請神，而又請鬼，尤其是橫死的怨鬼。所以儀式就更緊張，更嚴肅。一請怨鬼，儀式就格外緊張嚴肅，我覺得這道理是很有趣的。

也許我在別處已經寫過。「大戲」和「目連」，雖然同是演給神，人，鬼看的戲文，但兩者又很不同。不同之點：一在演員，前者是專門的戲子，後者則是臨時集合的Amateur[2]——農民和工人；一在劇本，前者有許多種，後者卻好歹總只演一本《目連救母記》。然而開場的「起殤」，中間的鬼魂時時出現，收場的好人升天，惡人落地獄，是兩者都一樣的。

當沒有開場之前，就可看出這並非普通的社戲，為的是台兩旁早已掛滿了紙

2. 英語，從事業餘工作者，此指業餘演員。

帽，就是高長虹之所謂「紙糊的假冠」，是給神道和鬼魂戴的。所以凡內行人，緩緩的吃過夜飯，喝過茶，閒閒而去，只要看掛著的帽子，就能知道什麼鬼神已經出現。因為這戲開場較早，「起殤」在太陽落盡時候，所以飯後去看，一定是做了好一會了，但都不是精彩的部分。「起殤」者，紹興人現已大抵誤解為「起喪」，以為就是召鬼，其實是專限於橫死者的。

《九歌》中的《國殤》云：「身既死兮神以靈，魂魄毅兮為鬼雄」，當然連戰死者在內。明社垂絕，越人起義而死者不少，至清被稱為叛賊，我們就這樣的一同招待他們的英靈。在薄暮中，十幾匹馬，站在台下了；戲子扮好一個鬼王，藍面鱗紋，手執鋼叉，還得有十幾名鬼卒，則普通的孩子都可以應募。我在十餘歲時候，就曾經充過這樣的義勇鬼，爬上台去，說明志願，他們就給在臉上塗上幾筆彩色，交付一柄鋼叉。待到有十多人了，即一擁上馬，疾馳到野外的許多無主孤墳之處，環繞三匝，下馬大叫，將鋼叉用力的連連刺在墳墓上，然後拔叉馳回，上了前台，一同大叫一聲，將鋼叉一擲，釘在台板上。我們的責任，這就算完結，洗臉下台，可以回家了，但倘被父母所知，往往不免挨一頓竹篠（這是紹興打孩子的最普通的東西），一以罰其帶著鬼氣，二以賀其沒有跌死，但我卻幸而從來沒有被覺察，也許是因為得了惡鬼保佑的緣故罷。

這一種儀式，就是說，種種孤魂厲鬼，已經跟著鬼王和鬼卒，前來和我們一同看戲了，但人們用不著擔心，他們深知道理，這一夜決不絲毫作怪。於是戲文也接著開場，徐徐進行，人事之中，夾以出鬼：火燒鬼，淹死鬼，科場鬼（死在考場裡的），虎傷鬼……孩子們也可以自由去扮，但這種沒出息鬼，願意去扮的並不多，看客也不將它當作一回事。一到「跳吊」時分——「跳」是動詞，意義和「跳加官」[3]之「跳」同——情形的鬆緊可就大不相同了。台上吹起悲涼的喇叭來，中央的橫梁上，原有一團布，也在這時放下，長約戲台高度的五分之二。看客們都屏著氣，台上就闖出一個不穿衣褲，只有一條犢鼻褌[4]，面施幾筆粉墨的男人，他就是「男吊」。一登台，徑奔懸布，像蜘蛛的死守著蛛絲，也如結網，在這上面鑽，掛。他用布吊著各處：腰，脅，胯下，肘彎，腿彎，後項窩……一共七七四十九處。最後才是脖子，但是並不真套進去的，兩手扳著布，將頸子一伸，就跳下，走掉了。這「男吊」最不易跳，演目連戲時，獨有這一個腳色須特請專門的戲子。那時的老年人告訴我，這也是最危險的時候，因為也許會招出真的「男吊」來。所以後台上一定要扮一個王靈官，一手捏訣，一手執鞭，目不轉睛的看著一面照見前台的鏡子。

3. 舊時戲劇開場演出前，由演員戴加官臉面具，穿袍執笏，手拿寫有「天官賜福」等吉祥話的條幅，在場上旋轉舞蹈，稱為跳加官。

4. 指紹興一帶稱為牛頭褌的一種短褲。

倘鏡中見有兩個，那麼，一個就是真鬼了，他得立刻跳出去，用鞭將假鬼打落台下。假鬼一落台，就該跑到河邊，洗去粉墨，擠在人叢中看戲，然後慢慢的回家。倘打得慢，他就會在戲台上吊死；洗得慢，真鬼也還會認識，跟住他。這擠在人叢中看自己們所做的戲，就如要人下野而念佛，或出洋遊歷一樣，也正是一種缺少不得的過渡儀式。

這之後，就是「跳女吊」。自然先有悲涼的喇叭；少頃，門幕一掀，她出場了。大紅衫子，黑色長背心，長髮蓬鬆，頸掛兩條紙錠，垂頭，垂手，彎彎曲曲的走一個全台，內行人說：這是走了一個「心」字。為什麼要走「心」字呢？我不明白。我只知道她何以要穿紅衫。看王充的《論衡》，知道漢朝的鬼的顏色是紅的，但再看後來的文字和圖畫，卻又並無一定顏色，而在戲文裡，穿紅的則只有這「吊神」。意思是很容易了然的；因為她投繯之際，準備作厲鬼以復仇，紅色較有陽氣，易於和生人相接近，……紹興的婦女，至今還偶有搽粉穿紅之後，這才上吊的。自然，自殺是卑怯的行為，鬼魂報仇更不合於科學，但那些都是愚婦人，連字也不認識，敢請「前進」的文學家和「戰鬥」的勇士們不要十分生氣罷。我真怕你們要變呆鳥。

她將披著的頭髮向後一抖，人這才看清了臉孔：石灰一樣白的圓臉，漆黑的濃眉，烏黑的眼眶，猩紅的嘴唇。聽說浙東的有幾府的戲文裡，吊神又拖著幾寸長的假舌頭，但在紹興沒有。不是我袒護故鄉，我以為還是沒有好；那麼，比起現在將眼眶染成淡灰色的時式打扮來，可以說是更徹底，更可愛。不過下嘴角應該略略向上，使嘴巴成為三角形：這也不是醜模樣。假使半夜之後，在薄暗中，遠處隱約著一位這樣的粉面朱唇，就是現在的我，也許會跑過去看看的，但自然，卻未必就被誘惑得上吊。她兩肩微聳，四顧，傾聽，似驚，似喜，似怒，終於發出悲哀的聲音，慢慢地唱道：

「奴奴本是楊家女，[5]

呵呀，苦呀，天哪！……」

下文我不知道了。就是這一句，也還是剛從克士[6]那裡聽來的。但那大略，是說後來去做童養媳，備受虐待，終於弄到投繯。唱完就聽到遠處的哭聲，這也是一個女人，在銜冤悲泣，準備自殺。她萬分驚喜，要去「討替代」了，卻不料突然跳出「男吊」來，主張應該他去討。他們由爭論而至動武，女的當然不敵，幸而王靈官雖然臉相並不漂亮，卻是熱烈的女權擁護家，就在危急之際出現，一鞭把男吊打死，放女的獨去活動了。老年人告訴我說：古時候，是男女一樣的要上吊的，自從

5. 應為良家女。目連戲中的唱詞。

6. 周建人，魯迅的三弟，字喬峰，筆名克士，生物學家，當時任職商務印書館編輯。

王靈官打死了男吊神，才少有男人上吊；而且古時候，是身上有七七四十九處，都可以吊死的，自從王靈官打死了男吊神，致命處才只在脖子上。中國的鬼有些奇怪，好像是做鬼之後，也還是要死的，那時的名稱，紹興叫作「鬼裡鬼」。但男吊既然早被王靈官打死，為什麼現在「跳吊」，還會引出真的來呢？我不懂這道理，問問老年人，他們也講說不明白。

而且中國的鬼還有一種壞脾氣，就是「討替代」，這才完全是利己主義；倘不然，是可以十分坦然的和他們相處的。習俗相沿，雖女吊不免，她有時也單是「討替代」，忘記了復仇。紹興煮飯，多用鐵鍋，燒的是柴或草，煙煤一厚，火力就不靈了，因此我們就常在地上看見刮下的鍋煤。但一定是散亂的，凡村姑鄉婦，誰也決不肯省些力，把鍋子伏在地面上，團團一刮，使煙煤落成一個黑圈子。這是因為吊神誘人的圈套，就用煤圈煉成的緣故。散掉煙煤，正是消極的抵制，不過為的是反對「討替代」，並非因為怕她去報仇。被壓迫者即使沒有報復的毒心，也決無被報復的恐懼，只有明明暗暗，吸血吃肉的兇手或其幫閒們，這才贈人以「犯而勿校」或「勿念舊惡」的格言，——我到今年，也愈加看透了這些人面東西的秘密。

九月十九——二十日

生活所感

「這也是生活」……

這也是病中的事情。

有一些事，健康者或病人是不覺得的，也許遇不到，也許太微細。到得大病初愈，就會經驗到；在我，則疲勞之可怕和休息之舒適，就是兩個好例子。我先前往往自負，從來不知道所謂疲勞。書桌面前有一把圓椅，坐著寫字或用心的看書，是工作；旁邊有一把藤躺椅，靠著談天或隨意的看報，便是休息；覺得兩者並無很大的不同，而且往往以此自負。現在才知道是不對的，所以並無大不同者，乃是因為並未疲勞，也就是並未出力工作的緣故。

我有一個親戚的孩子，高中畢了業，卻只好到襪廠裡去做學徒，心情已經很不快活的了，而工作又很繁重，幾乎一年到頭，並無休息。他是好高的，不肯偷懶，支持了一年多。有一天，忽然坐倒了，對他的哥哥道：「我一點力氣也沒有了。」

他從此就站不起來，送回家裡，躺著，不想飲食，不想動彈，不想言語，請了耶穌教堂的醫生來看，說是全體什麼病也沒有，然而全體都疲乏了。也沒有什麼法子治。自然，連接而來的是靜靜的死。我也曾經有過兩天這樣的情形，但原因不同，他是做乏，我是病乏的。我的確什麼欲望也沒有，似乎一切都和我不相干，所有舉動都是多事，我沒有想到死，但也沒有覺得生；這就是所謂「無欲望狀態」，是死亡的第一步。曾有愛我者因此暗中下淚；然而我有轉機了，我要喝一點湯水，我有時也看看四近的東西，如牆壁，蒼蠅之類，此後才能覺得疲勞，才需要休息。

像心縱意的躺倒，四肢一伸，大聲打一個呵欠，又將全體放在適宜的位置上，然後弛懈了一切用力之點，這真是一種大享樂。在我是從來未曾享受過的。我想，強壯的，或者有福的人，恐怕也未曾享受過。

記得前年，也在病後，做了一篇《病後雜談》，共五節，投給《文學》，但後四節無法發表，印出來只剩了頭一節了。雖然文章前面明明有一個「一」字，此後突然而止，並無「二」「三」，仔細一想是就會覺得古怪的，但這不能要求於每一位讀者，甚而至於不能希望於批評家。於是有人據這一節，下我斷語道：「魯迅是贊成生病的。」現在也許暫免這種災難了，但我還不如先在這裡聲明一下：「我的話到這裡還沒有完。」

有了轉機之後四五天的夜裡，我醒來了，喊醒了廣平。

「給我喝一點水。並且去開開電燈，給我看來看去的看一下。」

「為什麼？……」她的聲音有些驚慌，大約是以為我在講昏話。

「因為我要過活。你懂得麼？這也是生活呀。我要看來看去的看一下。」

「哦……」她走起來，給我喝了幾口茶，徘徊了一下，又輕輕的躺下了，不去開電燈。

我知道她沒有懂得我的話。

街燈的光穿窗而入，屋子裡顯出微明，我大略一看，熟識的牆壁，壁端的稜線，熟識的書堆，堆邊的未訂的畫集，外面的進行著的夜，無窮的遠方，無數的人們，都和我有關。我存在著，我在生活，我將生活下去，我開始覺得自己更切實了，我有動作的欲望——但不久我又墜入了睡眠。

第二天早晨在日光中一看，果然，熟識的牆壁，熟識的書堆……這些，在平時，我也時常看它們的，其實是算作一種休息。但我們一向輕視這等事，縱使也是生活中的一片，卻排在喝茶搔癢之下，或者簡直不算一回事。我們所注意的是特別的精華，毫不在枝葉。給名人作傳的人，也大抵一味鋪張其特點，李白怎樣做詩，怎樣耍顛，拿破崙怎樣打仗，怎樣不睡覺，卻不說他們怎樣不耍顛，要睡覺。其實，一生中專門要顛或不睡覺，是一定活不下去的，人之有時能要顛和不睡覺，就因為倒是有時不要顛和也睡覺的緣故。然而人們以為這些平凡的都是生活的渣滓，一看也不看。

於是所見的人或事，就如盲人摸象，摸著了腳，即以為象的樣子像柱子。中國古人，常欲得其「全」，就是製婦女用的「烏雞白鳳丸」，也將全雞連毛血都收在丸藥裡，方法固然可笑，主意卻是不錯的。

刪夷枝葉的人，決定得不到花果。

為了不給我開電燈，我對於廣平很不滿，見人即加以攻擊；到得自己能走動了，就去一翻她所看的刊物，果然，在我臥病期中，全是精華的刊物已經出得不少了，有些東西，後面雖然仍舊是「美容妙法」，「古木發光」，或者「尼姑之秘密」，但第一面卻總有一點激昂慷慨的文章。作文已經有了「最中心之主題」：連義和拳時代和德國統帥瓦德西睡了一些時候的賽金花，也早已封為九天護國娘娘了。

尤可驚服的是先前用《御香縹緲錄》[1]，把清朝的宮廷講得津津有味的《申報》上的《春秋》，也已經時而大有不同，有一天竟在卷端的《點滴》[2]裡，教人當吃西瓜時，也該想到我們土地的被割碎，像這西瓜一樣[3]。自然，這是無時無地無事

1. 1933 年在美國紐約出版，由清宗室德齡所作，原名《老佛爺時代的西太后》。1934 年由秦瘦鷗翻譯並連載於《申報》副刊《春秋》上。
2. 《申報・春秋》上刊登短篇文章的專欄。
3. 1936 年 8 月 12 日刊載姚明然的短文中所說：「當圓圓的西瓜，被瓜分的時候，我便想到和將來世界殖民地的再分割不是一樣嗎？」

而不愛國，無可訾議的。但倘使我一面這樣想，一面吃西瓜，我恐怕一定咽不下去，即使用勁咽下，也難免不能消化，在肚子裡咕咚的響它好半天。這也未必是因為我病後神經衰弱的緣故。我想，倘若用西瓜作比，講過國恥講義，卻立刻又會高高興興的把這西瓜吃下，成為血肉的營養的人，這人恐怕是有些麻木。對他無論講什麼講義，都是毫無功效的。

我沒有當過義勇軍，說不確切。但自己問：戰士如吃西瓜，是否大抵有一面吃，一面想的儀式的呢？我想：未必有的。他大概只覺得口渴，要吃，味道好，卻並不想到此外任何好聽的大道理。吃過西瓜，精神一振，戰鬥起來就和喉乾舌敝時候不同，所以吃西瓜和抗敵的確有關係，但和應該怎樣想的上海設定的戰略，卻是不相干。這樣整天哭喪著臉去吃喝，不多久，胃口就倒了，還抗什麼敵。

然而人往往喜歡說得稀奇古怪，連一個西瓜也不肯主張平平常常的吃下去。其實，戰士的日常生活，是並不全部可歌可泣的，然而又無不和可歌可泣之部相關聯，這才是實際上的戰士。

八月二十三日

上海所感

一有所感，倘不立刻寫出，就忘卻，因為會習慣。幼小時候，洋紙一到手，便覺得羊臊氣撲鼻，現在卻什麼特別的感覺也沒有了。初看見血，心裡是不舒服的，不過久住在殺人的名勝之區，則即使見了掛著的頭顱，也不怎麼詫異。這就是因為能夠習慣的緣故。由此看來，人們——至少，是我一般的人們，要從自由人變成奴隸，怕也未必怎麼煩難罷。無論什麼，都會慣起來的。

中國是變化繁多的地方，但令人並不覺得怎樣變化。變化太多，反而很快的忘卻了。倘要記得這麼多的變化，實在也非有超人的記憶力就辦不到。

但是，關於一年中的所感，雖然淡漠，卻還能夠記得一些的。不知怎的，好像無論什麼，都成了潛行活動，秘密活動了。

至今為止，所聽到的是革命者因為受著壓迫，所以用著潛行，或者秘密的活動，但到一九三三年，卻覺得統治者也在這麼辦的了。譬如罷，闊佬甲到闊佬乙所在的地方來，一般的人們，總以為是來商量政治的，然而報紙上卻道並不為此，只因為要遊名勝，或是到溫泉裡洗澡；外國的外交官來到了，它告訴讀者的是也並非有什麼外交問題，不過來看看某大名人的貴恙。但是，到底又總好像並不然。

用筆的人更能感到的，是所謂文壇上的事。有錢的人，給綁匪架去了，作為抵押品，上海原是常有的，但近來卻連作家也往往不知所往。有些人說，那是給政府那面捉去了，然而好像政府那面的人們，卻道並不是。然而又好像實在也還是在屬於政府的什麼機關裡的樣子。犯禁的書籍雜誌的目錄，是沒有的，然而郵寄之後，也往往不知所往。假如是列寧的著作罷，那自然不足為奇，但《國木田獨步集》有時也不行，還有，是亞米契斯的《愛的教育》。不過，賣著也許犯忌的東西的書店，卻還是有的，雖然還有，而有時又會從不知什麼地方飛來一柄鐵錘，將窗上的大玻璃打破，損失是二百元以上。打破兩塊的書店也有，這回是合計五百元正了。有時也撒些傳單，署名總不外乎什麼什麼團之類。

平安的刊物上，是登著莫索里尼或希特拉[1]的傳記，恭維著，還說是要救中國，必須這樣的英雄，然而一到中國的莫索里尼或希特拉是誰呢這一個緊要結論，卻總是客氣著不明說。這是秘密，要讀者自己悟出，各人自負責任的罷。對於論敵，當和蘇俄絕交時，就說他得著盧布，抗日的時候，則說是在將中國的秘密向日本賣

1. 希特拉（Adolf Hitler,1889—1945），通譯希特勒，德國納粹黨領袖。

錢。但是，用了筆墨來告發這賣國事件的人物，卻又用的是化名，好像萬一發生效力，敵人因此被殺了，他也不很高興負這責任似的。

革命者因為受壓迫，所以鑽到地裡去，現在是壓迫者和他的爪牙，也躲進暗地裡去了。這是因為雖在軍刀的保護之下，胡說八道，其實卻毫無自信的緣故；而且連對於軍刀的力量，也在懷著疑。一面胡說八道，一面想著將來的變化，就越加縮進暗地裡去，準備著情勢一變，就另換一副面孔，另拿一張旗子，從新來一回。而拿著軍刀的偉人存在外國銀行裡的錢，也使他們的自信力更加動搖的。這是為不遠的將來計。為了遼遠的將來，則在願意在歷史上留下一個芳名。中國和印度不同，是看重歷史的。但是，並不怎麼相信，總以為只要用一種什麼好手段，就可以使人寫得體體面面。然而對於自己以外的讀者，那自然要他們相信的。

我們從幼小以來，就受著對於意外的事情，變化非常的事情，絕不驚奇的教育。那教科書是《西遊記》，全部充滿著妖怪的變化。例如牛魔王呀，孫悟空呀……就是。據作者所指示，是也有邪正之分的，但總而言之，兩面都是妖怪，所以在我們人類，大可以不必怎樣關心。然而，假使這不是書本上的事，而自己也身歷其境，這可頗有點為難了。以為是洗澡的美人罷，卻是蜘蛛精；以為是寺廟的大門罷，卻是猴子的嘴，這教人怎麼過。早就受了《西遊記》教育，嚇得氣絕是大約不至於的，但總之，無論對於什麼，就都不免要懷疑了。

外交家是多疑的，我卻覺得中國人大抵都多疑。如果跑到鄉下去，向農民問路徑，問他的姓名，問收成，他總不大肯說老實話。將對手當蜘蛛精看是未必的，但好像他總在以為會給他什麼禍祟。這種情形，很使正人君子們憤慨，就給了他們一個徽號，叫作「愚民」。但在事實上，帶給他們禍祟的時候卻也並非全沒有。因了一整年的經驗，我也就比農民更加多疑起來，看見顯著正人君子模樣的人物，竟會覺得他也許正是蜘蛛精了。然而，這也就會習慣的罷了。

愚民的發生，是愚民政策的結果，秦始皇已經死了二千多年，看看歷史，是沒有再用這種政策的了，然而，那效果的遺留，卻久遠得多麼駭人呵！

十二月五日

#「招貼即扯」

工愁的人物，真是層出不窮。開年正月，就有人怕罵倒了一切古今人，只留下自己的沒意思。要是古今中外真的有過這等事，這才叫作稀奇，但實際上並沒有，將來大約也不會有。豈但一切古今人，連一個人也沒有罵倒過。凡是倒掉的，決不是因為罵，卻只為揭穿了假面。揭穿假面，就是指出了實際來，這不能混謂之罵。

然而世間往往混為一談。就以現在最流行的袁中郎[1]為例罷，既然肩出來當作招牌，看客就不免議論這招牌，怎樣撕破了衣裳，怎樣畫歪了臉孔。這其實和中郎本身是無關的，所指的是他的自以為徒子徒孫們的手筆。然而徒子徒孫們就以為罵了他的中郎爺，憤慨和狼狽之狀可掬，覺得現在的世界是比五四時代更狂妄了。但是，現在的袁中郎臉孔究竟畫得怎樣呢？時代很近，文證具存，除了變成一個小品文的老師，「方巾氣」[2]的死敵而外，還有些什麼？

和袁中郎同時活在中國的，無錫有一個顧憲成，他的著作，開口「聖人」，閉口「吾儒」，真是滿紙「方巾氣」。而且疾惡如仇，對小人決不假借。他說：「吾

1. 袁宏道，字中郎，明代文學家。與兄宗道、弟中道並稱「三袁」，三袁反對「前、後七子」的擬古思想，主張「獨抒性靈，不拘格套」，世稱公安派。
2. 方巾是明代士人日常所戴的帽子。方巾氣意思是道學氣，又稱頭巾氣。1934年林語堂在《申報·自由談》刊載的《方巾氣研究》中說道：「方巾氣道學氣勢幽默之魔敵」。

聞之：凡論人，當觀其趨向之大體。趨向苟正，即小節出入，不失為君子；趨向苟差，即小節可觀，終歸於小人。又聞：為國家者，莫要於扶陽抑陰，君子即不幸有詿誤，當保護愛惜成就之；小人即小過乎，當早排絕，無令為後患。……」（《自反錄》）推而廣之，也就是倘要論袁中郎，當看他趨向之大體，趨向苟正，不妨恕其偶講空話，作小品文，因為他還有更重要的一方面在。正如李白會做詩，就可以不責其喝酒，如果只會喝酒，便以半個李白，或李白的徒子徒孫自命，那可是應該趕緊將他「排絕」的。

中郎還有更重要的一方面麼？有的。萬曆三十七年，顧憲成辭官，時中郎「主陝西鄉試，發策，有『過劣巢由』之語。監臨者問『意云何？』袁曰：『今吳中大賢亦不出，將令世道何所倚賴，故發此感爾。』」（《顧端文公年譜》下）中郎正是一個關心世道，佩服「方巾氣」人物的人，贊《金瓶梅》，作小品文，並不是他的全部。

中郎之不能被罵倒，正如他之不能被畫歪。但因此也就不能作他的蛀蟲們的永久的巢穴了。

一月二十六日

隱士

隱士，歷來算是一個美名，但有時也當作一個笑柄。最顯著的，則有刺陳眉公的「翩然一隻雲中鶴，飛去飛來宰相衙」的詩，至今也還有人提及。我以為這是一種誤解。因為一方面，是「自視太高」，於是別方面也就「求之太高」，彼此「忘其所以」，不能「心照」，而又不能「不宣」，從此口舌也多起來了。

非隱士的心目中的隱士，是聲聞不彰，息影山林的人物。但這種人物，世間是不會知道的。一到掛上隱士的招牌，則即使他並不「飛去飛來」，也一定難免有些表白，張揚；或是他的幫閒們的開鑼喝道——隱士家裡也會有幫閒，說起來似乎不近情理，但一到招牌可以換飯的時候，那是立刻就有幫閒的，這叫作「啃招牌邊」。這一點，也頗為非隱士的人們所詬病，以為隱士身上而有油可揩，則隱士之闊綽可想了。其實這也是一種「求之太高」的誤解，和硬要有名的隱士，老死山林中者相同。凡是有名的隱士，他總是已經有了「悠哉游哉，聊以卒歲」的幸福的。倘不然，朝砍柴，晝耕田，晚澆菜，夜織屨，又哪有吸煙品茗，吟詩作文的閒暇？陶淵明先生是我們中國赫赫有名的大隱，一名「田園詩人」，自然，他並不辦期刊，也趕不上吃「庚款」[1]，然而他有奴子。漢晉時候的奴子，是不但侍候主人，並且給主人種地，營商的，正是生財器具。所以雖是淵明先生，也還略略有些生財之道在，要不然，他老人家不但沒有酒喝，而且沒有飯吃，早已在東籬旁邊餓死了。

所以我們倘要看看隱君子風，實際上也只能看看這樣的隱君子，真的「隱君子」是沒法看到的。古今著作，足以汗牛而充棟，但我們可能找出樵夫漁父的著作來？他們的著作是砍柴和打魚。至於那些文士詩翁，自稱什麼釣徒樵子的，倒大抵是悠游自得的封翁或公子，何嘗捏過釣竿或斧頭柄。要在他們身上賞鑒隱逸氣，我敢說，這只能怪自己糊塗。

登仕，是啖飯之道，歸隱，也是啖飯之道。假使無法啖飯，那就連「隱」也隱不成了。「飛去飛來」，正是因為要「隱」，也就是因為要啖飯；肩出「隱士」的招牌來，掛在「城市山林」裡，這就正是所謂「隱」，也就是啖飯之道。幫閒們或開鑼，或喝道，那是因為自己還不配「隱」，所以只好揩一點「隱」油，其實也還不外乎啖飯之道。漢唐以來，實際上是入仕並不算鄙，隱居也不算高，而且也不算窮，必須欲「隱」而不得，這才看作士人的末路。唐末有一位詩人左偃，自述他悲

1. 指美英等國退還的庚子賠款。1900 年八國聯軍入侵中國，1901 年強迫當時中國的清廷政府簽訂《辛丑條約》，並讓中國給付給各國賠款四億五千萬兩。後美、英等將賠款中尚未給付的部分退還，作為在中國興辦學校、圖書館、醫院等機構與學術獎金的資金。

慘的境遇道：「謀隱謀官兩無成」，是用七個字道破了所謂「隱」的秘密的。

「謀隱」無成，才是淪落，可見「隱」總和享福有些相關，至少是不必十分掙扎謀生，頗有悠閒的餘裕。但讚頌悠閒，鼓吹煙茗，卻又是掙扎之一種，不過掙扎得隱藏一些。雖「隱」，也仍然要噉飯，所以招牌還是要油漆，要保護的。泰山崩，黃河溢，隱士們目無見，耳無聞，但苟有議及自己們或他的一夥的，則雖千里之外，半句之微，他便耳聰目明，奮袂而起，好像事件之大，遠勝於宇宙之滅亡者，也就為了這緣故。其實連和蒼蠅也何嘗有什麼相關。

明白這一點，對於所謂「隱士」也就毫不詫異了，心照不宣，彼此都省事。

一月二十五日

聽說夢

做夢，是自由的，說夢，就不自由。做夢，是做真夢的，說夢，就難免說謊。

大年初一，就得到一本《東方雜誌》新年特大號，臨末有「新年的夢想」，問的是「夢想中的未來中國」和「個人生活」，答的有一百四十多人。記者的苦心，我是明白的，想必以為言論不自由，不如來說夢，而且與其說所謂真話之假，不如來談談夢話之真，我高興的翻了一下，知道記者先生卻大大的失敗了。

當我還未得到這本特大號之前，就遇到過一位投稿者，他比我先看見印本，自說他的答案已被資本家刪改了，他所說的夢其實並不如此。這可見資本家雖然還沒法禁止人們做夢，而說了出來，倘為權力所及，卻要干涉的，決不給你自由。這一點，已是記者的大失敗。

但我們且不去管這改夢案子，只來看寫著的夢境罷，誠如記者所說，來答覆的幾乎全部是智識分子。首先，是誰也覺得生活不安定，其次，是許多人夢想著將來的好社會，「各盡所能」呀，「大同世界」呀，很有些「越軌」氣息了（末三句是我添的，記者並沒有說）。

但他後來就有點「癡」起來，他不知從哪裡拾來了一種學說，將一百多個夢分為兩大類，說那些夢想好社會的都是「載道」之夢，是「異端」，正宗的夢應該是「言志」的，硬把「志」弄成一個空洞無物的東西。然而，孔子曰，「盍各言爾志」，而終於贊成曾點者，就因為其「志」合於孔子之「道」的緣故也。

其實是記者的所以為「載道」的夢，那裡面少得很。文章是醒著的時候寫的，問題又近於「心理測驗」，遂致對答者不能不做出各各適宜於目下自己的職業，地位，身分的夢來（已被刪改者自然不在此例），即使看去好像怎樣「載道」，但為將來的好社會「宣傳」的意思，是沒有的。所以，雖然夢「大家有飯吃」者有人，夢「無階級社會」者有人，夢「大同世界」者有人，而很少有人夢見建設這樣社會以前的階級鬥爭，白色恐怖，轟炸，虐殺，鼻子裡灌辣椒水，電刑……倘不夢見這些，好社會是不會來的，無論怎麼寫得光明，終究是一個夢，空頭的夢，說了出來，也無非教人都進這空頭的夢境裡面去。

然而要實現這「夢」境的人們是有的，他們不是說，而是做，夢著將來，而致力於達到這一種將來的現在。因為有這事實，這才使許多智識分子不能不說好像

「載道」的夢，但其實並非「載道」，乃是給「道」載了一下，倘要簡潔，應該說是「道載」的。

為什麼會給「道載」呢？曰：為目前和將來的吃飯問題而已。

我們還受著舊思想的束縛，一說到吃，就覺得近乎鄙俗。但我是毫沒有輕視對答者諸公的意思的。《東方雜誌》記者在《讀後感》裡，也曾引佛洛伊特[1]的意見，以為「正宗」的夢，是「表現各人的心底的秘密而不帶著社會作用的」。但佛洛伊特以被壓抑為夢的根柢——人為什麼被壓抑的呢？這就和社會制度，習慣之類連結了起來，單是做夢不打緊，一說，一問，一分析，可就不妥當了。記者沒有想到這一層，於是就一頭撞在資本家的朱筆上。但引「壓抑說」來釋夢，我想，大家必已經不以為忤了罷。

不過，佛洛伊特恐怕是有幾文錢，吃得飽飽的罷，所以沒有感到吃飯之難，只注意於性慾。有許多人正和他在同一境遇上，就也轟然的拍起手來。誠然，他也告訴過我們，女兒多愛父親，兒子多愛母親，即因為異性的緣故。然而嬰孩出生不多久，無論男女，就尖起嘴唇，將頭轉來轉去。莫非他想和異性接吻麼？不，誰都知道：是要吃東西！

1. 通譯佛洛伊德，精神分析學說創立者，奧地利精神病學家。

食欲的根柢，實在比性慾還要深，在目下開口愛人，閉口情書，並不以為肉麻的時候，我們也大可以不必諱言要吃飯。因為是醒著做的夢，所以不免有些不真，因為題目究竟是「夢想」，而且如記者先生所說，我們是「物質的需要遠過於精神的追求」了，所以乘著 Censors[2]（也引用佛洛伊特語）的監護好像解除了之際，便公開了一部分。其實也是在「夢中貼標語，喊口號」，不過不是積極的罷了，而且有些也許倒和表面的「標語」正相反。

時代是這麼變化，飯碗是這樣艱難，想想現在和將來，有些人也只能如此說夢，同是小資產階級（雖然也有人定我為「封建餘孽」或「土著資產階級」，但我自己姑且定為屬於這階級），很能夠彼此心照，然而也無須秘而不宣的。

至於另有些夢為隱士，夢為漁樵，和本相全不相同的名人，其實也只是豫感飯碗之脆，而卻想將吃飯範圍擴大起來，從朝廷而至園林，由洋場及於山澤，比上面說過的那些志向要大得遠，不過這裡不來多說了。

一月一日

2. 英語，原義為檢察官，佛洛伊德在精神分析學說中用以表示阻止潛意識進入意識的壓抑力。

無花的薔薇

壹

又是 Schopenhauer[1] 先生的話——

「無刺的薔薇是沒有的。——然而沒有薔薇的刺卻很多。」題目改變了一點，較為好看了。

「無花的薔薇」也還是愛好看。

貳

去年，不知怎的這位勗本華爾[2]先生忽然合於我們國度裡的紳士們的脾胃了，便拉扯了他的一點《女人論》；我也就夾七夾八地來稱引了好幾回，可惜都是刺，失了薔薇，實在大煞風景，對不起紳士們。

記得幼小時候看過一出戲，名目忘卻了，一家正在結婚，而勾魂的無常鬼已到，夾在婚儀中間，一同拜堂，一同進房，一同坐床……實在大煞風景，我希望我還不

1. 即叔本華，德國哲學家。
2. 即叔本華，德國哲學家。

至於這樣。

參

有人說我是「放冷箭者」。

我對於「放冷箭」的解釋，頗有些和他們一流不同，是說有人受傷，而不知這箭從什麼地方射出。所謂「流言」者，庶幾近之。但是我，卻明明站在這裡。

但是我，有時雖射而不說明靶子是誰，這是因為初無「與眾共棄」之心，只要該靶子獨自知道，知道有了洞，再不要面皮鼓得急繃繃，我的事就完了。

肆

蔡子民先生一到上海，《晨報》就據國聞社電報鄭重地發表他的談話，而且加以按語，以為「當為歷年潛心研究與冷眼觀察之結果，大足詔示國人，且為知識階級所注意也。」

我很疑心那是胡適之先生的談話，國聞社的電碼有些錯誤了。

伍

豫言者，即先覺，每為故國所不容，也每受同時人的迫害，大人物也時常這樣。他要得人們的恭維讚歎時，必須死掉，或者沉默，或者不在面前。

總而言之，第一要難於質證。

如果孔丘，釋迦，耶穌基督還活著，那些教徒難免要恐慌。對於他們的行為，真不知道教主先生要怎樣慨歎。

所以，如果活著，只得迫害他。

待到偉大的人物成為化石，人們都稱他偉人時，他已經變了傀儡了。

有一流人之所謂偉大與渺小，是指他可給自己利用的效果的大小而言。

陸

法國羅曼羅蘭先生今年滿六十歲了。晨報社為此徵文，徐志摩先生於介紹之餘，發感慨道：「……但如其有人拿一些時行的口號，什麼打倒帝國主義等等，或是分裂與猜忌的現象，去報告羅蘭先生說這是新中國，我再也不能預料他的感想了。」——（《晨副》一二九九）

他住得遠，我們一時無從質證，莫非從「詩哲」的眼光看來，羅蘭先生的意思，是以為新中國應該歡迎帝國主義的麼？

「詩哲」又到西湖看梅花去了，一時也無從質證。不知孤山的古梅，著花也未，可也在那裡反對中國人「打倒帝國主義」？

柒

志摩先生曰：「我很少誇獎人的。但西瀅就他學法郎士的文章說，我敢說，已經當得起一句天津話：『有根』了。」而且「像西瀅這樣，在我看來，才當得起『學者』的名詞。」（《晨副》一四二三）

西瀅教授曰：「中國的新文學運動，方在萌芽，可是稍有貢獻的人，如胡適之，徐志摩，郭沫若，郁達夫，丁西林，周氏兄弟等等都是曾經研究過他國文學的人。尤其是志摩他非但在思想方面，就是在體制方面，他的詩及散文，都已經有一種中國文學裡從來不曾有過的風格。」（《現代》六三）

雖然抄得麻煩，但中國現今「有根」的「學者」和「尤其」的思想家及文人，總算已經互相選出了。

捌

志摩先生曰：「魯迅先生的作品，說來大不敬得很，我拜讀過很少，就只《吶喊》集裡兩三篇小說，以及新近因為有人尊他是中國的尼采他的《熱風》集裡的幾頁。他平常零星的東西，我即使看也等於白看，沒有看進去或是沒有看懂。」（《晨副》一四三三）

西瀅教授曰：「魯迅先生一下筆就構陷人家的罪狀。……可是他的文章，我看過了就放進了應該去的地方——說句體己話，我覺得它們就不應該從那裡出來——手邊卻沒有。」（同上）

雖然抄得麻煩，但我總算已經被中國現在「有根」的「學者」和「尤其」的思想家及文人協力踏倒了。

玖

但我願奉還「曾經研究過他國文學」的榮名。「周氏兄弟」之一，一定又是我了。我何嘗研究過什麼呢，做學生時候看幾本外國小說和文人傳記，就能算「研究過他國文學」麼？

該教授——恕我打一句「官話」——說過，我笑別人稱他們為「文士」，而不笑「某報天天鼓吹」我是「思想界的權威者」。現在不了，不但笑，簡直唾棄它。

拾

其實呢，被毀則報，被譽則默，正是人情之常。誰能說人的左頰既受愛人接吻而不作一聲，就得援此為例，必須默默地將右頰給仇人咬一口呢？

我這回的竟不要那些西瀅教授所頒賞陪襯的榮名，「說句體己話」罷，實在是不得已。我的同鄉不是有「刑名師爺」的麼？他們都知道，有些東西，為要顯示他傷害你的時候的公正，在不相干的地方就稱讚你幾句，似乎有賞有罰，使別人看去，很像無私……。

「帶住！」又要「構陷人家的罪狀」了。只是這一點，就已經夠使人「即使看也等於白看」，或者「看過了就放進了應該去的地方」了。

二月二十七日

隨感錄六十六·生命的路

想到人類的滅亡是一件大寂寞大悲哀的事；然而若干人們的滅亡，卻並非寂寞悲哀的事。

生命的路是進步的，總是沿著無限的精神三角形的斜面向上走，什麼都阻止他不得。

自然賦與人們的不調和還很多，人們自己萎縮墮落退步的也還很多，然而生命決不因此回頭。無論什麼黑暗來防範思潮，什麼悲慘來襲擊社會，什麼罪惡來褻瀆人道，人類的渴仰完全的潛力，總是踏了這些鐵蒺藜向前進。

生命不怕死，在死的面前笑著跳著，跨過了滅亡的人們向前進。

什麼是路？就是從沒路的地方踐踏出來的，從只有荊棘的地方開闢出來的。

以前早有路了，以後也該永遠有路。

人類總不會寂寞，因為生命是進步的，是樂天的。

昨天，我對我的朋友L[1]說，「一個人死了，在死者自身和他的眷屬是悲慘的

1. 這裡和下文的「L」，最初發表時都作「魯迅」。

事，但在一村一鎮的人看起來不算什麼；就是一省一國一種……」

L很不高興，說，「這是Natur（自然）的話，不是人們的話。你應該小心些。」

我想，他的話也不錯。

經驗

古人所傳授下來的經驗，有些實在是極可寶貴的，因為它曾經費去許多犧牲，而留給後人很大的益處。

偶然翻翻《本草綱目》，不禁想起了這一點。這一部書，是很普通的書，但裡面卻含有豐富的寶藏。自然，捕風捉影的記載，也是在所不免的，然而大部分的藥品的功用，卻由歷久的經驗，這才能夠知道到這程度，而尤其驚人的是關於毒藥的敘述。我們一向喜歡恭維古聖人，以為藥物是由一個神農皇帝獨自嘗出來的，他曾經一天遇到過七十二毒，但都有解法，沒有毒死。這種傳說，現在不能主宰人心了。人們大抵已經知道一切文物，都是歷來的無名氏所逐漸的造成。建築，烹飪，漁獵，耕種，無不如此；醫藥也如此。這麼一想，這事情可就大起來了：大約古人一有病，最初只好這樣嘗一點，那樣嘗一點，吃了毒的就死，吃了不相干的就無效，有的竟吃到了對證的就好起來，於是知道這是對於某一種病痛的藥。這樣地累積下去，乃有草創的記錄，後來漸成為龐大的書，如《本草綱目》就是。而且這書中的所記，又不獨是中國的，還有阿剌伯人[1]的經驗，有印度人的經驗，則先前所用的犧牲之大，更可想而知了。

然而也有經過許多人經驗之後，倒給了後人壞影響的，如俗語說「各人自掃門前雪，莫管他家瓦上霜」的便是其一。救急扶傷，一不小心，向來就很容易被人所誣陷，而還有一種壞經驗的結果的歌訣，是「衙門八字開，有理無錢莫進來」，於是人們就只要事不干己，還是遠遠的站開乾淨。我想，人們在社會裡，當初是並不這樣彼此漠不相關的，但因豺狼當道，事實上因此出過

許多犧牲，後來就自然的都走到這條道路上去了。所以，在中國，尤其是在都市裡，倘使路上有暴病倒地，或翻車摔傷的人，路人圍觀或甚至於高興的人盡有，肯伸手來扶助一下的人卻是極少的。這便是犧牲所換來的壞處。

總之，經驗的所得的結果無論好壞，都要很大的犧牲，雖是小事情，也免不掉要付驚人的代價。例如近來有些看報的人，對於什麼宣言，通電，講演，談話之類，無論它怎樣駢四儷六，崇論宏議，也不去注意了，甚而還至於不但不注意，看了倒不過做做嘻笑的資料。這哪裡有「始制文字，乃服衣裳」[2]一樣重要呢，然而這一點點結果，卻是犧牲了一大片地面，和許多人的生命財產換來的。生命，那當然是

1. 即阿拉伯人。
2. 出自《千字文》。

別人的生命，倘是自己，就得不著這經驗了。所以一切經驗，是只有活人才能有的，我的決不上別人譏刺我怕死，就去自殺或拚命的當，而必須寫出這一點來，就為此。而且這也是小小的經驗的結果。

六月十二日

死

當印造凱綏・珂勒惠支（Kaethe Kollwitz）所作版畫的選集時，曾請史沫德黎（A・Smedley）[1]女士做一篇序。自以為這請得非常合適，因為她們倆原極熟識的。不久做來了，又逼著茅盾先生譯出，現已登在選集上。其中有這樣的文字：

「許多年來，凱綏・珂勒惠支——她從沒有一次利用過贈授給她的頭銜[2]——作了大量的畫稿，速寫，鉛筆作的和鋼筆作的速寫，木刻，銅刻。把這些來研究，就表示著有二大主題支配著，她早年的主題是反抗，而晚年的是母愛，母性的保障，救濟，以及死。而籠照於她所有的作品之上的，是受難的，悲劇的，以及保護被壓迫者深切熱情的意識。

「有一次我問她：『從前你用反抗的主題，但是現在你好像很有點抛不開死這觀念。這是為什麼呢？』用了深有所苦的語調，她回答道，『也許因為我是一天一天老了！』……」

我那時看到這裡，就想了一想。算起來：她用「死」來做畫材的時候，是

1. 通譯史沫特萊（1890-1950），美國女作家、記者。於 1928 年至中國，1929 年初次與魯迅會面。著有自傳體長篇小說《大地兒女》等。
2. 1918 年德國 11 月革命成立共和國後，德國政府授予史沫特萊教授稱號，普魯士藝術學院聘請為院士，又授予「藝術大師」的稱號，享有領取終身年金的權利。

一九一〇年頃；這時她不過四十三四歲。我今年的這「想了一想」，當然和年紀有關，但回憶十餘年前，對於死卻還沒有感到這麼深切。大約我們的生死久已被人們隨意處置，認為無足重輕，所以自己也看得隨隨便便，不像歐洲人那樣的認真了。有些外國人說，中國人最怕死。這其實是不確的，——但自然，每不免模模糊糊的死掉則有之。

大家所相信的死後的狀態，更助成了對於死的隨便。誰都知道，我們中國人是相信有鬼（近時或謂之「靈魂」）的，既有鬼，則死掉之後，雖然已不是人，卻還不失為鬼，總還不算是一無所有。不過設想中的做鬼的久暫，卻因其人的生前的貧富而不同。窮人們是大抵以為死後就去輪回的，根源出於佛教。佛教所說的輪回，當然手續繁重，並不這麼簡單，但窮人往往無學，所以不明白。這就是使死罪犯人綁赴法場時，大叫「二十年後又是一條好漢」，面無懼色的原因。況且相傳鬼的衣服，是和臨終時一樣的，窮人無好衣裳，做了鬼也決不怎麼體面，實在遠不如立刻投胎，化為赤條條的嬰兒的上算。我們曾見誰家生了小孩，胎裡就穿著叫化子或是游泳家的衣服的麼？從來沒有。這就好，從新來過。也許有人要問，既然相信輪回，那就說不定來生會墮入更窮苦的景況，或者簡直是畜生道，更加可怕了。但我看他們是並不這樣想的，他們確信自己並未造出該入畜生道的罪孽，他們從來沒有能墮畜生道的地位，權勢和金錢。

然而有著地位，權勢和金錢的人，卻又並不覺得該墮畜生道；他們倒一面化為居士，準備成佛，一面自然也主張讀經復古，兼做聖賢。他們像活著時候的超出人理一樣，自以為死後也超出了輪回的。至於小有金錢的人，則雖然也不覺得該受輪回，但此外也別無雄才大略，只豫備安心做鬼。所以年紀一到五十上下，就給自己尋葬地，合壽材，又燒紙錠，先在冥中存儲，生下子孫，每年可吃羹飯。這實在比做人還享福。假使我現在已經是鬼，在陽間又有好子孫，那麼，又何必零星賣稿，或向北新書局去算賬呢，只要很閒適的躺在楠木或陰沉木的棺材裡，逢年逢節，就自有一桌盛饌和一堆國幣擺在眼前了，豈不快哉！

就大體而言，除極富貴者和冥律無關外，大抵窮人利於立即投胎，小康者利於長久做鬼。小康者的甘心做鬼，是因為鬼的生活（這兩字大有語病，但我想不出適當的名詞來），就是他還未過厭的人的生活的連續。陰間當然也有主宰者，而且極其嚴厲，公平，但對於他獨獨頗肯通融，也會收點禮物，恰如人間的好官一樣。

有一批人是隨隨便便，就是臨終也恐怕不大想到的，我向來正是這隨便黨裡的一個。三十年前學醫的時候，曾經研究過靈魂的有無，結果是不知道；又研究過死亡是否苦痛，結果是不一律，後來也不再深究，忘記了。近十年中，有時也為了朋友的死，寫點文章，不過好像並不想到自己。這兩年來病特別多，一病也比較的長久，這才往往記起了年齡，自然，一面也為了有些作者們筆下的好意的或是惡意的不斷的提示。

從去年起，每當病後休養，躺在藤躺椅上，每不免想到體力恢復後應該動手的事情：做什麼文章，翻譯或印行什麼書籍。想定之後，就結束道：就是這樣罷——但要趕快做。這「要趕快做」的想頭，是為先前所沒有的，就因為在不知不覺中，記得了自己的年齡。卻從來沒有直接的想到「死」。

直到今年的大病，這才分明的引起關於死的豫想來。原先是仍如每次的生病一樣，一任著日本的S醫師[3]的診治的。他雖不是肺病專家，然而年紀大，經驗多，從習醫的時期說，是我的前輩，又極熟識，肯說話。自然，醫師對於病人，縱使怎樣熟識，說話是還是有限度的，但是他至少已經給了我兩三回警告，不過我仍然不以為意，也沒有轉告別人。大約實在是日子太久，病象太險了的緣故罷，幾個朋友暗自協商定局，請了美國的D醫師[4]來診察了。他是在上海的惟一的歐洲的肺病專

3. 即須藤五百三（1876-1959），日本岡山縣人，早年任職軍中擔任軍醫，1911 年於朝鮮任道立醫院院長，1917 年於上海開設須藤醫院。

4. 即托馬斯 · 鄧恩（Thomas Dunn，1886-1948），美籍英國人。早年於美國海軍中擔任軍醫，1920 年至中國行醫，透過史沫特萊介紹為魯迅診治。

家，經過打診，聽診之後，雖然譽我為最能抵抗疾病的典型的中國人，然而也宣告了我的就要滅亡；並且說，倘是歐洲人，則在五年前已經死掉。這判決使善感的朋友們下淚。我也沒有請他開方，因為我想，他的醫學從歐洲學來，一定沒有學過給死了五年的病人開方的法子。然而D醫師的診斷卻實在是極準確的，後來我照了一張用X光透視的胸像，所見的景象，竟大抵和他的診斷相同。

我並不怎麼介意於他的宣告，但也受了些影響，日夜躺著，無力談話，無力看書。連報紙也拿不動，又未曾煉到「心如古井」，就只好想，而從此竟有時要想到「死」了。不過所想的也並非「二十年後又是一條好漢」，或者怎樣久住在楠木棺材裡之類，而是臨終之前的瑣事。在這時候，我才確信，我是到底相信人死無鬼的。我只想到過寫遺囑，以為我倘曾貴為宮保[5]，富有千萬，兒子和女婿及其他一定早已逼我寫好遺囑了，現在卻誰也不提起。但是，我也留下一張罷。當時好像很想定了一些，都是寫給親屬的，其中有的是：

一，不得因為喪事，收受任何人的一文錢。——但老朋友的，不在此例。

二，趕快收斂，埋掉，拉倒。

三，不要做任何關於紀念的事情。

5. 即太子太保、少保的通稱，清廷時授予大臣的頭銜，表示榮寵。

四，忘記我，管自己生活。——倘不，那就真是糊塗蟲。

五，孩子長大，倘無才能，可尋點小事情過活，萬不可去做空頭文學家或美術家。

六，別人應許給你的事物，不可當真。

七，損著別人的牙眼，卻反對報復，主張寬容的人，萬勿和他接近。

此外自然還有，現在忘記了。只還記得在發熱時，又曾想到歐洲人臨死時，往往有一種儀式，是請別人寬恕，自己也寬恕了別人。我的怨敵可謂多矣，倘有新式的人問起我來，怎麼回答呢？我想了一想，決定的是：讓他們怨恨去，我也一個都不寬恕。

但這儀式並未舉行，遺囑也沒有寫，不過默默的躺著，有時還發生更切迫的思想：原來這樣就算是在死下去，倒也並不苦痛；但是，臨終的一剎那，也許並不這樣的罷；然而，一世只有一次，無論怎樣，總是受得了的……。後來，卻有了轉機，好起來了。到現在，我想，這些大約並不是真的要死之前的情形，真的要死，是連這些想頭也未必有的，但究竟如何，我也不知道。

九月五日

火

普洛美修斯[1]偷火給人類，總算是犯了天條，貶入地獄。但是，鑽木取火的燧人氏卻似乎沒有犯竊盜罪，沒有破壞神聖的私有財產——那時候，樹木還是無主的公物。然而燧人氏也被忘卻了，到如今只見中國人供火神菩薩，不見供燧人氏的。

火神菩薩只管放火，不管點燈。凡是火著就有他的份。因此，大家把他供養起來，希望他少作惡。然而如果他不作惡，他還受得著供養麼，你想？

點燈太平凡了。從古至今，沒有聽到過點燈出名的名人，雖然人類從燧人氏那裡學會了點火已經有五六千年的時間。放火就不然。秦始皇放了一把火——燒了書沒有燒人；項羽入關又放了一把火——燒的是阿房宮不是民房（？——待考）。……羅馬的一個什麼皇帝卻放火燒百姓了[2]；中世紀正教的僧侶就會把異教徒當柴火燒，間或還灌上油。這些都是一世之雄。現代的希特拉就是活證人[3]。如何能不供養起來。何況現今是進化時代，火神菩薩也代代跨灶[4]的。

譬如說罷，沒有電燈的地方，小百姓不顧什麼國貨年，人人都要買點洋貨的煤

1. 通譯普羅米修斯。
2. 相傳羅馬皇帝尼祿曾於公元 64 年放火焚燒羅馬城。
3. 即希特勒。希特勒出任德國總理後，於 1933 年 27 日焚燒國會大廈，並嫁禍於德國共產黨人，成為鎮壓共產黨與革命者的藉口。
4. 比喻良馬，或用以比喻兒子勝過父親。馬的前蹄下的空隙，稱作灶門。馬奔跑時，後蹄蹄印落在前蹄蹄印之前，稱作跨灶。

油，晚上就點起來：那麼幽黯的黃澄澄的光線映在紙窗上，多不大方！不准，不准這麼點燈！你們如果要光明的話，非得禁止這樣「浪費」煤油不可。煤油應當扛到田地裡去，灌進噴筒，呼啦呼啦的噴起來……一場大火，幾十里路的延燒過去，稻禾，樹木，房舍——尤其是草棚——一會兒都變成飛灰了。還不夠，就有燃燒彈，硫磺彈，從飛機上面扔下來，像上海一二八的大火似的，夠燒幾天幾晚。那才是偉大的光明呵。

火神菩薩的威風是這樣的。可是說起來，他又不承認：火神菩薩據說原是保佑小民的，至於火災，卻要怪小民自不小心，或是為非作歹，縱火搶掠。

誰知道呢？歷代放火的名人總是這樣說，卻未必總有人信。

我們只看見點燈是平凡的，放火是雄壯的，所以點燈就被禁止，放火就受供養。你不見海京伯馬戲團[5]麼：宰了耕牛餵老虎，原是這年頭的「時代精神」。

十一月二日

5. 德國馴獸家海京伯創辦的馬戲團，1933 年 10 月曾在中國上海巡演。

沙

近來的讀書人，常常歎中國人好像一盤散沙，無法可想，將倒楣的責任，歸之於大家。其實這是冤枉了大部分中國人的。小民雖然不學，見事也許不明，但知道關於本身利害時，何嘗不會團結。先前有跪香[1]，民變，造反；現在也還有請願之類。他們的像沙，是被統治者「治」成功的，用文言來說，就是「治績」。

那麼，中國就沒有沙麼？有是有的，但並非小民，而是大小統治者。

人們又常常說：「升官發財。」其實這兩件事是不並列的，其所以要升官，只因為要發財，升官不過是一種發財的門徑。所以官僚雖然依靠朝廷，卻並不忠於朝廷，吏役雖然依靠衙署，卻並不愛護衙署，頭領下一個清廉的命令，小嘍囉是決不聽的，對付的方法有「蒙蔽」。他們都是自私自利的沙，可以肥己時就肥己，而且每一粒都是皇帝，可以稱尊處就稱尊。有些人譯俄皇為「沙皇」，移贈此輩，倒是極確切的尊號。財何從來？是從小民身上刮下來的。小民倘能團結，發財就煩難，那麼，當然應該想盡方法，使他們變成散沙才好。以沙皇治小民，於是全中國就成

1. 舊時窮苦無告的人，手捧燃香，跪於衙門前或街頭，向官府請願、鳴冤的一種方式。

為「一盤散沙」了。

然而沙漠以外，還有團結的人們在，他們「如入無人之境」的走進來了。

這就是沙漠上的大事變。當這時候，古人曾有兩句極切貼的比喻，叫作「君子為猿鶴，小人為蟲沙」。那些君子們，不是像白鶴的騰空，就如猢猻的上樹，「樹倒猢猻散」，另外還有樹，他們決不會吃苦。剩在地下的，便是小民的螻蟻和泥沙，要踐踏殺戮都可以，他們對沙皇尚且不敵，怎能敵得過沙皇的勝者呢？

然而當這時候，偏又有人搖筆鼓舌，向著小民提出嚴重的質問道：「國民將何以自處」呢，「問國民將何以善其後」呢？忽然記得了「國民」，別的什麼都不說，只又要他們來填虧空，不是等於向著縛了手腳的人，要求他去捕盜麼？

但這正是沙皇治績的後盾，是猿鳴鶴唳的尾聲，稱尊肥己之餘，必然到來的末一著。

七月十二日

諺語

粗略的一想，諺語固然好像一時代一國民的意思的結晶，但其實，卻不過是一部分的人們的意思。現在就以「各人自掃門前雪，莫管他家瓦上霜」來做例子罷，這乃是被壓迫者們的格言，教人要奉公，納稅，輸捐，安分，不可怠慢，不可不平，尤其是不要管閒事；而壓迫者是不算在內的。

專制者的反面就是奴才，有權時無所不為，失勢時即奴性十足。孫皓是特等的暴君，但降晉之後，簡直像一個幫閒；宋徽宗在位時，不可一世，而被擄後偏會含垢忍辱。做主子時以一切別人為奴才，則有了主子，一定以奴才自命：這是天經地義，無可動搖的。

所以被壓制時，信奉著「各人自掃門前雪，莫管他家瓦上霜」的格言的人物，一旦得勢，足以淩人的時候，他的行為就截然不同，變為「各人不掃門前雪，卻管他家瓦上霜」了。

二十年來，我們常常看見：武將原是練兵打仗的，且不問他這兵是用以安內或攘外，總之他的「門前雪」是治軍，然而他偏來干涉教育，主持道德；教育家原是辦學的，無論他成績如何，總之他的「門前雪」是學務，然而他偏去膜拜「活佛」，紹介國醫。小百姓隨軍充伕，童子軍沿門募款。頭兒胡行於上，蟻民亂碰於下，結果是各人的門前都不成樣，各家的瓦上也一團糟。

女人露出了臂膊和小腿，好像竟打動了賢人們的心，我記得曾有許多人絮絮叨叨，主張禁止過，後來也確有明文禁止了[1]。不料到得今年，卻又「衣服蔽體已足，何必前拖後曳，消耗布匹，……顧念時艱，後患何堪設想」起來，四川的營山縣長於是就令公安局派隊一一剪掉行人的長衣的下截。長衣原是累贅的東西，但以為不穿長衣，或剪去下截，即於「時艱」有補，卻是一種特別的經濟學。《漢書》上有一句云，「口含天憲」，此之謂也。

某一種人，一定只有這某一種人的思想和眼光，不能越出他本階級之外。說起來，好像又在提倡什麼犯諱的階級了，然而事實是如此的。謠諺並非全國民的意思，就為了這緣故。古之秀才，自以為無所不曉，於是有「秀才不出門，而知天下事」這自負的漫天大謊，小百姓信以為真，也就漸漸的成了諺語，流行開來。其實是「秀才雖出門，不知天下事」的。秀才只有秀才頭腦和秀才眼睛，對於天下事，哪裡看

1. 1933年5月，廣西民政廳曾頒布一項法令，凡女子服裝袖不過肘，裙不過膝者，均在取締之列。

得分明，想得清楚。清末，因為想「維新」，常派些「人才」出洋去考察，我們現在看看他們的筆記罷，他們最以為奇的是什麼館裡的蠟人能夠和活人對面下棋。南海聖人康有為，佼佼者也，他周遊十一國，一直到得巴爾幹，這才悟出外國之所以常有「弑君」之故來了，曰：因為宮牆太矮的緣故。

六月十三日

現代史

從我有記憶的時候起，直到現在，凡我所曾經到過的地方，在空地上，常常看見有「變把戲」的，也叫作「變戲法」的。

這變戲法的，大概只有兩種——

一種，是教一個猴子戴起假面，穿上衣服，耍一通刀槍；騎了羊跑幾圈。還有一匹用稀粥養活，已經瘦得皮包骨頭的狗熊玩一些把戲。末後是向大家要錢。

一種，是將一塊石頭放在空盒子裡，用手巾左蓋右蓋，變出一隻白鴿來；還有將紙塞在嘴巴裡，點上火，從嘴角鼻孔裡冒出煙焰。其次是向大家要錢。要了錢之後，一個人嫌少，裝腔作勢的不肯變了，一個人來勸他，對大家說再五個。果然有人拋錢了，於是再四個，三個……

拋足之後，戲法就又開了場。這回是將一個孩子裝進小口的罎子裡面去，只見一條小辮子，要他再出來，又要錢。收足之後，不知怎麼一來，大人用尖刀將孩子刺死了，蓋上被單，直挺挺躺著，要他活過來，又要錢。

「在家靠父母，出家靠朋友……Huazaa！Huazaa！[1]」變戲法的裝出撒錢的手勢，嚴肅而悲哀的說。

別的孩子，如果走近去想仔細的看，他是要罵的；再不聽，他就會打。

果然有許多人 Huazaa 了。待到數目和預料的差不多，他們就撿起錢來，收拾傢伙，死孩子也自己爬起來，一同走掉了。

看客們也就呆頭呆腦的走散。

這空地上，暫時是沉寂了。過了些時，就又來這一套。俗語說，「戲法人人會變，各有巧妙不同。」其實是許多年間，總是這一套，也總有人看，總有人 Huazaa，不過其間必須經過沉寂的幾日。

我的話說完了，意思也淺得很，不過說大家 Huazaa Huazaa 一通之後，又要靜幾天了，然後再來這一套。

到這裡我才記得寫錯了題目，這真是成了「不死不活」的東西。

四月一日

1. 擬聲詞，以拉丁字母拼寫，形容錢幣撒落的「嘩啦」聲。

喝茶

某公司又在廉價了，去買了二兩好茶葉，每兩洋二角。開首泡了一壺，怕它冷得快，用棉襖包起來，卻不料鄭重其事的來喝的時候，味道竟和我一向喝著的粗茶差不多，顏色也很重濁。

我知道這是自己錯誤了，喝好茶，是要用蓋碗的，於是用蓋碗。果然，泡了之後，色清而味甘，微香而小苦，確是好茶葉。但這是須在靜坐無為的時候的，當我正寫著《吃教》的中途，拉來一喝，那好味道竟又不知不覺的滑過去，像喝著粗茶一樣了。

有好茶喝，會喝好茶，是一種「清福」。不過要享這「清福」，首先就須有工夫，其次是練習出來的特別的感覺。由這一極瑣屑的經驗，我想，假使是一個使用筋力的工人，在喉乾欲裂的時候，那麼，即使給他龍井芽茶，珠蘭窨片，恐怕他喝起來也未必覺得和熱水有什麼大區別罷。所謂「秋思」，其實也是這樣的，騷人墨客，會覺得什麼「悲哉秋之為氣也」，風雨陰晴，都給他一種刺戟，一方面也就是一種「清福」，但在老農，卻只知道每年的此際，就要割稻而已。

於是有人以為這種細膩銳敏的感覺，當然不屬於粗人，這是上等人的牌號。然而我恐怕也正是這牌號就要倒閉的先聲。我們有痛覺，一方面是使我們受苦的，而一方面也使我們能夠自衛。假如沒有，則即使背上被人刺了一尖刀，也將茫無知覺，直到血盡倒地，自己還不明白為什麼倒地。但這痛覺如果細膩銳敏起來呢，則不但衣服上有一根小刺就覺得，連衣服上的接縫，線結，布毛都要覺得，倘不穿「無縫天衣」，他便要終日如芒刺在身，活不下去了。但假裝銳敏的，自然不在此例。

感覺的細膩和銳敏，較之麻木，那當然算是進步的，然而以有助於生命的進化為限。如果不相干，甚而至於有礙，那就是進化中的病態，不久就要收梢。我們試將享清福，抱秋心的雅人，和破衣粗食的粗人一比較，就明白究竟是誰活得下去。喝過茶，望著秋天，我於是想：不識好茶，沒有秋思，倒也罷了。

九月三十日

清明時節

清明時節，是掃墓的時節，有的要進關內來祭祖，有的是到陝西去上墳，或則激論沸天，或則歡聲動地，真好像上墳可以亡國，也可以救國似的。

墳有這麼大關係，那麼，掘墳當然是要不得的了。

元朝的國師八合思巴罷，他就深相信掘墳的利害。他掘開宋陵，要把人骨和豬狗骨同埋在一起，以使宋室倒楣。後來幸而給一位義士盜走了，沒有達到目的，然而宋朝還是亡。曹操設了「摸金校尉」之類的職員，專門盜墓，他的兒子卻做了皇帝，自己竟被謚為「武帝」，好不威風。這樣看來，死人的安危，和生人的禍福，又彷彿沒有關係似的。

相傳曹操怕死後被人掘墳，造了七十二疑塚，令人無從下手。於是後之詩人曰：「遍掘七十二疑塚，必有一塚葬君屍。」於是後之論者又曰：阿瞞老奸巨猾，安知其屍實不在此七十二塚之內乎。真是沒有法子想。

阿瞞雖是老奸巨猾，我想，疑塚之流倒未必安排的，不過古來的塚墓，卻大抵被發掘者居多，塚中人的主名，的確者也很少，洛陽邙山，清末掘墓者極多，雖在名公巨卿的墓中，所得也大抵是一塊志石[1]和淩亂的陶器，大約並非原沒有貴重的殉葬品，乃是早經有人掘過，拿走了，什麼時候呢，無從知道。總之是葬後以至清末的偷掘那一天之間罷。

至於墓中人究竟是什麼人，非掘後往往不知道。即使有相傳的主名的，也大抵靠不住。中國人一向喜歡造些和大人物相關的名勝，石門有「子路止宿處」，泰山上有「孔子小天下處」；一個小山洞，是埋著大禹[2]，幾堆大土堆，便葬著文武和周公。

如果掃墓的確可以救國，那麼，掃就要掃得真確，要掃文武周公的陵，不要掃著別人的土包子，還得查考自己是否周朝的子孫。於是乎要有考古的工作，就是掘開墳來，看看有無葬著文王武王周公旦的證據，如果有遺骨，還可照《洗冤錄》的方法來滴血。但是，這又和掃墓救國說相反，很傷孝子順孫的心了。不得已，就只好閉了眼睛，硬著頭皮，亂拜一陣。

「非其鬼而祭之，諂也！」單是掃墓救國術沒有靈驗，還不過是一個小笑話而已。

四月二十六日

1. 古代墓葬中刻有死者生平的碑石。
2. 指浙江紹興城南會稽山麓的禹穴。

詩文散著

復仇

人的皮膚之厚，大概不到半分，鮮紅的熱血，就循著那後面，在比密密層層地爬在牆壁上的槐蠶[1]更其密的血管裡奔流，散出溫熱。於是各以這溫熱互相蠱惑，煽動，牽引，拚命地希求偎倚，接吻，擁抱，以得生命的沉酣的大歡喜。

但倘若用一柄尖銳的利刃，只一擊，穿透這桃紅色的，菲薄的皮膚，將見那鮮紅的熱血激箭似的以所有溫熱直接灌溉殺戮者；其次，則給以冰冷的呼吸，示以淡白的嘴唇，使之人性茫然，得到生命的飛揚的極致的大歡喜；而其自身，則永遠沉浸於生命的飛揚的極致的大歡喜中。

這樣，所以，有他們倆裸著全身，捏著利刃，對立於廣漠的曠野之上。

他們倆將要擁抱，將要殺戮……

路人們從四面奔來，密密層層地，如槐蠶爬上牆壁，如馬蟻[2]要扛鯗頭[3]。衣服都漂亮，手倒空的。然而從四面奔來，而且拚命地伸長脖子，要賞鑒這擁抱或殺戮。他們已經預覺著事後的自己的舌上的汗或血的鮮味。

1. 一種生長在槐樹上的蛾類幼蟲。
2. 即螞蟻。
3. 浙江等地俗稱魚乾、臘魚為鯗。鯗頭即魚頭。

然而他們倆對立著，在廣漠的曠野之上，裸著全身，捏著利刃，然而也不擁抱，也不殺戮，而且也不見有擁抱或殺戮之意。

他們倆這樣地至於永久，圓活的身體，已將乾枯，然而毫不見有擁抱或殺戮之意。

路人們於是乎無聊；覺得有無聊鑽進他們的毛孔，覺得有無聊從他們自己的心中由毛孔鑽出，爬滿曠野，又鑽進別人的毛孔中。他們於是覺得喉舌乾燥，脖子也乏了；終至於面面相覷，慢慢走散；甚而至於居然覺得乾枯到失了生趣。

於是只剩下廣漠的曠野，而他們倆在其間裸著全身，捏著利刃，乾枯地立著；以死人似的眼光，賞鑒這路人們的乾枯，無血的大戮，而永遠沉浸於生命的飛揚的極致的大歡喜中。

一九二四年十二月二十日

復仇（其二）

因為他自以為神之子，以色列的王，所以去釘十字架。

兵丁們給他穿上紫袍，戴上荊冠，慶賀他；又拿一根葦子打他的頭，吐他，屈膝拜他；戲弄完了，就給他脫了紫袍，仍穿他自己的衣服。

看哪，他們打他的頭，吐他，拜他……

他不肯喝那用沒藥[1]調和的酒，要分明地玩味以色列人怎樣對付他們的神之子，而且較永久地悲憫他們的前途，然而仇恨他們的現在。

四面都是敵意，可悲憫的，可咒詛的。

丁丁地響，釘尖從掌心穿透，他們要釘殺他們的神之子了；可憫的人們呵，使他痛得柔和。丁丁地響，釘尖從腳背穿透，釘碎了一塊骨，痛楚也透到心髓中，然而他們自己釘殺著他們的神之子了，可咒詛的人們呵，這使他痛得舒服。

十字架豎起來了；他懸在虛空中。

他沒有喝那用沒藥調和的酒，要分明地玩味以色列人怎樣對付他們的神之子，

1. myrrh，梵語音譯，或作末藥。沒藥樹樹皮滲出的汁液凝結而成，用以鎮靜、麻醉等作用的藥品。《馬可福音》中記載，耶穌受難時有士兵要將沒藥調和的酒給耶穌飲用，耶穌不受。

而且較永久地悲憫他們的前途，然而仇恨他們的現在。

路人都辱罵他，祭司長和文士也戲弄他，和他同釘的兩個強盜也譏誚他。

看哪，和他同釘的……

四面都是敵意，可悲憫的，可咒詛的。

他在手足的痛楚中，玩味著可憫的人們的釘殺神之子的悲哀和可咒詛的人們要釘殺神之子，而神之子就要被釘殺了的歡喜。突然間，碎骨的大痛楚透到心髓了，他即沉酣於大歡喜和大悲憫中。

他腹部波動了，悲憫和咒詛的痛楚的波。

遍地都黑暗了。

「以羅伊，以羅伊，拉馬撒巴各大尼？！」（翻出來，就是：我的上帝，你為甚麼離棄我？！）[2]

上帝離棄了他，他終於還是一個「人之子」；然而以色列人連「人之子」都釘殺了。

釘殺了「人之子」的人們的身上，比釘殺了「神之子」的尤其血污，血腥。

一九二四年十二月二十日

2. 《馬可福音》的十五章記載，耶穌臨死前所喊。

影的告別

人睡到不知道時候的時候，就會有影來告別，說出那些話——

有我所不樂意的在天堂裡，我不願去；有我所不樂意的在地獄裡，我不願去；有我所不樂意的在你們將來的黃金世界裡，我不願去。

然而你就是我所不樂意的。

朋友，我不想跟隨你了，我不願住。

我不願意！

嗚乎嗚乎，我不願意，我不如彷徨於無地。

我不過一個影，要別你而沉沒在黑暗裡了。然而黑暗又會吞併我，然而光明又會使我消失。

然而我不願彷徨於明暗之間，我不如在黑暗裡沉沒。

然而我終於彷徨於明暗之間，我不知道是黃昏還是黎明。我姑且舉灰黑的手裝作喝乾一杯酒，我將在不知道時候的時候獨自遠行。

嗚乎嗚乎，倘若黃昏，黑夜自然會來沉沒我，否則我要被白天消失，如果現是黎明。

朋友，時候近了。

我將向黑暗裡彷徨於無地。

你還想我的贈品。我能獻你甚麼呢？無已，則仍是黑暗和虛空而已。但是，我願意只是黑暗，或者會消失於你的白天；我願意只是虛空，決不占你的心地。

我願意這樣，朋友——

我獨自遠行，不但沒有你，並且再沒有別的影在黑暗裡。只有我被黑暗沉沒，那世界全屬於我自己。

一九二四年九月二十四日

希望

我的心分外地寂寞。

然而我的心很平安：沒有愛憎，沒有哀樂，也沒有顏色和聲音。

我大概老了。我的頭髮已經蒼白，不是很明白的事麼？我的手顫抖著，不是很明白的事麼？那麼，我的魂靈的手一定也顫抖著，頭髮也一定蒼白了。

然而這是許多年前的事了。

這以前，我的心也曾充滿過血腥的歌聲：血和鐵，火焰和毒，恢復和報仇。而忽而這些都空虛了，但有時故意地填以沒奈何的自欺的希望。希望，希望，用這希望的盾，抗拒那空虛中的暗夜的襲來，雖然盾後面也依然是空虛中的暗夜。然而就是如此，陸續地耗盡了我的青春。

我早先豈不知我的青春已經逝去了？但以為身外的青春固在：星，月光，僵墜的蝴蝶，暗中的花，貓頭鷹的不祥之言，杜鵑的啼血，笑的渺茫，愛的翔舞。……雖然是悲涼飄渺的青春罷，然而究竟是青春。

然而現在何以如此寂寞？難道連身外的青春也都逝去，世上的青年也多衰老了麼？

我只得由我來肉薄這空虛中的暗夜了。我放下了希望之盾，我聽到Petöfi Sándor（1823——49）[1]的「希望」之歌：

希望是甚麼？是娼妓：
她對誰都蠱惑，將一切都獻給；待你犧牲了極多的寶貝——你的青春——她就棄掉你。

這偉大的抒情詩人，匈牙利的愛國者，為了祖國而死在可薩克兵的矛尖上，已經七十五年了。悲哉死也，然而更可悲的是他的詩至今沒有死。

但是，可慘的人生！桀驁英勇如Petöfi，也終於對了暗夜止步，回顧著茫茫的東方了。他說：

絕望之為虛妄，正與希望相同。[2]

倘使我還得偷生在不明不暗的這「虛妄」中，我就還要尋求那逝去的悲涼飄渺的青春，但不妨在我的身外。因為身外的青春倘一消滅，我身中的遲暮也即凋零了。

然而現在沒有星和月光，沒有僵墜的蝴蝶以至笑的渺茫，愛的翔舞。然而青年

1. 裴多菲·山陀爾（1823-1849），匈牙利詩人、革命者。主要作品有《勇敢的約翰》、《民族之歌》等。
2. 出自裴多菲1847年7月17日致友人凱雷尼·弗里杰什的信。

們很平安。

我只得由我來肉薄這空虛中的暗夜了，縱使尋不到身外的青春，也總得自己來一擲我身中的遲暮。但暗夜又在哪裡呢？現在沒有星，沒有月光以至笑的渺茫和愛的翔舞；青年們很平安，而我的面前又竟至於並且沒有真的暗夜。

絕望之為虛妄，正與希望相同！

一九二五年一月一日

題辭

當我沉默著的時候，我覺得充實；我將開口，同時感到空虛。

過去的生命已經死亡。我對於這死亡有大歡喜，因為我借此知道它曾經存活。死亡的生命已經朽腐。我對於這朽腐有大歡喜，因為我借此知道它還非空虛。

生命的泥委棄在地面上，不生喬木，只生野草，這是我的罪過。

野草，根本不深，花葉不美，然而吸取露，吸取水，吸取陳死人[1]的血和肉，各各奪取它的生存。當生存時，還是將遭踐踏，將遭刪刈，直至於死亡而朽腐。

但我坦然，欣然。我將大笑，我將歌唱。

我自愛我的野草，但我憎惡這以野草作裝飾的地面。

地火在地下運行，奔突；熔岩一旦噴出，將燒盡一切野草，以及喬木，於是並且無可朽腐。

但我坦然，欣然。我將大笑，我將歌唱。

天地有如此靜穆，我不能大笑而且歌唱。天地即不如此靜穆，我或者也將不能。

1. 指死去很久的人。

我以這一叢野草，在明與暗，生與死，過去與未來之際，獻於友與仇，人與獸，愛者與不愛者之前作證。

為我自己，為友與仇，人與獸，愛者與不愛者，我希望這野草的死亡與朽腐，火速到來。要不然，我先就未曾生存，這實在比死亡與朽腐更其不幸。

去罷，野草，連著我的題辭！

一九二七年四月二十六日，魯迅記於廣州之白雲樓[2]上

2. 白雲樓位於廣州東堤白雲路，為魯迅曾經的住所。

好的故事

燈火漸漸地縮小了，在預告石油的已經不多；石油又不是老牌，早熏得燈罩很昏暗。鞭爆的繁響在四近，煙草的煙霧在身邊：是昏沉的夜。

我閉了眼睛，向後一仰，靠在椅背上；捏著《初學記》[1]的手擱在膝髁上。

我在朦朧中，看見一個好的故事。

這故事很美麗，幽雅，有趣。許多美的人和美的事，錯綜起來像一天雲錦，而且萬顆奔星似的飛動著，同時又展開去，以至於無窮。

我彷彿記得曾坐小船經過山陰道，兩岸邊的烏桕，新禾，野花，雞，狗，叢樹和枯樹，茅屋，塔，伽藍，農夫和村婦，村女，曬著的衣裳，和尚，蓑笠，天，雲，竹，……都倒影在澄碧的小河中，隨著每一打槳，各各夾帶了閃爍的日光，並水裡的萍藻游魚，一同蕩漾。諸影諸物：無不解散，而且搖動，擴大，互相融和；剛一融和，卻又退縮，復近於原形。邊緣都參差如夏雲頭，鑲著日光，發出水銀色焰。凡是我所經過的河，都是如此。

現在我所見的故事也如此。水中的青天的底子，一切事物統在上面交錯，織成

1. 唐代徐堅等編輯，共三十卷。取材諸子、經典、歷朝詩歌詞賦及初唐作家作品。

一篇，永是生動，永是展開，我看不見這一篇的結束。

河邊枯柳樹下的幾株瘦削的一丈紅，該是村女種的罷。大紅花和斑紅花，都在水裡面浮動，忽而碎散，拉長了，縷縷的胭脂水，然而沒有暈。茅屋，狗，塔，村女，雲，……也都浮動著。大紅花一朵朵全被拉長了，這時是潑剌奔迸的紅錦帶。帶織入狗中，狗織入白雲中，白雲織入村女中……在一瞬間，他們又將退縮了。但斑紅花影也已碎散，伸長，就要織進塔、村女、狗、茅屋、雲裡去。

現在我所見的故事清楚起來了，美麗，幽雅，有趣，而且分明。青天上面，有無數美的人和美的事，我一一看見，一一知道。

我就要凝視他們……。

我正要凝視他們時，驟然一驚，睜開眼，雲錦也已皺蹙，凌亂，彷彿有誰擲一塊大石下河水中，水波陡然起立，將整篇的影子撕成片片了。我無意識地趕忙捏住幾乎墜地的《初學記》，眼前還剩著幾點虹霓色的碎影。

我真愛這一篇好的故事，趁碎影還在，我要追回他，完成他，留下他。我拋了書，欠身伸手去取筆，——何嘗有一絲碎影，只見昏暗的燈光，我不在小船裡了。

但我總記得見過這一篇好的故事，在昏沉的夜……。

一九二五年二月二十四日

死火

我夢見自己在冰山間奔馳。

這是高大的冰山，上接冰天，天上凍雲彌漫，片片如魚鱗模樣。山麓有冰樹林，枝葉都如松杉。一切冰冷，一切青白。

但我忽然墜在冰谷中。

上下四旁無不冰冷，青白。而一切青白冰上，卻有紅影無數，糾結如珊瑚網。我俯看腳下，有火焰在。

這是死火。有炎炎的形，但毫不搖動，全體冰結，像珊瑚枝；尖端還有凝固的黑煙，疑這才從火宅[1]中出，所以枯焦。這樣，映在冰的四壁，而且互相反映，化為無量數影，使這冰谷，成紅珊瑚色。

哈哈！

當我幼小的時候，本就愛看快艦激起的浪花，洪爐噴出的烈焰。不但愛看，還想看清。可惜他們都息息變幻，永無定形。雖然凝視又凝視，總不留下怎樣一定的

1. 出自《法華經・譬喻品》：「三界無安，猶如火宅，眾苦充滿，甚可怖畏，常有生老病死憂患，如是等火，熾燃不息。」

跡象。

死的火焰，現在先得到了你了！

我拾起死火，正要細看，那冷氣已使我的指頭焦灼；但是，我還熬著，將他塞入衣袋中間。冰谷四面，登時完全青白。我一面思索著走出冰谷的法子。

我的身上噴出一縷黑煙，上升如鐵線蛇[2]。冰谷四面，又登時滿有紅焰流動，如大火聚[3]，將我包圍。我低頭一看，死火已經燃燒，燒穿了我的衣裳，流在冰地上了。

「唉，朋友！你用了你的溫熱，將我驚醒了。」他說。

我連忙和他招呼，問他名姓。

「我原先被人遺棄在冰谷中，」他答非所問地說，「遺棄我的早已滅亡，消盡了。我也被冰凍凍得要死。倘使你不給我溫熱，使我重行燒起，我不久就須滅亡。」

「你的醒來，使我歡喜。我正在想著走出冰谷的方法；我願意攜帶你去，使你永不冰結，永得燃燒。」

「唉唉！那麼，我將燒完！」

「你的燒完，使我惋惜。我便將你留下，仍在這裡罷。」

2. 又名盲蛇，中國體型最小的一種無毒蛇，狀如蚯蚓，分布於浙江、福建等地。
3. 佛家語，猛火聚集之地。

「唉唉！那麼，我將凍滅了！」

「那麼，怎麼辦呢？」

「但你自己，又怎麼辦呢？」他反而問。

「我說過了：我要出這冰谷……。」

「那我就不如燒完！」

他忽而躍起，如紅彗星，並我都出冰谷口外。有大石車突然馳來，我終於碾死在車輪底下，但我還來得及看見那車就墜入冰谷中。

「哈哈！你們是再也遇不著死火了！」我得意地笑著說，彷彿就願意這樣似的。

一九二五年四月二十三日

狗的駁詰

我夢見自己在隘巷中行走，衣履破碎，像乞食者。

一條狗在背後叫起來了。我傲慢地回顧，叱吒說：

「呔！住口！你這勢利的狗！」

「嘻嘻！」他笑了，還接著說，「不敢，愧不如人呢。」

「什麼！？」我氣憤了，覺得這是一個極端的侮辱。

「我慚愧：我終於還不知道分別銅和銀；還不知道分別布和綢；還不知道分別官和民；還不知道分別主和奴；還不知道……」

我逃走了。

「且慢！我們再談談……」他在後面大聲挽留。

我一徑逃走，盡力地走，直到逃出夢境，躺在自己的床上。

一九二五年四月二十三日

墓碣文

我夢見自己正和墓碣對立，讀著上面的刻辭。那墓碣似是沙石所製，剝落很多，又有苔蘚叢生，僅存有限的文句——

「……於浩歌狂熱之際中寒；於天上看見深淵。於一切眼中看見無所有；於無所希望中得救。……

「……有一遊魂，化為長蛇，口有毒牙。不以齧人，自齧其身，終以殞顛。……

「……離開！……」

我繞到碣後，才見孤墳，上無草木，且已頹壞。即從大闕口中，窺見死屍，胸腹俱破，中無心肝。而臉上卻絕不顯哀樂之狀，但濛濛如煙然。

我在疑懼中不及回身，然而已看見墓碣陰面的殘存的文句——

「……抉心自食，欲知本味。創痛酷烈，本味何能知？……

「……痛定之後，徐徐食之。然其心已陳舊，本味又何由知？……

「……答我。否則，離開！……」

我就要離開。而死屍已在墳中坐起，口唇不動，然而說——

「待我成塵時，你將見我的微笑！」

我疾走，不敢反顧，生怕看見他的追隨。

一九二五年六月十七日

失掉的好地獄

我夢見自己躺在床上，在荒寒的野外，地獄的旁邊。一切鬼魂們的叫喚無不低微，然有秩序，與火焰的怒吼，油的沸騰，鋼叉的震顫相和鳴，造成醉心的大樂，布告三界：地下太平。

有一偉大的男子站在我面前，美麗，慈悲，遍身有大光輝，然而我知道他是魔鬼。

「一切都已完結，一切都已完結！可憐的鬼魂們將那好的地獄失掉了！」他悲憤地說，於是坐下，講給我一個他所知道的故事——

「天地作蜂蜜色的時候，就是魔鬼戰勝天神，掌握了主宰一切的大威權的時候。他收得天國，收得人間，也收得地獄。他於是親臨地獄，坐在中央，遍身發大光輝，照見一切鬼眾。

「地獄原已廢弛得很久了：劍樹[1]消卻光芒；沸油的邊際早不騰湧；大火聚有時不過冒些青煙，遠處還萌生曼陀羅花，花極細小，慘白可憐。——那是不足為奇的，因為地上曾經大被焚燒，自然失了他的肥沃。

「鬼魂們在冷油溫火裡醒來，從魔鬼的光輝中看見地獄小花，慘白可憐，被大

1. 佛教所說的地獄酷刑。

蠱惑，倏忽間記起人世，默想至不知幾多年，遂同時向著人間，發一聲反獄的絕叫。

「人類便應聲而起，仗義執言，與魔鬼戰鬥。戰聲遍滿三界，遠過雷霆。終於運大謀略，布大網羅，使魔鬼並且不得不從地獄出走。最後的勝利，是地獄門上也豎了人類的旌旗！

「當鬼魂們一齊歡呼時，人類的整飭地獄使者已臨地獄，坐在中央，用了人類的威嚴，叱吒一切鬼眾。

「當鬼魂們又發一聲反獄的絕叫時，即已成為人類的叛徒，得到永劫沉淪的罰，遷入劍樹林的中央。

「人類於是完全掌握了主宰地獄的大威權，那威棱且在魔鬼以上。人類於是整頓廢弛，先給牛首阿旁[2]以最高的俸草；而且，添薪加火，磨礪刀山，使地獄全體改觀，一洗先前頹廢的氣象。

「曼陀羅花立即焦枯了。油一樣沸；刀一樣銛；火一樣熱；鬼眾一樣呻吟，一樣宛轉，至於都不暇記起失掉的好地獄。

「這是人類的成功，是鬼魂的不幸……。

「朋友，你在猜疑我了。是的，你是人！我且去尋野獸和惡鬼……。」

一九二五年六月十六日

2. 佛教傳說中牛首人身的地獄鬼卒。

死後

我夢見自己死在道路上。

這是那裡，我怎麼到這裡來，怎麼死的，這些事我全不明白。總之，待到我自己知道已經死掉的時候，就已經死在那裡了。

聽到幾聲喜鵲叫，接著是一陣烏老鴉。空氣很清爽，——雖然也帶些土氣息，——大約正當黎明時候罷。我想睜開眼睛來，他卻絲毫也不動，簡直不像是我的眼睛；於是想抬手，也一樣。

恐怖的利鏃忽然穿透我的心了。在我生存時，曾經玩笑地設想：假使一個人的死亡，只是運動神經的廢滅，而知覺還在，那就比全死了更可怕。誰知道我的預想竟的中[1]了，我自己就在證實這預想。

聽到腳步聲，走路的罷。一輛獨輪車從我的頭邊推過，大約是重載的，軋軋地叫得人心煩，還有些牙齒。很覺得滿眼緋紅，一定是太陽上來了。那麼，我的臉是朝東的。但那都沒有什麼關係。切切嚓嚓的人聲，看熱鬧的。他們踹起黃土來，飛

1. 射中靶子。

進我的鼻孔，使我想打噴嚏了，但終於沒有打，僅有想打的心。

陸陸續續地又是腳步聲，都到近旁就停下，還有更多的低語聲：看的人多起來了。我忽然很想聽聽他們的議論。但同時想，我生存時說的什麼批評不值一笑的話，大概是違心之論罷：才死，就露了破綻了。然而還是聽；然而畢竟得不到結論，歸納起來不過是這樣——

「死了？……」

「嗡。——這……」

「哼！……」

「嘖。……唉！……」

我十分高興，因為始終沒有聽到一個熟識的聲音。否則，或者害得他們傷心；或則要使他們快意；或則要使他們加添些飯後閒談的材料，多破費寶貴的工夫；這都會使我很抱歉。現在誰也看不見，就是誰也不受影響。好了，總算對得起人了！

但是，大約是一個馬蟻[2]，在我的脊梁上爬著，癢癢的。我一點也不能動，已經沒有除去他的能力了；倘在平時，只將身子一扭，就能使他退避。而且，大腿上又爬著一個哩！你們是做什麼的？蟲豸！

2. 即螞蟻。

事情可更壞了：嗡的一聲，就有一個青蠅停在我的顴骨上，走了幾步，又一飛，開口便舐我的鼻尖。我懊惱地想：足下，我不是什麼偉人，你無須到我身上來尋做論的材料……。但是不能說出來。他卻從鼻尖跑下，又用冷舌頭來舐我的嘴唇了，不知道可是表示親愛。還有幾個則聚在眉毛上，跨一步，我的毛根就一搖。實在使我煩厭得不堪，——不堪之至。

忽然，一陣風，一片東西從上面蓋下來，他們就一同飛開了，臨走時還說——

「惜哉！……」

我憤怒得幾乎昏厥過去。

木材摔在地上的鈍重的聲音同著地面的震動，使我忽然清醒，前額上感著蘆席的條紋。但那蘆席就被掀去了，又立刻感到了日光的灼熱。還聽得有人說——

「怎麼要死在這裡？……」

這聲音離我很近，他正彎著腰罷。但人應該死在哪裡呢？我先前以為人在地上雖沒有任意生存的權利，卻總有任意死掉的權利的。現在才知道並不然，也很難適合人們的公意。可惜我久沒了紙筆；即有也不能寫，而且即使寫了也沒有地方發表了。只好就這樣地拋開。

有人來抬我，也不知道是誰。聽到刀鞘聲，還有巡警在這裡罷，在我所不應該「死在這裡」的這裡。我被翻了幾個轉身，便覺得向上一舉，又往下一沉；又聽得蓋了蓋，釘著釘。但是，奇怪，只釘了兩個。難道這裡的棺材釘，是只釘兩個的麼？

我想：這回是六面碰壁，外加釘子。真是完全失敗，嗚呼哀哉了！……

「氣悶！……」我又想。

然而我其實卻比先前已經寧靜得多，雖然知不清埋了沒有。在手背上觸到草席的條紋，覺得這屍衾倒也不惡。只不知道是誰給我花錢的，可惜！但是，可惡，收斂的小子們！我背後的小衫的一角皺起來了，他們並不給我拉平，現在抵得我很難受。你們以為死人無知，做事就這樣地草率麼？哈哈！

我的身體似乎比活的時候要重得多，所以壓著衣皺便格外的不舒服。但我想，不久就可以習慣的；或者就要腐爛，不至於再有什麼大麻煩。此刻還不如靜靜地靜著想。

「您好？您死了麼？」

是一個頗為耳熟的聲音。睜眼看時，卻是勃古齋舊書鋪的跑外的小夥計。不見約有二十多年了，倒還是那一副老樣子。我又看看六面的壁，委實太毛糙，簡直毫沒有加過一點修刮，鋸絨還是毛毿毿的。

「那不礙事，那不要緊。」他說，一面打開暗藍色布的包裹來。「這是明板《公羊傳》，嘉靖[3]黑口本[4]，給您送來了。您留下他罷。這是……。」

「你！」我詫異地看定他的眼睛，說，「你莫非真正糊塗了？你看我這模樣，還要看什麼明板？……」

「那可以看，那不礙事。」

我即刻閉上眼睛，因為對他很煩厭。停了一會，沒有聲息，他大約走了。但是似乎一個馬蟻又在脖子上爬起來，終於爬到臉上，只繞著眼眶轉圈子。

萬不料人的思想，是死掉之後也還會變化的。忽而，有一種力將我的心的平安衝破；同時，許多夢也都做在眼前了。幾個朋友祝我安樂，幾個仇敵祝我滅亡。我卻總是既不安樂，也不滅亡地不上不下地生活下來，都不能副任何一面的期望。現在又影一般死掉了，連仇敵也不使知道，不肯贈給他們一點惠而不費的歡欣。……

我覺得在快意中要哭出來。這大概是我死後第一次的哭。

然而終於也沒有眼淚流下；只看見眼前彷彿有火花一閃，我於是坐了起來。

一九二五年七月十二日

3. 嘉靖，明世宗年號（1522—1566）。
4. 中國線裝書籍，書頁中堅摺疊的折縫隙稱「口」，折縫上下端有黑線的叫「黑口」，沒有黑線的叫「白口」。

求乞者

我順著剝落的高牆走路，踏著鬆的灰土。另外有幾個人，各自走路。微風起來，露在牆頭的高樹的枝條帶著還未乾枯的葉子在我頭上搖動。

微風起來，四面都是灰土。

一個孩子向我求乞，也穿著夾衣，也不見得悲戚，而攔著磕頭，追著哀呼。

我厭惡他的聲調，態度。我憎惡他並不悲哀，近於兒戲；我煩膩他這追著哀呼。

我走路。另外有幾個人各自走路。微風起來，四面都是灰土。

一個孩子向我求乞，也穿著夾衣，也不見得悲戚，但是啞的，攤開手，裝著手勢。

我就憎惡他這手勢。而且，他或者並不啞，這不過是一種求乞的法子。

我不布施，我無布施心，我但居布施者之上，給與煩膩，疑心，憎惡。

我順著倒敗的泥牆走路，斷磚迭在牆缺口，牆裡面沒有什麼。微風起來，送秋寒穿透我的夾衣；四面都是灰土。

我想著我將用什麼方法求乞：發聲，用怎樣聲調？裝啞，用怎樣手勢？……

另外有幾個人各自走路。

我將得不到布施，得不到布施心；我將得到自居於布施之上者的煩膩，疑心，憎惡。

我將用無所為和沉默求乞！……

我至少將得到虛無。

微風起來，四面都是灰土。另外有幾個人各自走路。

灰土，灰土，……

…………

灰土……

一九二四年九月二十四日

頹敗線的顫動

我夢見自己在做夢。自身不知所在，眼前卻有一間在深夜中緊閉的小屋的內部，但也看見屋上瓦松的茂密的森林。

板桌上的燈罩是新拭的，照得屋子裡分外明亮。在光明中，在破榻上，在初不相識的披毛的強悍的肉塊底下，有瘦弱渺小的身軀，為饑餓，苦痛，驚異，羞辱，歡欣而顫動。弛緩，然而尚且豐腴的皮膚光潤了；青白的兩頰泛出輕紅，如鉛上塗了胭脂水。

燈火也因驚懼而縮小了，東方已經發白。

然而空中還彌漫地搖動著饑餓，苦痛，驚異，羞辱，歡欣的波濤……。

「媽！」約略兩歲的女孩被門的開闔聲驚醒，在草席圍著的屋角的地上叫起來了。

「還早哩，再睡一會罷！」她驚惶地說。

「媽！我餓，肚子痛。我們今天能有什麼吃的？」

「我們今天有吃的了。等一會有賣燒餅的來，媽就買給你。」她欣慰地更加緊捏著掌中的小銀片，低微的聲音悲涼地發抖，走近屋角去一看她的女兒，移開草席，抱起來放在破榻上。

「還早哩，再睡一會罷。」她說著，同時抬起眼睛，無可告訴地一看破舊的屋頂以上的天空。

空中突然另起了一個很大的波濤，和先前的相撞擊，迴旋而成旋渦，將一切並我盡行淹沒，口鼻都不能呼吸。

我呻吟著醒來，窗外滿是如銀的月色，離天明還很遼遠似的。

我自身不知所在，眼前卻有一間在深夜中緊閉的小屋的內部，我自己知道是在續著殘夢。可是夢的年代隔了許多年了。屋的內外已經這樣整齊；裡面是青年的夫妻，一群小孩子，都怨恨鄙夷地對著一個垂老的女人。

「我們沒有臉見人，就只因為你，」男人氣忿地說。「你還以為養大了她，其實正是害苦了她，倒不如小時候餓死的好！」

「使我委屈一世的就是你！」女的說。

「還要帶累了我！」男的說。

「還要帶累他們哩！」女的說，指著孩子們。

最小的一個正玩著一片乾蘆葉，這時便向空中一揮，彷彿一柄鋼刀，大聲說道：

「殺！」

那垂老的女人口角正在痙攣，登時一怔，接著便都平靜，不多時候，她冷靜地，骨立的石像似的站起來了。她開開板門，邁步在深夜中走出，遺棄了背後一切的冷罵和毒笑。

她在深夜中盡走，一直走到無邊的荒野；四面都是荒野，頭上只有高天，並無一個蟲鳥飛過。她赤身露體地，石像似的站在荒野的中央，於一刹那間照見過往的一切：饑餓，苦痛，驚異，羞辱，歡欣，於是發抖；害苦，委屈，帶累，於是痙攣；殺，於是平靜。……又於一刹那間將一切併合：眷念與決絕，愛撫與復仇，養育與殲除，祝福與咒詛。……她於是舉兩手儘量向天，口唇間漏出人與獸的，非人間所有，所以無詞的言語。

當她說出無詞的言語時，她那偉大如石像，然而已經荒廢的，頹敗的身軀的全面都顫動了。這顫動點點如魚鱗，每一鱗都起伏如沸水在烈火上；空中也即刻一同振顫，彷彿暴風雨中的荒海的波濤。

她於是抬起眼睛向著天空，並無詞的言語也沉默盡絕，惟有妻，一群小孩子，都怨恨鄙夷地對著一個垂老的女人。

顫動，輻射若太陽光，使空中的波濤立即迴旋，如遭颶風，洶湧奔騰於無邊的荒野。

我夢魘了，自己卻知道是因為將手擱在胸脯上了的緣故；我夢中還用盡平生之力，要將這十分沉重的手移開。

一九二五年六月二十九日

淡淡的血痕中

——紀念幾個死者和生者和未生者

目前的造物主，還是一個怯弱者。

他暗暗地使天變地異，卻不敢毀滅一個這地球；暗暗地使生物衰亡，卻不敢長存一切屍體；暗暗地使人類流血，卻不敢使血色永遠鮮穠；暗暗地使人類受苦，卻不敢使人類永遠記得。

他專為他的同類——人類中的怯弱者——設想，用廢墟荒墳來襯托華屋，用時光來沖淡苦痛和血痕；日日斟出一杯微甘的苦酒，不太少，不太多，以能微醉為度，遞給人間，使飲者可以哭，可以歌，也如醒，也如醉，若有知，若無知，也欲死，也欲生。他必須使一切也欲生；他還沒有滅盡人類的勇氣。

幾片廢墟和幾個荒墳散在地上，映以淡淡的血痕，人們都在其間咀嚼著人我的渺茫的悲苦。但是不肯吐棄，以為究竟勝於空虛，各各自稱為「天之僇民」[1]，以作咀嚼著人我的渺茫的悲苦的辯解，而且悚息著靜待新的悲苦的到來。新的，這就

1. 出自《莊子．大宗師》。原是孔子自稱，意思是受人間世俗束縛的人。僇，通戮。僇民，受刑戮之人。

使他們恐懼，而又渴欲相遇。

這都是造物主的良民。他就需要這樣。

叛逆的猛士出於人間；他屹立著，洞見一切已改和現有的廢墟和荒墳，記得一切深廣和久遠的苦痛，正視一切重迭淤積的凝血，深知一切已死，方生，將生和未生。他看透了造化的把戲；他將要起來使人類蘇生，或者使人類滅盡，這些造物主的良民們。

造物主，怯弱者，羞慚了，於是伏藏。天地在猛士的眼中於是變色。

一九二六年四月八日

這樣的戰士

要有這樣的一種戰士——

已不是蒙昧如非洲土人而背著雪亮的毛瑟槍的；也並不疲憊如中國綠營兵而卻佩著盒子炮。他毫無乞靈於牛皮和廢鐵的甲冑；他只有自己，但拿著蠻人所用的，脫手一擲的投槍。

他走進無物之陣，所遇見的都對他一式點頭。他知道這點頭就是敵人的武器，是殺人不見血的武器，許多戰士都在此滅亡，正如炮彈一般，使猛士無所用其力。

那些頭上有各種旗幟，繡出各樣好名稱：慈善家，學者，文士，長者，青年，雅人，君子……。頭下有各樣外套，繡出各式好花樣：學問，道德，國粹，民意，邏輯，公義，東方文明……。

但他舉起了投槍。

他們都同聲立了誓來講說，他們的心都在胸膛的中央，和別的偏心的人類兩樣。他們都在胸前放著護心鏡，就為自己也深信心在胸膛中央的事作證。

但他舉起了投槍。

他微笑，偏側一擲，卻正中了他們的心窩。

一切都頹然倒地；——然而只有一件外套，其中無物。無物之物已經脫走，得了勝利，因為他這時成了戕害慈善家等類的罪人。

但他舉起了投槍。

他在無物之陣中大踏步走，再見一式的點頭，各種的旗幟，各樣的外套……。

但他舉起了投槍。

他終於在無物之陣中老衰，壽終。他終於不是戰士，但無物之物則是勝者。

在這樣的境地裡，誰也不聞戰叫：太平。

太平……。

但他舉起了投槍！

一九二五年十二月十四日

聰明人和傻子和奴才

奴才總不過是尋人訴苦。只要這樣，也只能這樣。有一日，他遇到一個聰明人。

「先生！」他悲哀地說，眼淚聯成一線，就從眼角上直流下來。「你知道的。我所過的簡直不是人的生活。吃的是一天未必有一餐，這一餐又不過是高粱皮，連豬狗都不要吃的，尚且只有一小碗……。」

「這實在令人同情。」聰明人也慘然說。

「可不是麼！」他高興了。「可是做工是晝夜無休息的：清早擔水晚燒飯，上午跑街夜磨麵，晴洗衣裳雨張傘，冬燒汽爐夏打扇。半夜要煨銀耳，侍候主人耍錢；頭錢[1]從來沒分，有時還挨皮鞭……。」

「唉唉……。」聰明人歎息著，眼圈有些發紅，似乎要下淚。

「先生！我這樣是敷衍不下去的。我總得另外想法子。可是什麼法子呢？……」

「我想，你總會好起來……。」

「是麼？但願如此。可是我對先生訴了冤苦，又得你的同情和慰安，已經舒坦

1. 舊時提供賭博場所的人會像餐與賭博者抽取一定數額的錢，稱作頭錢，又稱抽頭。於賭場侍候的人有時也可以分得一些頭錢。

得不少了。可見天理沒有滅絕……。」但是，不幾日，他又不平起來了，仍然尋人去訴苦。

「先生！」他流著眼淚說，「你知道的。我住的簡直比豬窠還不如。主人並不將我當人；他對他的叭兒狗還要好到幾萬倍……。」

「混帳！」那人大叫起來，使他吃驚了。那人是一個傻子。

「先生，我住的只是一間破小屋，又濕，又陰，滿是臭蟲，睡下去就咬得真可以。穢氣沖著鼻子，四面又沒有一個窗……。」

「你不會要你的主人開一個窗的麼？」

「這怎麼行？……」

「那麼，你帶我去看去！」

傻子跟奴才到他屋外，動手就砸那泥牆。

「先生！你幹什麼？」他大驚地說。

「我給你打開一個窗洞來。」

「這不行！主人要罵的！」

「管他呢！」他仍然砸。

「人來呀！強盜在毀咱們的屋子了！快來呀！遲一點可要打出窟窿來了！……」他哭嚷著，在地上團團地打滾。

一群奴才都出來了，將傻子趕走。

聽到了喊聲，慢慢地最後出來的是主人。

「有強盜要來毀咱們的屋子，我首先叫喊起來，大家一同把他趕走了。」他恭敬而得勝地說。

「你不錯。」主人這樣誇獎他。

這一天就來了許多慰問的人，聰明人也在內。

「先生。這回因為我有功，主人誇獎了我了。你先前說我總會好起來，實在是有先見之明……。」他大有希望似的高興地說。

「可不是麼……。」聰明人也代為高興似的回答他。

一九二五年十二月二十六日

夜頌

愛夜的人，也不但是孤獨者，有閒者，不能戰鬥者，怕光明者。

人的言行，在白天和在深夜，在日下和在燈前，常常顯得兩樣。夜是造化所織的幽玄的天衣，普覆一切人，使他們溫暖，安心，不知不覺的自己漸漸脫去人造的面具和衣裳，赤條條地裹在這無邊際的黑絮似的大塊裡。

雖然是夜，但也有明暗。有微明，有昏暗，有伸手不見掌，有漆黑一團糟。愛夜的人要有聽夜的耳朵和看夜的眼睛，自在暗中，看一切暗。君子們從電燈下走入暗室中，伸開了他的懶腰；愛侶們從月光下走進樹陰裡，突變了他的眼色。夜的降臨，抹殺了一切文人學士們當光天化日之下，寫在耀眼的白紙上的超然，混然，恍然，勃然，粲然的文章，只剩下乞憐，討好，撒謊，騙人，吹牛，搗鬼的夜氣，形成一個燦爛的金色的光圈，像見於佛畫上面似的，籠罩在學識不凡的頭腦上。

愛夜的人於是領受了夜所給與的光明。

高跟鞋的摩登女郎在馬路邊的電光燈下，閣閣的走得很起勁，但鼻尖也閃爍著一點油汗，在證明她是初學的時髦，假如長在明晃晃的照耀中，將使她碰著「沒落」的命運。一大排關著的店鋪的昏暗助她一臂之力，使她放緩開足的馬力，吐一口氣，這時才覺得沁人心脾的夜裡的拂拂的涼風。

愛夜的人和摩登女郎，於是同時領受了夜所給與的恩惠。

一夜已盡，人們又小心翼翼的起來，出來了；便是夫婦們，面目和五六點鐘之前也何其兩樣。從此就是熱鬧，喧囂。而高牆後面，大廈中間，深閨裡，黑獄裡，客室裡，秘密機關裡，卻依然彌漫著驚人的真的大黑暗。

現在的光天化日，熙來攘往，就是這黑暗的裝飾，是人肉醬缸上的金蓋，是鬼臉上的雪花膏。只有夜還算是誠實的。我愛夜，在夜間作《夜頌》。

六月八日

戰士和蒼蠅

Schopenhauer[1]說過這樣的話：要估定人的偉大，則精神上的大和體格上的大，那法則完全相反。後者距離愈遠即愈小，前者卻見得愈大。

正因為近則愈小，而且愈看見缺點和創傷，所以他就和我們一樣，不是神道，不是妖怪，不是異獸。他仍然是人，不過如此。但也惟其如此，所以他是偉大的人。

戰士戰死了的時候，蒼蠅們所首先發見的是他的缺點和傷痕，嘬著，營營地叫著，以為得意，以為比死了的戰士更英雄。但是戰士已經戰死了，不再來揮去他們。於是乎蒼蠅們即更其營營地叫，自以為倒是不朽的聲音，因為他們的完全，遠在戰士之上。

的確的，誰也沒有發見過蒼蠅們的缺點和創傷。

然而，有缺點的戰士終竟是戰士，完美的蒼蠅也終竟不過是蒼蠅。

去罷，蒼蠅們！雖然生著翅子，還能營營，總不會超過戰士的。你們這些蟲豸們！

三月二十一日

1. 即叔本華，德國哲學家。

夏三蟲

夏天近了，將有三蟲：蚤，蚊，蠅。

假如有誰提出一個問題，問我三者之中，最愛什麼，而且非愛一個不可，又不准像「青年必讀書」那樣的繳白卷的。我便只得回答道：跳蚤。

跳蚤的來吮血，雖然可惡，而一聲不響地就是一口，何等直截爽快。蚊子便不然了，一針叮進皮膚，自然還可以算得有點徹底的，但當未叮之前，要哼哼地發一篇大議論，卻使人覺得討厭。如果所哼的是在說明人血應該給牠充饑的理由，那可更其討厭了，幸而我不懂。

野雀野鹿，一落在人手中，總時時刻刻想要逃走。其實，在山林間，上有鷹，下有虎狼，何嘗比在人手裡安全。為什麼當初不逃到人類中來，現在卻要逃到鷹虎狼間去？或者，鷹虎狼之於牠們，正如跳蚤之於我們罷。肚子餓了，抓著就是一口，決不談道理，弄玄虛。被吃者也無須在被吃之前，先承認自己之理應被吃，心悅誠服，誓死不二。人類，可是也頗擅長於哼哼的了，害中取小，牠們的避之惟恐不速，正是絕頂聰明。

蒼蠅嗡嗡地鬧了大半天，停下來也不過舐一點油汗，倘有傷痕或瘡癤，自然更占一些便宜；無論怎麼好的，美的，乾淨的東西，又總喜歡一律拉上一點蠅矢。但因為只舐一點油汗，只添一點腌臢，在麻木的人們還沒有切膚之痛，所以也就將牠放過了。中國人還不很知道牠能夠傳播病菌，捕蠅運動大概不見得興盛。牠們的運命是長久的；還要更繁殖。

但牠在好的，美的，乾淨的東西上拉了蠅矢之後，似乎還不至於欣欣然反過來嘲笑這東西的不潔：總要算還有一點道德的。古今君子，每以禽獸斥人，殊不知便是昆蟲，值得師法的地方也多著哪。

四月四日

故人往事

為了忘卻的紀念

壹

我早已想寫一點文字，來紀念幾個青年的作家。這並非為了別的，只因為兩年以來，悲憤總時時來襲擊我的心，至今沒有停止，我很想借此算是竦身一搖，將悲哀擺脫，給自己輕鬆一下，照直說，就是我倒要將他們忘卻了。

兩年前的此時，即一九三一年的二月七日夜或八日晨，是我們的五個青年作家同時遇害的時候。當時上海的報章都不敢載這件事，或者也許是不願，或不屑載這件事，只在《文藝新聞》上有一點隱約其辭的文章。那第十一期（五月二十五日）裡，有一篇林莽先生作的《白莽印象記》，中間說：

「他做了好些詩，又譯過匈牙利詩人彼得斐的幾首詩，當時的《奔流》的編者魯迅接到了他的投稿，便來信要和他會面，但他卻是不願見名人的人，結果是魯迅自己跑來找他，竭力鼓勵他作文學的工作，但他終於不能坐在亭子間裡寫，又去跑他的路了。不久，他又一次的被了捕。……」

這裡所說的我們的事情其實是不確的。白莽並沒有這麼高慢，他曾經到過我的寓所來，但也不是因為我要求和他會面；我也沒有這麼高慢，對於一位素不相識的投稿者，會輕率的寫信去叫他。我們相見的原因很平常，那時他所投的是從德文譯出的《彼得斐傳》，我就發信去討原文，原文是載在詩集前面的，郵寄不便，他就親自送來了。看去是一個二十多歲的青年，面貌很端正，顏色是黑黑的，當時的談話我已經忘卻，只記得他自說姓徐，象山人；我問他為什麼代你收信的女士是這麼一個怪名字（怎麼怪法，現在也忘卻了），他說她就喜歡起得這麼怪，羅曼諦克，自己也有些和她不大對勁了。就只剩了這一點。

夜裡，我將譯文和原文粗粗的對了一遍，知道除幾處誤譯之外，還有一個故意的曲譯。他像是不喜歡「國民詩人」這個字的，都改成「民眾詩人」了。第二天又接到他一封來信，說很悔和我相見，他的話多，我的話少，又冷，好像受了一種威壓似的。我便寫一封回信去解釋，說初次相會，說話不多，也是人之常情，並且告訴他不應該由自己的愛憎，將原文改變。因為他的原書留在我這裡了，就將我所藏的兩本集子送給他，問他可能再譯幾首詩，以供讀者的參看。他果然譯了幾首，自己拿來了，我們就談得比第一回多一些。這傳和詩，後來就都登在《奔流》第二卷第五本，即最末的一本裡。

我們第三次相見，我記得是在一個熱天。有人打門了，我去開門時，來的就是白莽，卻穿著一件厚棉袍，汗流滿面，彼此都不禁失笑。這時他才告訴我他是一個革命者，剛由被捕而釋出，衣服和書籍全被沒收了，連我送他的那兩本；身上的袍子是從朋友那裡借來的，沒有夾衫，而必須穿長衣，所以只好這麼出汗。我想，這大約就是林莽先生說的「又一次的被了捕」的那一次了。

我很欣幸他的得釋，就趕緊付給稿費，使他可以買一件夾衫，但一面又很為我的那兩本書痛惜：落在捕房的手裡，真是明珠投暗了。那兩本書，原是極平常的，一本散文，一本詩集，據德文譯者說，這是他搜集起來的，雖在匈牙利本國，也還沒有這麼完全的本子，然而印在《萊克朗氏萬有文庫》（Reclam's Universal-Bibliothek）[1]中，倘在德國，就隨處可得，也值不到一元錢。不過在我是一種寶貝，因為這是三十年前，正當我熱愛彼得斐的時候，特地托丸善書店[2]從德國去買來的，那時還恐怕因為書極便宜，店員不肯經手，開口時非常惴惴。後來大抵帶在身邊，只是情隨事遷，已沒有翻譯的意思了，這回便決計送給這也如我的那時一樣，熱愛彼得斐的詩的青年，算是給它尋得了一個好著落。所以還鄭重其事，托柔石親自送

1. 德國萊克朗氏書店於1867年出版的文學叢書。
2. 日本東京一家出售西文書籍的書店。

去的。誰料竟會落在「三道頭」[3]之類的手裡的呢，這豈不冤枉！

貳

我的決不邀投稿者相見，其實也並不完全因為謙虛，其中含著省事的分子也不少。由於歷來的經驗，我知道青年們，尤其是文學青年們，十之九是感覺很敏，自尊心也很旺盛的，一不小心，極容易得到誤解，所以倒是故意回避的時候多。見面尚且怕，更不必說敢有托付了。但那時我在上海，也有一個惟一的不但敢於隨便談笑，而且還敢於托他辦點私事的人，那就是送書去給白莽的柔石。

我和柔石最初的相見，不知道是何時，在哪裡。他彷彿說過，曾在北京聽過我的講義，那麼，當在八九年之前了。我也忘記了在上海怎麼來往起來，總之，他那時住在景雲里，離我的寓所不過四五家門面，不知怎麼一來，就來往起來了。大約最初的一回他就告訴我是姓趙，名平復。但他又曾談起他家鄉的豪紳的氣焰之盛，說是有一個紳士，以為他的名字好，要給兒子用，叫他不要用這名字了。所以我疑心他的原名是「平福」，平穩而有福，才正中鄉紳的意，對於「復」字卻未必有這麼熱心。他的家鄉，是台州的寧海，這只要一看他那台州式的硬氣就知道，而且頗

3. 上海公共租界巡官制服上綴有三道倒人字形標誌，故有此稱。

有點迂，有時會令我忽而想到方孝孺，覺得好像也有些這模樣的。

他躲在寓里弄文學，也創作，也翻譯，我們往來了許多日，說得投合起來了，於是另外約定了幾個同意的青年，設立朝華社。目的是在紹介東歐和北歐的文學，輸入外國的版畫，因為我們都以為應該來扶植一點剛健質樸的文藝。接著就印《朝花旬刊》，印《近代世界短篇小說集》，印《藝苑朝華》，算都在循著這條線，只有其中的一本《蕗谷虹兒畫選》，是為了掃蕩上海灘上的「藝術家」，即戳穿葉靈鳳這紙老虎而印的。

然而柔石自己沒有錢，他借了二百多塊錢來做印本。除買紙之外，大部分的稿子和雜務都是歸他做，如跑印刷局，製圖，校字之類。可是往往不如意，說起來皺著眉頭。看他舊作品，都很有悲觀的氣息，但實際上並不然，他相信人們是好的。我有時談到人會怎樣的騙人，怎樣的賣友，怎樣的吮血，他就前額亮晶晶的，驚疑地圓睜了近視的眼睛，抗議道，「會這樣的麼？——不至於此罷？……」

不過朝花社不久就倒閉了，我也不想說清其中的原因，總之是柔石的理想的頭，先碰了一個大釘子，力氣固然白花，此外還得去借一百塊錢來付紙賬。後來他對於我那「人心惟危」說的懷疑減少了，有時也歎息道，「真會這樣的麼？……」

但是，他仍然相信人們是好的。

他於是一面將自己所應得的朝花社的殘書送到明日書店和光華書局去，希望還能夠收回幾文錢，一面就拚命的譯書，準備還借款，這就是賣給商務印書館的《丹麥短篇小說集》和戈理基作的長篇小說《阿勒泰莫諾夫之事業》。但我想，這些譯稿，也許去年已被兵火燒掉了[4]。

他的迂漸漸的改變起來，終於也敢和女性的同鄉或朋友一同去走路了，但那距離，卻至少總有三四尺的。這方法很不好，有時我在路上遇見他，只要在相距三四尺前後或左右有一個年青漂亮的女人，我便會疑心就是他的朋友。但他和我一同走路的時候，可就走得近了，簡直是扶住我，因為怕我被汽車或電車撞死；我這面也為他近視而又要照顧別人擔心，大家都蒼皇失措的愁一路，所以倘不是萬不得已，我是不大和他一同出去的，我實在看得他吃力，因而自己也吃力。

無論從舊道德，從新道德，只要是損己利人的，他就挑選上，自己背起來。

他終於決定地改變了，有一回，曾經明白的告訴我，此後應該轉換作品的內容和形式。我說：這怕難罷，譬如使慣了刀的，這回要他耍棍，怎麼能行呢？他簡潔的答道：只要學起來！

4. 1932 年商務印書館大量書稿毀於「一・二八」戰事中日軍轟炸。

他說的並不是空話，真也在從新學起來了，其時他曾經帶了一個朋友來訪我，那就是馮鏗女士。談了一些天，我對於她終於很隔膜，我疑心她有點羅曼諦克，急於事功；我又疑心柔石的近來要做大部的小說，是發源於她的主張的。但我又疑心我自己，也許是柔石的先前的斬釘截鐵的回答，正中了我那其實是偷懶的主張的傷疤，所以不自覺地遷怒到她身上去了。──我其實也並不比我所怕見的神經過敏而自尊的文學青年高明。

她的體質是弱的，也並不美麗。

參

直到左翼作家聯盟成立之後，我才知道我所認識的白莽，就是在《拓荒者》上做詩的殷夫。有一次大會時，我便帶了一本德譯的，一個美國的新聞記者所做的中國遊記去送他，這不過以為他可以由此練習德文，另外並無深意。然而他沒有來。我只得又托了柔石。

但不久，他們竟一同被捕，我的那一本書，又被沒收，落在「三道頭」之類的手裡了。

肆

明日書店要出一種期刊，請柔石去做編輯，他答應了；書店還想印我的譯著，托他來問版稅的辦法，我便將我和北新書局所訂的合同，抄了一份交給他，他向衣袋裡一塞，匆匆的走了。其時是一九三一年一月十六日的夜間，而不料這一去，竟就是我和他相見的末一回，竟就是我們的永訣。

第二天，他就在一個會場上被捕了，衣袋裡還藏著我那印書的合同，聽說官廳因此正在找尋我。印書的合同，是明明白白的，但我不願意到那些不明不白的地方去辯解。記得《說岳全傳》裡講過一個高僧，當追捕的差役剛到寺門之前，他就「坐化」了，還留下什麼「何立從東來，我向西方走」的偈子[5]。這是奴隸所幻想的脫離苦海的惟一的好方法，「劍俠」盼不到，最自在的惟此而已。我不是高僧，沒有涅槃的自由，卻還有生之留戀，我於是就逃走。

這一夜，我燒掉了朋友們的舊信札，就和女人抱著孩子走在一個客棧裡。不幾天，即聽得外面紛紛傳我被捕，或是被殺了，柔石的消息卻很少。有的說，他曾經被巡捕帶到明日書店裡，問是否是編輯；有的說，他曾經被巡捕帶往北新書局去，問是否是柔石，手上上了銬，可見案情是重的。但怎樣的案情，卻誰也不明白。

5. 佛經中的唱詞。

他在囚繫中，我見過兩次他寫給同鄉的信，第一回是這樣的——

「我與三十五位同犯（七個女的）於昨日到龍華。並於昨夜上了鐐，開政治犯從未上鐐之紀錄。此案累及太太，我一時恐難出獄，書店事望兄為我代辦之。現亦好，且跟殷夫兄學德文，此事可告周先生；望周先生勿念，我等未受刑。捕房和公安局，幾次問周先生地址，但我哪裡知道。諸望勿念。祝好！

趙少雄一月二十四日。」

以上正面。

「洋鐵飯碗，要二三只如不能見面，可將東西望轉交趙少雄」

以上背面。

他的心情並未改變，想學德文，更加努力；也仍在記念我，像在馬路上行走時候一般。但他信裡有些話是錯誤的，政治犯而上鐐，並非從他們開始，但他向來看得官場還太高，以為文明至今，到他們才開始了嚴酷。其實是不然的。果然，第二封信就很不同，措詞非常慘苦，且說馮女士的面目都浮腫了，可惜我沒有抄下這封信。其時傳說也更加紛繁，說他可以贖出的也有，說他已經解往南京的也有，毫無確信；而用函電來探問我的消息的也多起來，連母親在北京也急得生病了，我只得一一發信去更正，這樣的大約有二十天。

天氣愈冷了，我不知道柔石在那裡有被褥不？我們是有的。洋鐵碗可曾收到了沒有？……但忽然得到一個可靠的消息，說柔石和其他二十三人，已於二月七日夜或八日晨，在龍華警備司令部被槍斃了，他的身上中了十彈。

原來如此！……

在一個深夜裡，我站在客棧的院子中，周圍是堆著的破爛的什物；人們都睡覺了，連我的女人和孩子。我沉重的感到我失掉了很好的朋友，中國失掉了很好的青年，我在悲憤中沉靜下去了，然而積習卻從沉靜中抬起頭來，湊成了這樣的幾句：

慣於長夜過春時，挈婦將雛鬢有絲。
夢裡依稀慈母淚，城頭變幻大王旗。
忍看朋輩成新鬼，怒向刀叢覓小詩。
吟罷低眉無寫處，月光如水照緇衣。

但末二句，後來不確了，我終於將這寫給了一個日本的歌人。

可是在中國，那時是確無寫處的，禁錮得比罐頭還嚴密。我記得柔石在年底曾回故鄉，住了好些時，到上海後很受朋友的責備。他悲憤的對我說，他的母親雙眼已經失明了，要他多住幾天，他怎麼能夠就走呢？我知道這失明的母親的眷眷的心，柔石的拳拳的心。當《北斗》創刊時，我就想寫一點關於柔石的文章，然而不能夠，只得選了一幅珂勒惠支（Käthe Kollwitz）夫人的木刻，名曰《犧牲》，是一個母親悲哀地獻出她的兒子去的，算是只有我一個人心裡知道的柔石的紀念。

同時被難的四個青年文學家之中，李偉森我沒有會見過，胡也頻在上海也只見過一次面，談了幾句天。較熟的要算白莽，即殷夫了，他曾經和我通過信，投過稿，但現在尋起來，一無所得，想必是十七那夜統統燒掉了，那時我還沒有知道被捕的也有白莽。然而那本《彼得斐詩集》卻在的，翻了一遍，也沒有什麼，只在一首《Wahlspruch》（格言）的旁邊，有鋼筆寫的四行譯文道：

「生命誠寶貴，愛情價更高；若為自由故，二者皆可拋！」

又在第二葉上，寫著「徐培根」三個字，我疑心這是他的真姓名。

伍

前年的今日，我避在客棧裡，他們卻是走向刑場了；去年的今日，我在炮聲中逃在英租界，他們則早已埋在不知哪裡的地下了；今年的今日，我才坐在舊寓裡，人們都睡覺了，連我的女人和孩子。我又沉重的感到我失掉了很好的朋友，中國失掉了很好的青年，我在悲憤中沉靜下去了，不料積習又從沉靜中抬起頭來，寫下了以上那些字。

要寫下去，在中國的現在，還是沒有寫處的。年青時讀向子期《思舊賦》，很怪他為什麼只有寥寥的幾行，剛開頭卻又煞了尾。然而，現在我懂得了。

不是年青的為年老的寫紀念，而在這三十年中，卻使我目睹許多青年的血，層層淤積起來，將我埋得不能呼吸，我只能用這樣的筆墨，寫幾句文章，算是從泥土中挖一個小孔，自己延口殘喘，這是怎樣的世界呢。夜正長，路也正長，我不如忘卻，不說的好罷。但我知道，即使不是我，將來總會有記起他們，再說他們的時候的。……

二月七——八日

憶韋素園君

我也還有記憶的，但是，零落得很。我自己覺得我的記憶好像被刀刮過了的魚鱗，有些還留在身體上，有些是掉在水裡了，將水一攪，有幾片還會翻騰，閃爍，然而中間混著血絲，連我自己也怕得因此汙了賞鑒家的眼目。

現在有幾個朋友要紀念韋素園君，我也須說幾句話。是的，我是有這義務的。我只好連身外的水也攪一下，看看泛起怎樣的東西來。

怕是十多年之前了罷，我在北京大學做講師，有一天，在教師預備室裡遇見了一個頭髮和鬍子統統長得要命的青年，這就是李霽野。我的認識素園，大約就是霽野紹介的罷，然而我忘記了那時的情景。現在留在記憶裡的，是他已經坐在客店的一間小房子裡計畫出版了。

這一間小房子，就是未名社[1]。

那時我正在編印兩種小叢書，一種是《烏合叢書》，專收創作，一種是《未名叢刊》，專收翻譯，都由北新書局出版。出版者和讀者的不喜歡翻譯書，那時和現

1. 1925 年秋成立於北京的文學團體，主要成員有魯迅、書素園、臺靜農等人。1931 年秋後因經濟困難而解體。

在也並不兩樣，所以《未名叢刊》是特別冷落的。恰巧，素園他們願意紹介外國文學到中國來，便和李小峰商量，要將《未名叢刊》移出，由幾個同人自辦。小峰一口答應了，於是這一種叢書便和北新書局脫離。稿子是我們自己的，另籌了一筆印費，就算開始。因這叢書的名目，連社名也就叫了「未名」——但並非「沒有名目」的意思，是「還沒有名目」的意思，恰如孩子的「還未成丁」似的。

未名社的同人，實在並沒有什麼雄心和大志，但是，願意切切實實的，點點滴滴的做下去的意志，卻是大家一致的。而其中的骨幹就是素園。

於是他坐在一間破小屋子，就是未名社裡辦事了，不過小半好像也因為他生著病，不能上學校去讀書，因此便天然的輪著他守寨。

我最初的記憶是在這破寨裡看見了素園，一個瘦小，精明，正經的青年，窗前的幾排破舊外國書，在證明他窮著也還是釘住著文學。然而，我同時又有了一種壞印象，覺得和他是很難交往的，因為他笑影少。「笑影少」原是未名社同人的一種特色，不過素園顯得最分明，一下子就能夠令人感得。但到後來，我知道我的判斷是錯誤了，和他也並不難於交往。他的不很笑，大約是因為年齡的不同，對我的一種特別態度罷，可惜我不能化為青年，使大家忘掉彼我，得到確證了。這真相，我想，霽野他們是知道的。

但待到我明白了我的誤解之後，卻同時又發見了一個他的致命傷：他太認真；雖然似乎沉靜，然而他激烈。認真會是人的致命傷的麼？至少，在那時以至現在，可以是的。一認真，便容易趨於激烈，發揚則送掉自己的命，沉靜著，又齧碎了自己的心。

這裡有一點小例子。——我們是只有小例子的。

那時候，因為段祺瑞總理和他的幫閒們的迫壓，我已經逃到廈門，但北京的狐虎之威還正是無窮無盡。段派的女子師範大學校長林素園，帶兵接收學校去了，演過全副武行之後，還指留著的幾個教員為「共產黨」。這個名詞，一向就給有些人以「辦事」上的便利，而且這方法，也是一種老譜，本來並不希罕的。但素園卻好像激烈起來了，從此以後，他給我的信上，有好一晌竟憎惡「素園」兩字而不用，改稱為「漱園」。同時社內也發生了衝突，高長虹從上海寄信來，說素園壓下了向培良的稿子，叫我講一句話。我一聲也不響。於是在《狂飆》上罵起來了，先罵素園，後是我。素園在北京壓下了培良的稿子，卻由上海的高長虹來抱不平，要在廈門的我去下判斷，我頗覺得是出色的滑稽，而且一個團體，雖是小小的文學團體罷，每當光景艱難時，內部是一定有人起來搗亂的，這也並不希罕。然而素園卻很認真，他不但寫信給我，敘述著詳情，還作文登在雜誌上剖白。在「天才」們的法庭上，別人剖白得清楚的麼？——我不禁長長的歎了一口氣，想到他只是一個文人，又生著病，卻這麼拚命的對付著內憂外患，又怎麼能夠持久呢。自然，這僅僅是小憂患，但在認真而激烈的個人，卻也相當的大的。

不久，未名社就被封[2]，幾個人還被捕。也許素園已經咯血，進了病院了罷，他不在內。但後來，被捕的釋放，未名社也啟封了，忽封忽啟，忽捕忽放，我至今還不明白這是怎麼的一個玩意。

我到廣州，是第二年——一九二七年的秋初，仍舊陸續的接到他幾封信，是在西山病院裡，伏在枕頭上寫就的，因為醫生不允許他起坐。他措辭更明顯，思想也更清楚，更廣大了，但也更使我擔心他的病。有一天，我忽然接到一本書，是布面裝訂的素園翻譯的《外套》。我一看明白，就打了一個寒噤：這明明是他送給我的一個紀念品，莫非他已經自覺了生命的期限了麼？

我不忍再翻閱這一本書，然而我沒有法。

我因此記起，素園的一個好朋友也咯過血，一天竟對著素園咯起來，他慌張失

2. 1928年，未名社翻譯出版《文學與革命》一書於濟南山東省歷師範學校被扣。北京警察廳根據山東軍閥張宗昌的電報，於3月26日查封未名社，逮捕李霽野、臺靜農等人。同年10月未名社重新啟封。

措，用了愛和憂急的聲音命令道：「你不許再吐了！」我那時卻記起了伊孛生的《勃蘭特》。他不是命令過去的人，從新起來，卻並無這神力，只將自己埋在崩雪下面的麼？……

我在空中看見了勃蘭特和素園，但是我沒有話。

一九二九年五月末，我最以為僥倖的是自己到西山病院去，和素園談了天。他為了日光浴，皮膚被曬得很黑了，精神卻並不萎頓。我們和幾個朋友都很高興。但我在高興中，又時時夾著悲哀：忽而想到他的愛人，已由他同意之後，和別人訂了婚；忽而想到他竟連紹介外國文學給中國的一點志願，也怕難於達到；忽而想到他在這裡靜臥著，不知道他自以為是在等候全愈，還是等候滅亡；忽而想到他為什麼要寄給我一本精裝的《外套》？……

壁上還有一幅陀思妥也夫斯基的大畫像。對於這先生，我是尊敬，佩服的，但我又恨他殘酷到了冷靜的文章。他布置了精神上的苦刑，一個個拉了不幸的人來，拷問給我們看。現在他用沉鬱的眼光，凝視著素園和他的臥榻，好像在告訴我：這也是可以收在作品裡的不幸的人。

自然，這不過是小不幸，但在素園個人，是相當的大的。一九三二年八月一日晨五時半，素園終於病歿在北平同仁醫院裡了，一切計畫，一切希望，也同歸於盡。我所抱憾的是因為避禍，燒去了他的信札，我只能將一本《外套》當作惟一的紀念，永遠放在自己的身邊。

自素園病歿之後，轉眼已是兩年了，這其間，對於他，文壇上並沒有人開口。這也不能算是希罕的，他既非天才，也非豪傑，活的時候，既不過在默默中生存，死了之後，當然也只好在默默中泯沒。但對於我們，卻是值得紀念的青年，因為他在默默中支持了未名社。

未名社現在是幾乎消滅了，那存在期，也並不長久。然而自素園經營以來，紹介了果戈理（N. Gogol），陀思妥也夫斯基（F. Dostoevsky），安特列夫（L. Andreev），紹介了望・藹覃（F. van Eeden），紹介了愛倫堡（I. Ehrenburg）的《煙袋》和拉夫列涅夫（B. Lavrenev）的《四十一》。還印行了《未名新集》，其中有叢蕪的《君山》，靜農的《地之子》和《建塔者》，我的《朝華夕拾》，在那時候，也都還算是相當可看的作品。事實不為輕薄陰險小兒留情，曾幾何年，他們就都已煙消火滅，然而未名社的譯作，在文苑裡卻至今沒有枯死的。

是的，但素園卻並非天才，也非豪傑，當然更不是高樓的尖頂，或名園的美花，然而他是樓下的一塊石材，園中的一撮泥土，在中國第一要他多。他不入於觀賞者的眼中，只有建築者和栽植者，決不會將他置之度外。

文人的遭殃，不在生前的被攻擊和被冷落，一瞑之後，言行兩亡，於是無聊之徒，謬托知己，是非蜂起，既以自衒，又以賣錢，連死屍也成了他們的沽名獲利之具，這倒是值得悲哀的。現在我以這幾千字紀念我所熟識的素園，但願還沒有營私肥己的處所，此外也別無話說了。

我不知道以後是否還有紀念的時候，倘止於這一次，那麼，素園，從此別了！

一九三四年七月十六之夜，魯迅記。

憶劉半農君

這是小峰出給我的一個題目。

這題目並不出得過分。半農[1]去世，我是應該哀悼的，因為他也是我的老朋友。但是，這是十來年前的話了，現在呢，可難說得很。

我已經忘記了怎麼和他初次會面，以及他怎麼能到了北京。他到北京，恐怕是在《新青年》投稿之後，由蔡孑民先生或陳獨秀先生去請來的，到了之後，當然更是《新青年》裡的一個戰士。他活潑，勇敢，很打了幾次大仗。譬如罷，答王敬軒的雙信，「她」字和「牠」字的創造[2]，就都是的。這兩件，現在看起來，自然是瑣屑得很，但那是十多年前，單是提倡新式標點，就會有一大群人「若喪考妣」，恨不得「食肉寢皮」的時候，所以的確是「大仗」。現在的二十左右的青年，大約很少有人知道三十年前，單是剪下辮子就會坐牢或殺頭的了。然而這曾經是事實。

但半農的活潑，有時頗近於草率，勇敢也有失之無謀的地方。但是，要商量襲擊敵人的時候，他還是好夥伴，進行之際，心口並不相應，或者暗暗的給你一刀，

1. 劉半農（1891 – 1934），名復，江蘇江陽人。曾任北京大學教授、北平大學女子文理學院院長等。曾參與《新青年》的編輯工作，是新文學運動初期的重要作家之一。
2. 1920 年 6 月 6 日劉半農作《她字問題》一文中主張創造「她」字，做為第三位陰性代詞。也提出應用「它」字代表無生物。後郭沫若於同年提出「牠」字代表第三人稱代名詞底中性。

他是決不會的。倘若失了算，那是因為沒有算好的緣故。

《新青年》每出一期，就開一次編輯會，商定下一期的稿件。其時最惹我注意的是陳獨秀和胡適之。假如將韜略比作一間倉庫罷，獨秀先生的是外面豎一面大旗，大書道：「內皆武器，來者小心！」但那門卻開著的，裡面有幾枝槍，幾把刀，一目了然，用不著提防。適之先生的是緊緊的關著門，門上粘一條小紙條道：「內無武器，請勿疑慮。」這自然可以是真的，但有些人——至少是我這樣的人——有時總不免要側著頭想一想。半農卻是令人不覺其有「武庫」的一個人，所以我佩服陳胡，卻親近半農。

所謂親近，不過是多談閒天，一多談，就露出了缺點。幾乎有一年多，他沒有消失掉從上海帶來的才子必有「紅袖添香夜讀書」的豔福的思想，好容易才給我們罵掉了。但他好像到處都這麼的亂說，使有些「學者」皺眉。有時候，連到《新青年》投稿都被排斥。他很勇於寫稿，但試去看舊報去，很有幾期是沒有他的。那些人們批評他的為人，是：淺。

不錯，半農確是淺。但他的淺，卻如一條清溪，澄澈見底，縱有多少沉渣和腐草，也不掩其大體的清。倘使裝的是爛泥，一時就看不出它的深淺來了；如果是爛泥的深淵呢，那就更不如淺一點的好。

但這些背後的批評，大約是很傷了半農的心的，他的到法國留學，我疑心大半就為此。我最懶於通信，從此我們就疏遠起來了。他回來時，我才知道他在外國鈔古書，後來也要標點《何典》[3]，我那時還以老朋友自居，在序文上說了幾句老實話，事後，才知道半農頗不高興了，「駟不及舌」，也沒有法子。另外還有一回關於《語絲》的彼此心照的不快活。五六年前，曾在上海的宴會上見過一回面，那時候，我們幾乎已經無話可談了。

近幾年，半農漸漸的據了要津，我也漸漸的更將他忘卻；但從報章上看見他禁稱「蜜斯」[4]之類，卻很起了反感：我以為這些事情是不必半農來做的。從去年來，又看見他不斷的做打油詩，弄爛古文，回想先前的交情，也往往不免長歎。我想，假如見面，而我還以老朋友自居，不給一個「今天天氣……哈哈哈」完事，那就也許會弄到衝突的罷。

不過，半農的忠厚，是還使我感動的。我前年曾到北平，後來有人通知我，半農是要來看我的，有誰恐嚇了他一下，不敢來了。這使我很慚愧，因為我到北平後，實在未曾有過訪問半農的心思。

3. 清代張南莊編著，運用俗諺寫成，帶有諷刺而流於油滑的章回小說。
4. 英語 Miss 的音譯。

現在他死去了，我對於他的感情，和他生時也並無變化。我愛十年前的半農，而憎惡他的近幾年。這憎惡是朋友的憎惡，因為我希望他常是十年前的半農，他的為戰士，即使「淺」罷，卻於中國更為有益。我願以憤火照出他的戰績，免使一群陷沙鬼將他先前的光榮和死屍一同拖入爛泥的深淵。

八月一日

關於太炎先生二三事

前一些時，上海的官紳為太炎先生[1]開追悼會，赴會者不滿百人，遂在寂寞中閉幕，於是有人慨歎，以為青年們對於本國的學者，竟不如對於外國的高爾基的熱誠。這慨歎其實是不得當的。官紳集會，一向為小民所不敢到；況且高爾基[2]是戰鬥的作家，太炎先生雖先前也以革命家現身，後來卻退居於寧靜的學者，用自己所手造的和別人所幫造的牆，和時代隔絕了。紀念者自然有人，但也許將為大多數所忘卻。

我以為先生的業績，留在革命史上的，實在比在學術史上還要大。回憶三十餘年之前，木板的《訄書》已經出版了，我讀不斷，當然也看不懂，恐怕那時的青年，這樣的多得很。我的知道中國有太炎先生，並非因為他的經學和小學，是為了他駁斥康有為和作鄒容的《革命軍》序，竟被監禁於上海的西牢。那時留學日本的浙籍學生，正辦雜誌《浙江潮》，其中即載有先生獄中所作詩，卻並不難懂。這使我感動，也至今並沒有忘記，現在抄兩首在下面——

1. 章太炎（1986 – 1936），浙江杭州人，清末民初的思想家、史學家，民族主義革命者，中華民國國語設計者。原名學乘，字枚乘，後改名炳麟。因慕顧絳（顧炎武）的為人，加之反清意識濃烈，改名為絳，號太炎，世人常稱為「太炎先生」。
2. 蘇俄作家、政治家，蘇聯文學創始人，社會主義、現實主義文學奠基者。

獄中贈鄒容

鄒容吾小弟，被發下瀛洲。快剪刀除辮，乾牛肉作餱。英雄一入獄，天地亦悲秋。臨命須摻手，乾坤只兩頭。

獄中聞沈禹希見殺

不見沈生久，江湖知隱淪，蕭蕭悲壯士，今在易京門。螭魅羞爭焰，文章總斷魂。中陰當待我，南北幾新墳。

一九〇六年六月出獄，即日東渡，到了東京，不久就主持《民報》。我愛看這《民報》，但並非為了先生的文筆古奧，索解為難，或說佛法，談「俱分進化」，是為了他和主張保皇的梁啟超鬥爭，和「××」的×××鬥爭，和「以《紅樓夢》為成佛之要道」的×××鬥爭，真是所向披靡，令人神旺。前去聽講也在這時候，但又並非因為他是學者，卻為了他是有學問的革命家，所以直到現在，先生的音容笑貌，還在目前，而所講的《說文解字》，卻一句也不記得了。

民國元年革命後，先生的所志已達，該可以大有作為了，然而還是不得志。這也是和高爾基的生受崇敬，死備哀榮，截然兩樣的。我以為兩人遭遇的所以不同，其原因乃在高爾基先前的理想，後來都成為事實，他的一身，就是大眾的一體，喜怒哀樂，無不相通；而先生則排滿之志雖伸，但視為最緊要的「第一是用宗教發起信心，增進國民的道德；第二是用國粹激動種性，增進愛國的熱腸」（見《民報》第六本），卻僅止於高妙的幻想；不久而袁世凱又攘奪國柄，以遂私圖，就更使先生失卻實地，僅垂空文，至於今，惟我們的「中華民國」之稱，尚係發源於先生的《中華民國解》（最先亦見《民報》），為巨大的紀念而已，然而知道這一重公案者，恐怕也已經不多了。既離民眾，漸入頹唐，後來的參與投壺，接收饋贈，遂每為論者所不滿，但這也不過白圭之玷，並非晚節不終。考其生平，以大勳章作扇墜，臨總統府之門，大詬袁世凱的包藏禍心者，並世無第二人；七被追捕，三入牢獄，而革命之志，終不屈撓者，並世亦無第二人；這才是先哲的精神，後生的楷範。近有文儈，勾結小報，竟也作文奚落先生以自鳴得意，真可謂「小人不欲成人之美」，而且「蚍蜉撼大樹，可笑不自量」了！

　　但革命之後，先生亦漸為昭示後世計，自藏其鋒。浙江所刻的《章氏叢書》，是出於手定的，大約以為駁難攻訐，至於忿詈，有違古之儒風，足以貽譏多士的罷，先前的見於期刊的鬥爭的文章，竟多被刊落，上文所引的詩兩首，亦不見於《詩錄》中。一九三三年刻《章氏叢書續編》於北平，所收不多，而更純謹，且不取舊作，當然也無鬥爭之作，先生遂身衣學術的華袞，粹然成為儒宗，執贄願為弟子者綦眾，至於倉皇製《同門錄》成冊。近閱日報，有保護版權的廣告，有三續叢書的記事，可見又將有遺著出版了，但補入先前戰鬥的文章與否，卻無從知道。戰鬥的文章，乃是先生一生中最大，最久的業績，假使未備，我以為是應該一一輯錄，校印，使先生和後生相印，活在戰鬥者的心中的。然而此時此際，恐怕也未必能如所望罷，嗚呼！

十月九日

紀念劉和珍君

壹

中華民國十五年三月二十五日，就是國立北京女子師範大學為十八日在段祺瑞執政府前遇害的劉和珍[1]楊德群[2]兩君開追悼會的那一天，我獨在禮堂外徘徊，遇見程君，前來問我道，「先生可曾為劉和珍寫了一點什麼沒有？」我說「沒有」。她就正告我，「先生還是寫一點罷；劉和珍生前就很愛看先生的文章。」

這是我知道的，凡我所編輯的期刊，大概是因為往往有始無終之故罷，銷行一向就甚為寥落，然而在這樣的生活艱難中，毅然預定了《莽原》全年的就有她。我也早覺得有寫一點東西的必要了，這雖然於死者毫不相干，但在生者，卻大抵只能如此而已。倘使我能夠相信真有所謂「在天之靈」，那自然可以得到更大的安慰，——但是，現在，卻只能如此而已。

可是我實在無話可說。我只覺得所住的並非人間。四十多個青年的血，洋溢在我的周圍，使我艱於呼吸視聽，哪裡還能有什麼言語？長歌當哭，是必須在痛定之

1. 劉和珍（1904 － 1926），江西南昌人，北京子師範大學英文系學生。
2. 楊德群（1902 － 1926），湖南湘陽人，北京女子師範大學國文系預科生。

後的。而此後幾個所謂學者文人的陰險的論調，尤使我覺得悲哀。我已經出離憤怒了。我將深味這非人間的濃黑的悲涼；以我的最大哀痛顯示於非人間，使它們快意於我的苦痛，就將這作為後死者的菲薄的祭品，奉獻於逝者的靈前。

貳

真的猛士，敢於直面慘澹的人生，敢於正視淋漓的鮮血。這是怎樣的哀痛者和幸福者？然而造化又常常為庸人設計，以時間的流駛，來洗滌舊跡，僅使留下淡紅的血色和微漠的悲哀。在這淡紅的血色和微漠的悲哀中，又給人暫得偷生，維持著這似人非人的世界。我不知道這樣的世界何時是一個盡頭！

我們還在這樣的世上活著；我也早覺得有寫一點東西的必要了。離三月十八日也已有兩星期，忘卻的救主快要降臨了罷，我正有寫一點東西的必要了。

參

在四十餘被害的青年之中，劉和珍君是我的學生。學生云者，我向來這樣想，這樣說，現在卻覺得有些躊躇了，我應該對她奉獻我的悲哀與尊敬。她不是「苟活到現在的我」的學生，是為了中國而死的中國的青年。

她的姓名第一次為我所見，是在去年夏初楊蔭榆女士做女子師範大學校長，開除校中六個學生自治會職員[3]的時候。其中的一個就是她；但是我不認識。直到後來，也許已經是劉百昭率領男女武將，強拖出校之後了，才有人指著一個學生告訴我，說：這就是劉和珍。其時我才能將姓名和實體聯合起來，心中卻暗自詫異。我平素想，能夠不為勢利所屈，反抗一廣有羽翼的校長的學生，無論如何，總該是有些桀驁鋒利的，但她卻常常微笑著，態度很溫和。待到偏安於宗帽胡同，賃屋授課之後，她才始來聽我的講義，於是見面的回數就較多了，也還是始終微笑著，態度很溫和。待到學校恢復舊觀，往日的教職員以為責任已盡，準備陸續引退的時候，我才見她慮及母校前途，黯然至於泣下。此後似乎就不相見。總之，在我的記憶上，那一次就是永別了。

肆

我在十八日早晨，才知道上午有群眾向執政府請願的事；下午便得到噩耗，說衛隊居然開槍，死傷至數百人，而劉和珍君即在遇害者之列。但我對於這些傳說，

3. 在北京女子師範大學學生反對校長楊蔭榆的風潮中，楊蔭榆於 1925 年 5 月 7 日藉招開「國恥紀念會」時強行登台擔任主席，被全場學生報以噓聲驅趕下台。同年 9 月，楊蔭榆以評議會名義開除包括許廣平、劉和珍等六位學生自治會成員學籍。

竟至於頗為懷疑。我向來是不憚以最壞的惡意，來推測中國人的，然而我還不料，也不信竟會下劣凶殘到這地步。況且始終微笑著的和藹的劉和珍君，更何至於無端在府門前喋血呢？

然而即日證明是事實了，作證的便是她自己的屍骸。還有一具，是楊德群君的。而且又證明著這不但是殺害，簡直是虐殺，因為身體上還有棍棒的傷痕。

但段政府就有令，說她們是「暴徒」！但接著就有流言，說她們是受人利用的。

慘像，已使我目不忍視了；流言，尤使我耳不忍聞。我還有什麼話可說呢？我懂得衰亡民族之所以默無聲息的緣由了。沉默呵，沉默呵！不在沉默中爆發，就在沉默中滅亡。

伍

但是，我還有要說的話。

我沒有親見；聽說，她，劉和珍君，那時是欣然前往的。自然，請願而已，稍有人心者，誰也不會料到有這樣的羅網。但竟在執政府前中彈了，從背部入，斜穿心肺，已是致命的創傷，只是沒有便死。同去的張靜淑君想扶起她，中了四彈，其一是手槍，立仆；同去的楊德群君又想去扶起她，也被擊，彈從左肩入，穿胸偏右出，也立仆。但她還能坐起來，一個兵在她頭部及胸部猛擊兩棍，於是死掉了。

始終微笑的和藹的劉和珍君確是死掉了，這是真的，有她自己的屍骸為證；沉勇而友愛的楊德群君也死掉了，有她自己的屍骸為證；只有一樣沉勇而友愛的張靜淑君還在醫院裡呻吟。當三個女子從容地轉輾於文明人所發明的槍彈的攢射中的時候，這是怎樣的一個驚心動魄的偉大呵！中國軍人的屠戮婦嬰的偉績，八國聯軍的懲創學生的武功，不幸全被這幾縷血痕抹殺了。

但是中外的殺人者卻居然昂起頭來，不知道個個臉上有著血污……。

陸

時間永是流駛，街市依舊太平，有限的幾個生命，在中國是不算什麼的，至多，不過供無惡意的閒人以飯後的談資，或者給有惡意的閒人作「流言」的種子。至於此外的深的意義，我總覺得很寥寥，因為這實在不過是徒手的請願。人類的血戰前行的歷史，正如煤的形成，當時用大量的木材，結果卻只是一小塊，但請願是不在其中的，更何況是徒手。

然而既然有了血痕了，當然不覺要擴大。至少，也當浸漬了親族，師友，愛人的心，縱使時光流駛，洗成緋紅，也會在微漠的悲哀中永存微笑的和藹的舊影。陶潛說過，「親戚或餘悲，他人亦已歌，死去何所道，託體同山阿。」倘能如此，這也就夠了。

柒

我已經說過：我向來是不憚以最壞的惡意來推測中國人的。但這回卻很有幾點出於我的意外。一是當局者竟會這樣地凶殘，一是流言家竟至如此之下劣，一是中國的女性臨難竟能如是之從容。

我目睹中國女子的辦事，是始於去年的，雖然是少數，但看那幹練堅決，百折不回的氣概，曾經屢次為之感歎。至於這一回在彈雨中互相救助，雖殞身不恤的事實，則更足為中國女子的勇毅，雖遭陰謀秘計，壓抑至數千年，而終於沒有消亡的明證了。

倘要尋求這一次死傷者對於將來的意義，意義就在此罷。

苟活者在淡紅的血色中，會依稀看見微茫的希望；真的猛士，將更奮然而前行。

嗚呼，我說不出話，但以此紀念劉和珍君！

四月一日

藤野先生

東京也無非是這樣。上野的櫻花爛漫的時節，望去確也像緋紅的輕雲，但花下也缺不了成群結隊的「清國留學生」的速成班，頭頂上盤著大辮子，頂得學生制帽的頂上高高聳起，形成一座富士山。也有解散辮子，盤得平的，除下帽來，油光可鑒，宛如小姑娘的髮髻一般，還要將脖子扭幾扭。實在標緻極了。

中國留學生會館的門房裡有幾本書買，有時還值得去一轉；倘在上午，裡面的幾間洋房裡倒也還可以坐坐的。但到傍晚，有一間的地板便常不免要咚咚咚地響得震天，兼以滿房煙塵斗亂；問問精通時事的人，答道，「那是在學跳舞。」

到別的地方去看看，如何呢？

我就往仙台的醫學專門學校去。從東京出發，不久便到一處驛站，寫道：日暮里。不知怎地，我到現在還記得這名目。其次卻只記得水戶了，這是明的遺民朱舜水先生客死的地方。仙台是一個市鎮，並不大；冬天冷得利害；還沒有中國的學生。

大概是物以稀為貴罷。北京的白菜運往浙江，便用紅頭繩繫住菜根，倒掛在水果店頭，尊為「膠菜」；福建野生著的蘆薈，一到北京就請進溫室，且美其名曰「龍舌蘭」。我到仙台也頗受了這樣的優待，不但學校不收學費，幾個職員還為我的食宿操心。我先是住在監獄旁邊一個客店裡的，初冬已經頗冷，蚊子卻還多，後來用被蓋了全身，用衣服包了頭臉，只留兩個鼻孔出氣。在這呼吸不息的地方，蚊子竟無從插嘴，居然睡安穩了。飯食也不壞。但一位先生卻以為這客店也包辦囚人的飯食，我住在那裡不相宜，幾次三番，幾次三番地說。我雖然覺得客店兼辦囚人的飯食和我不相干，然而好意難卻，也只得別尋相宜的住處了。於是搬到別一家，離監獄也很遠，可惜每天總要喝難以下嚥的芋梗湯。

從此就看見許多陌生的先生，聽到許多新鮮的講義。解剖學是兩個教授分任的。最初是骨學。其時進來的是一個黑瘦的先生，八字鬚，戴著眼鏡，挾著一疊大大小小的書。一將書放在講台上，便用了緩慢而很有頓挫的聲調，向學生介紹自己道：

「我就是叫作藤野嚴九郎[1]的……。」

後面有幾個人笑起來了。他接著便講述解剖學在日本發達的歷史，那些大大小小的書，便是從最初到現今關於這一門學問的著作。起初有幾本是線裝的；還有翻

1. 日本福井縣人。1896 年畢業於愛知縣醫學專門學校後，任職於該校；1901 年轉任仙台醫學專門學校講師，1904 年升任教授。1915 年回鄉後設立診所行醫。魯迅逝世後曾作《謹憶周樹人君》一文。

刻中國譯本的，他們的翻譯和研究新的醫學，並不比中國早。

那坐在後面發笑的是上學年不及格的留級學生，在校已經一年，掌故頗為熟悉的了。他們便給新生講演每個教授的歷史。這藤野先生，據說是穿衣服太模糊了，有時竟會忘記帶領結；冬天是一件舊外套，寒顫顫的，有一回上火車去，致使管車的疑心他是扒手，叫車裡的客人大家小心些。

他們的話大概是真的，我就親見他有一次上講堂沒有帶領結。

過了一星期，大約是星期六，他使助手來叫我了。到得研究室，見他坐在人骨和許多單獨的頭骨中間，——他其時正在研究著頭骨，後來有一篇論文在本校的雜誌上發表出來。

「我的講義，你能抄下來麼？」他問。

「可以抄一點。」

「拿來我看！」

我交出所抄的講義去，他收下了，第二三天便還我，並且說，此後每一星期要送給他看一回。我拿下來打開看時，很吃了一驚，同時也感到一種不安和感激。原來我的講義已經從頭到末，都用紅筆添改過了，不但增加了許多脫漏的地方，連文法的錯誤，也都一一訂正。這樣一直繼續到教完了他所擔任的功課：骨學，血管學，神經學。

可惜我那時太不用功，有時也很任性。還記得有一回藤野先生將我叫到他的研究室裡去，翻出我那講義上的一個圖來，是下臂的血管，指著，向我和藹的說道：

「你看，你將這條血管移了一點位置了。──自然，這樣一移，的確比較的好看些，然而解剖圖不是美術，實物是那麼樣的，我們沒法改換它。現在我給你改好了，以後你要全照著黑板上那樣的畫。」

但是我還不服氣，口頭答應著，心裡卻想道：

「圖還是我畫的不錯；至於實在的情形，我心裡自然記得的。」

學年試驗完畢之後，我便到東京玩了一夏天，秋初再回學校，成績早已發表了，同學一百餘人之中，我在中間，不過是沒有落第。這回藤野先生所擔任的功課，是解剖實習和局部解剖學。

解剖實習了大概一星期，他又叫我去了，很高興地，仍用了極有抑揚的聲調對我說道：

「我因為聽說中國人是很敬重鬼的，所以很擔心，怕你不肯解剖屍體。現在總算放心了，沒有這回事。」

但他也偶有使我很為難的時候。他聽說中國的女人是裹腳的，但不知道詳細，所以要問我怎麼裹法，足骨變成怎樣的畸形，還歎息道，「總要看一看才知道。究竟是怎麼一回事呢？」有一天，本級的學生會幹事到我寓裡來了，要借我的講義看。我檢出來交給他們，卻只翻檢了一通，並沒有帶走。但他們一走，郵差就送到一封很厚的信，拆開看時，第一句是：

「你改悔罷！」

這是《新約》上的句子罷，但經托爾斯泰新近引用過的。其時正值日俄戰爭，托老先生便寫了一封給俄國和日本的皇帝的信，開首便是這一句。日本報紙上很斥責他的不遜，愛國青年也憤然，然而暗地裡卻早受了他的影響了。其次的話，大略是說上年解剖學試驗的題目，是藤野先生在講義上做了記號，我預先知道的，所以能有這樣的成績。末尾是匿名。

我這才回憶到前幾天的一件事。因為要開同級會，幹事便在黑板上寫廣告，末一句是「請全數到會勿漏為要」，而且在「漏」字旁邊加了一個圈。我當時雖然覺到圈得可笑，但是毫不介意，這回才悟出那字也在譏刺我了，猶言我得了教員漏泄出來的題目。

我便將這事告知了藤野先生；有幾個和我熟識的同學也很不平，一同去詰責幹事託辭檢查的無禮，並且要求他們將檢查的結果，發表出來。終於這流言消滅了，幹事卻又竭力運動，要收回那一封匿名信去。結末是我便將這托爾斯泰式的信退還了他們。

中國是弱國，所以中國人當然是低能兒，分數在六十分以上，便不是自己的能力了：也無怪他們疑惑。但我接著便有參觀槍斃中國人的命運了。第二年添教黴菌學，細菌的形狀是全用電影來顯示的，一段落已完而還沒有到下課的時候，便影幾片時事的片子，自然都是日本戰勝俄國的情形。但偏有中國人夾在裡邊：給俄國人做偵探，被日本軍捕獲，要槍斃了，圍著看的也是一群中國人；在講堂裡的還有一個我。「萬歲！」他們都拍掌歡呼起來。

這種歡呼，是每看一片都有的，但在我，這一聲卻特別聽得刺耳。此後回到中國來，我看見那些閒看槍斃犯人的人們，他們也何嘗不酒醉似的喝采，——嗚呼，無法可想！但在那時那地，我的意見卻變化了。

到第二學年的終結，我便去尋藤野先生，告訴他我將不學醫學，並且離開這仙台。他的臉色彷彿有些悲哀，似乎想說話，但竟沒有說。

「我想去學生物學，先生教給我的學問，也還有用的。」其實我並沒有決意要學生物學，因為看得他有些淒然，便說了一個慰安他的謊話。

「為醫學而教的解剖學之類，怕於生物學也沒有什麼大幫助。」他歎息說。

將走的前幾天，他叫我到他家裡去，交給我一張照相，後面寫著兩個字道：「惜別」，還說希望將我的也送他。但我這時適值沒有照相了；他便叮囑我將來照了寄給他，並且時時通信告訴他此後的狀況。

我離開仙台之後，就多年沒有照過相，又因為狀況也無聊，說起來無非使他失望，便連信也怕敢寫了。經過的年月一多，話更無從說起，所以雖然有時想寫信，卻又難以下筆，這樣的一直到現在，竟沒有寄過一封信和一張照片。從他那一面看起來，是一去之後，杳無消息了。

但不知怎地，我總還時時記起他，在我所認為我師的之中，他是最使我感激，給我鼓勵的一個。有時我常常想：他的對於我的熱心的希望，不倦的教誨，小而言之，是為中國，就是希望中國有新的醫學；大而言之，是為學術，就是希望新的醫學傳到中國去。他的性格，在我的眼裡和心裡是偉大的，雖然他的姓名並不為許多人所知道。

他所改正的講義，我曾經訂成三厚本，收藏著的，將作為永久的紀念。不幸七年前遷居的時候，中途毀壞了一口書箱，失去半箱書，恰巧這講義也遺失在內了。責成運送局去找尋，寂無回信。只有他的照相至今還掛在我北京寓居的東牆上，書桌對面。每當夜間疲倦，正想偷懶時，仰面在燈光中瞥見他黑瘦的面貌，似乎正要說出抑揚頓挫的話來，便使我忽又良心發現，而且增加勇氣了，於是點上一枝煙，再繼續寫些為「正人君子」之流所深惡痛疾的文字。

十月十二日

范愛農

在東京的客店裡，我們大抵一起來就看報。學生所看的多是《朝日新聞》和《讀賣新聞》，專愛打聽社會上瑣事的就看《二六新聞》。一天早晨，劈頭就看見一條從中國來的電報，大概是：

「安徽巡撫恩銘被 Jo Shiki Rin 刺殺，刺客就擒。」

大家一怔之後，便容光煥發地互相告語，並且研究這刺客是誰，漢字是怎樣三個字。但只要是紹興人，又不專看教科書的，卻早已明白了。這是徐錫麟，他留學回國之後，在做安徽候補道，辦著巡警事務，正合於刺殺巡撫的地位。

大家接著就預測他將被極刑，家族將被連累。不久，秋瑾[1]姑娘在紹興被殺的消息也傳來了，徐錫麟是被挖了心，給恩銘的親兵炒食淨盡。人心很憤怒。有幾個人便秘密地開一個會，籌集川資；這時用得著日本浪人了，撕烏賊魚下酒，慷慨一通之後，他便登程去接徐伯蓀的家屬去。

照例還有一個同鄉會，弔烈士，罵滿洲；此後便有人主張打電報到北京，痛斥

1. 字睿卿，號竟雄，別署鑒湖女俠，浙江紹興人。1904 年赴日本留學期間，積極參與留日學生的革命活動，先後加入光復會、同盟會。1906 年春回國。1907 年在紹興主持大通師範學堂，又組織光復軍，與徐錫麟分別於安徽、浙江起意。徐錫麟起義失敗後，秋瑾於 7 月 14 日被清政府逮捕，次日於紹興軒亭口就義。

滿政府的無人道。會眾即刻分成兩派：一派要發電，一派不要發。我是主張發電的，但當我說出之後，即有一種鈍滯的聲音跟著起來：

「殺的殺掉了，死的死掉了，還發什麼屁電報呢。」

這是一個高大身材，長頭髮，眼球白多黑少的人，看人總像在渺視。他蹲在席子上，我發言大抵就反對；我早覺得奇怪，注意著他的了，到這時才打聽別人：說這話的是誰呢，有那麼冷？認識的人告訴我說：他叫范愛農[2]，是徐伯蓀的學生。

我非常憤怒了，覺得他簡直不是人，自己的先生被殺了，連打一個電報還害怕，於是便堅執地主張要發電，同他爭起來。結果是主張發電的居多數，他屈服了。其次要推出人來擬電稿。

「何必推舉呢？自然是主張發電的人囉。」他說。

我覺得他的話又在針對我，無理倒也並非無理的。但我便主張這一篇悲壯的文章必須深知烈士生平的人做，因為他比別人關係更密切，心裡更悲憤，做出來就一定更動人。於是又爭起來。結果是他不做，我也不做，不知誰承認做去了；其次是大家走散，只留下一個擬稿的和一兩個幹事，等候做好之後去拍發。

從此我總覺得這范愛農離奇，而且很可惡。天下可惡的人，當初以為是滿人，

2. 名肇基，字斯年，號愛農，浙江紹興人。

這時才知道還在其次；第一倒是范愛農。中國不革命則已，要革命，首先就必須將范愛農除去。

然而這意見後來似乎逐漸淡薄，到底忘卻了，我們從此也沒有再見面。直到革命的前一年，我在故鄉做教員，大概是春末時候罷，忽然在熟人的客座上看見了一個人，互相熟視了不過兩三秒鐘，我們便同時說：

「哦哦，你是范愛農！」

「哦哦，你是魯迅！」

不知怎地我們便都笑了起來，是互相的嘲笑和悲哀。他眼睛還是那樣，然而奇怪，只這幾年，頭上卻有了白髮了，但也許本來就有，我先前沒有留心到。他穿著很舊的布馬褂，破布鞋，顯得很寒素。談起自己的經歷來，他說他後來沒有了學費，不能再留學，便回來了。回到故鄉之後，又受著輕蔑，排斥，迫害，幾乎無地可容。現在是躲在鄉下，教著幾個小學生糊口。但因為有時覺得很氣悶，所以也趁了航船進城來。

他又告訴我現在愛喝酒，於是我們便喝酒。從此他每一進城，必定來訪我，非常相熟了。我們醉後常談些愚不可及的瘋話，連母親偶然聽到了也發笑。一天我忽而記起在東京開同鄉會時的舊事，便問他：

「那一天你專門反對我，而且故意似的，究竟是什麼緣故呢？」

「你還不知道？我一向就討厭你的，——不但我，我們。」

「你那時之前，早知道我是誰麼？」

「怎麼不知道。我們到橫濱，來接的不就是子英[3]和你麼？你看不起我們，搖搖頭，你自己還記得麼？」

我略略一想，記得的，雖然是七八年前的事。那時是子英來約我的，說到橫濱去接新來留學的同鄉。汽船一到，看見一大堆，大概一共有十多人，一上岸便將行李放到稅關上去候查檢，關吏在衣箱中翻來翻去，忽然翻出一雙繡花的弓鞋來，便放下公事，拿著仔細地看。我很不滿，心裡想，這些鳥男人，怎麼帶這東西來呢。自己不注意，那時也許就搖了搖頭。檢驗完畢，在客店小坐之後，即須上火車。不料這一群讀書人又在客車上讓起坐位來了，甲要乙坐在這位上，乙要丙去坐，揖讓未終，火車已開，車身一搖，即刻跌倒了三四個。我那時也很不滿，暗地裡想：連火車上的坐位，他們也要分出尊卑來……。自己不注意，也許又搖了搖頭。然而那群雍容揖讓的人物中就有范愛農，卻直到這一天才想到。豈但他呢，說起來也慚

3. 姓陳名濬（1882 – 1950），字子英，浙江紹興人。

愧，這一群裡，還有後來在安徽戰死的陳伯平烈士，被害的馬宗漢烈士；被囚在黑獄裡，到革命後才見天日而身上永帶著匪刑的傷痕的也還有一兩人。而我都茫無所知，搖著頭將他們一併運上東京了。徐伯蓀雖然和他們同船來，卻不在這車上，因為他在神戶就和他的夫人坐車走了陸路了。

我想我那時搖頭大約有兩回，他們看見的不知道是哪一回。讓坐時喧鬧，檢查時幽靜，一定是在稅關上的那一回了，試問愛農，果然是的。

「我真不懂你們帶這東西做什麼？是誰的？」

「還不是我們師母的？」他瞪著他多白的眼。

「到東京就要假裝大腳，又何必帶這東西呢？」

「誰知道呢？你問她去。」

到冬初，我們的景況更拮据了，然而還喝酒，講笑話。忽然是武昌起義，接著是紹興光復。第二天愛農就上城來，戴著農夫常用的氈帽，那笑容是從來沒有見過的。

「老迅，我們今天不喝酒了。我要去看看光復的紹興。我們同去。」

我們便到街上去走了一通，滿眼是白旗。然而貌雖如此，內骨子是依舊的，因為還是幾個舊鄉紳所組織的軍政府，什麼鐵路股東是行政司長，錢店掌櫃是軍械司長……。這軍政府也到底不長久，幾個少年一嚷，王金發帶兵從杭州進來了，但即使不嚷或者也會來。他進來以後，也就被許多閒漢和新進的革命黨所包圍，大做王都督。在衙門裡的人物，穿布衣來的，不上十天也大概換上皮袍子了，天氣還並不冷。

我被擺在師範學校校長的飯碗旁邊，王都督給了我校款二百元。愛農做監學，還是那件布袍子，但不大喝酒了，也很少有工夫談閒天。他辦事，兼教書，實在勤快得可以。

「情形還是不行，王金發他們。」一個去年聽過我的講義的少年來訪問我，慷慨地說，「我們要辦一種報來監督他們。不過發起人要借用先生的名字。還有一個是子英先生，一個是德清先生。為社會，我們知道你決不推卻的。」

我答應他了。兩天後便看見出報的傳單，發起人誠然是三個。五天後便見報，開首便罵軍政府和那裡面的人員；此後是罵都督，都督的親戚，同鄉，姨太太……。

這樣地罵了十多天，就有一種消息傳到我的家裡來，說都督因為你們詐取了他的錢，還罵他，要派人用手槍來打死你們了。

別人倒還不打緊，第一個著急的是我的母親，叮囑我不要再出去。但我還是照常走，並且說明，王金發是不來打死我們的，他雖然綠林大學出身，而殺人卻不很輕易。況且我拿的是校款，這一點他還能明白的，不過說說罷了。

果然沒有來殺。寫信去要經費，又取了二百元。但彷彿有些怒意，同時傳令道：再來要，沒有了！

不過愛農得到了一種新消息，卻使我很為難。原來所謂「詐取」者，並非指學校經費而言，是指另有送給報館的一筆款。報紙上罵了幾天之後，王金發便叫人送去了五百元。於是乎我們的少年們便開起會議來，第一個問題是：收不收？決議曰：收。第二個問題是：收了之後罵不罵？決議曰：罵。理由是：收錢之後，他是股東；股東不好，自然要罵。

我即刻到報館去問這事的真假。都是真的。略說了幾句不該收他錢的話，一個名為會計的便不高興了，質問我道：

「報館為什麼不收股本？」

「這不是股本……。」「不是股本是什麼？」

我就不再說下去了，這一點世故是早已知道的，倘我再說出連累我們的話來，他就會面斥我太愛惜不值錢的生命，不肯為社會犧牲，或者明天在報上就可以看見我怎樣怕死發抖的記載。

然而事情很湊巧，季茀[4]寫信來催我往南京了。愛農也很贊成，但頗淒涼，說：

「這裡又是那樣，住不得。你快去罷……。」

我懂得他無聲的話，決計往南京。先到都督府去辭職，自然照準，派來了一個拖鼻涕的接收員，我交出賬目和餘款一角又兩銅元，不是校長了。後任是孔教會會長傅力臣。

報館案是我到南京後兩三個星期了結的，被一群兵們搗毀。子英在鄉下，沒有事；德清適值在城裡，大腿上被刺了一尖刀。他大怒了。自然，這是很有些痛的，怪他不得。他大怒之後，脫下衣服，照了一張照片，以顯示一寸來寬的刀傷，並且做一篇文章敘述情形，向各處分送，宣傳軍政府的橫暴。我想，這種照片現在是大約未必還有人收藏著了，尺寸太小，刀傷縮小到幾乎等於無，如果不加說明，看見的人一定以為是帶些瘋氣的風流人物的裸體照片，倘遇見孫傳芳大帥，還怕要被禁止的。

我從南京移到北京的時候，愛農的學監也被孔教會會長的校長設法去掉了。他

4. 季壽裳（1883 － 1948），字叢發，浙江紹興人，教育家。

又成了革命前的愛農。我想為他在北京尋一點小事做，這是他非常希望的，然而沒有機會。他後來便到一個熟人的家裡去寄食，也時時給我信，景況愈困窮，言辭也愈淒苦。終於又非走出這熟人的家不可，便在各處飄浮。不久，忽然從同鄉那裡得到一個消息，說他已經掉在水裡，淹死了。

我疑心他是自殺。因為他是浮水的好手，不容易淹死的。

夜間獨坐在會館裡，十分悲涼，又疑心這消息並不確，但無端又覺得這是極其可靠的，雖然並無證據。一點法子都沒有，只做了四首詩，後來曾在一種日報上發表，現在是將要忘記完了。只記得一首裡的六句，起首四句是：「把酒論天下，先生小酒人。大圜猶酩酊，微醉合沉淪。」中間忘掉兩句，末了是「舊朋雲散盡，餘亦等輕塵。」

後來我回故鄉去，才知道一些較為詳細的事。愛農先是什麼事也沒得做，因為大家討厭他。他很困難，但還喝酒，是朋友請他的。他已經很少和人們來往，常見的只剩下幾個後來認識的較為年青的人了，然而他們似乎也不願意多聽他的牢騷，以為不如講笑話有趣。

「也許明天就收到一個電報，拆開來一看，是魯迅來叫我的。」他時常這樣說。

一天，幾個新的朋友約他坐船去看戲，回來已過夜半，又是大風雨，他醉著，卻偏要到船舷上去小解。大家勸阻他，也不聽，自己說是不會掉下去的。但他掉下去了，雖然能浮水，卻從此不起來。

第二天打撈屍體，是在菱蕩裡找到的，直立著。

我至今不明白他究竟是失足還是自殺。

他死後一無所有，遺下一個幼女和他的夫人。有幾個人想集一點錢作他女孩將來的學費的基金，因為一經提議，即有族人來爭這筆款的保管權，——其實還沒有這筆款，——大家覺得無聊，便無形消散了。

現在不知他惟一的女兒景況如何？倘在上學，中學已該畢業了罷。

十一月十八日

阿長與《山海經》

長媽媽，已經說過，是一個一向帶領著我的女工，說得闊氣一點，就是我的保姆。我的母親和許多別的人都這樣稱呼她，似乎略帶些客氣的意思。只有祖母叫她阿長。我平時叫她「阿媽」，連「長」字也不帶；但到憎惡她的時候，——例如知道了謀死我那隱鼠的卻是她的時候，就叫她阿長。

我們那裡沒有姓長的；她生得黃胖而矮，「長」也不是形容詞。又不是她的名字，記得她自己說過，她的名字是叫作什麼姑娘的。什麼姑娘，我現在已經忘卻了，總之不是長姑娘；也終於不知道她姓什麼。記得她也曾告訴過我這個名稱的來歷：先前的先前，我家有一個女工，身材生得很高大，這就是真阿長。後來她回去了，我那什麼姑娘才來補她的缺，然而大家因為叫慣了，沒有再改口，於是她從此也就成為長媽媽了。

雖然背地裡說人長短不是好事情，但倘使要我說句真心話，我可只得說：我實在不大佩服她。最討厭的是常喜歡切切察察，向人們低聲絮說些什麼事，還豎起第二個手指，在空中上下搖動，或者點著對手或自己的鼻尖。我的家裡一有些小風波，不知怎的我總疑心和這「切切察察」有些關係。又不許我走動，拔一株草，翻一塊石頭，就說我頑皮，要告訴我的母親去了。一到夏天，睡覺時她又伸開兩腳兩手，在床中間擺成一個「大」字，擠得我沒有餘地翻身，久睡在一角的席子上，又已經烤得那麼熱。推她呢，不動；叫她呢，也不聞。

「長媽媽生得那麼胖，一定很怕熱罷？晚上的睡相，怕不見得很好罷？……」

母親聽到我多回訴苦之後，曾經這樣地問過她。我也知道這意思是要她多給我一些空席。她不開口。但到夜裡，我熱得醒來的時候，卻仍然看見滿床擺著一個「大」字，一條臂膊還擱在我的頸子上。我想，這實在是無法可想了。

但是她懂得許多規矩；這些規矩，也大概是我所不耐煩的。一年中最高興的時節，自然要數除夕了。辭歲之後，從長輩得到壓歲錢，紅紙包著，放在枕邊，只要過一宵，便可以隨意使用。睡在枕上，看著紅包，想到明天買來的小鼓，刀槍，泥人，糖菩薩……。然而她進來，又將一個福橘放在床頭了。

「哥兒，你牢牢記住！」她極其鄭重地說。「明天是正月初一，清早一睜開眼睛，第一句話就得對我說：『阿媽，恭喜恭喜！』記得麼？你要記著，這是一年的運氣的事情。不許說別的話！說過之後，還得吃一點福橘。」她又拿起那橘子來在我的眼前搖了兩搖，「那麼，一年到頭，順順流流……。」

夢裡也記得元旦的，第二天醒得特別早，一醒，就要坐起來。她卻立刻伸出臂膊，一把將我按住。我驚異地看她時，只見她惶急地看著我。

她又有所要求似的，搖著我的肩。我忽而記得了——

「阿媽，恭喜……。」

「恭喜恭喜！大家恭喜！真聰明！恭喜恭喜！」她於是十分喜歡似的，笑將起來，同時將一點冰冷的東西，塞在我的嘴裡。我大吃一驚之後，也就忽而記得，這就是所謂福橘，元旦劈頭的磨難，總算已經受完，可以下床玩耍去了。

她教給我的道理還很多，例如說人死了，不該說死掉，必須說「老掉了」；死了人，生了孩子的屋子裡，不應該走進去；飯粒落在地上，必須揀起來，最好是吃下去；曬褲子用的竹竿底下，是萬不可鑽過去的……。此外，現在大抵忘卻了，只有元旦的古怪儀式記得最清楚。總之：都是些煩瑣之至，至今想起來還覺得非常麻煩的事情。

然而我有一時也對她發生過空前的敬意。她常常對我講「長毛」。她之所謂

「長毛」者，不但洪秀全軍，似乎連後來一切土匪強盜都在內，但除卻革命黨，因為那時還沒有。她說得長毛非常可怕，他們的話就聽不懂。她說先前長毛進城的時候，我家全都逃到海邊去了，只留一個門房和年老的煮飯老媽子看家。後來長毛果然進門來了，那老媽子便叫他們「大王」，——據說對長毛就應該這樣叫，——訴說自己的饑餓。長毛笑道：「那麼，這東西就給你吃了罷！」將一個圓圓的東西擲了過來，還帶著一條小辮子，正是那門房的頭。煮飯老媽子從此就駭破了膽，後來一提起，還是立刻面如土色，自己輕輕地拍著胸脯道：「阿呀，駭死我了，駭死我了……。」

我那時似乎倒並不怕，因為我覺得這些事和我毫不相干的，我不是一個門房。但她大概也即覺到了，說道：「像你似的小孩子，長毛也要擄的，擄去做小長毛。還有好看的姑娘，也要擄。」

「那麼，你是不要緊的。」我以為她一定最安全了，既不做門房，又不是小孩子，也生得不好看，況且頸子上還有許多灸瘡疤。

「哪裡的話？！」她嚴肅地說。「我們就沒有用麼？我們也要被擄去。城外有兵來攻的時候，長毛就叫我們脫下褲子，一排一排地站在城牆上，外面的大炮就放不出來；再要放，就炸了！」

這實在是出於我意想之外的，不能不驚異。我一向只以為她滿肚子是麻煩的禮節罷了，卻不料她還有這樣偉大的神力。從此對於她就有了特別的敬意，似乎實在深不可測；夜間的伸開手腳，占領全床，那當然是情有可原的了，倒應該我退讓。

這種敬意，雖然也逐漸淡薄起來，但完全消失，大概是在知道她謀害了我的隱鼠之後。那時就極嚴重地詰問，而且當面叫她阿長。我想我又不真做小長毛，不去攻城，也不放炮，更不怕炮炸，我懼憚她什麼呢！

但當我哀悼隱鼠，給牠復仇的時候，一面又在渴慕著繪圖的《山海經》了。這渴慕是從一個遠房的叔祖惹起來的。他是一個胖胖的，和藹的老人，愛種一點花木，如珠蘭，茉莉之類，還有極其少見的，據說從北邊帶回去的馬纓花。他的太太卻正相反，什麼也莫名其妙，曾將曬衣服的竹竿擱在珠蘭的枝條上，枝折了，還要憤憤地咒罵道：「死屍！」這老人是個寂寞者，因為無人可談，就很愛和孩子們往來，有時簡直稱我們為「小友」。在我們聚族而居的宅子裡，只有他書多，而且特別。制藝和試帖詩，自然也是有的；但我卻只在他的書齋裡，看見過陸璣的《毛詩草木鳥獸蟲魚疏》，還有許多名目很生的書籍。我那時最愛看的是《花鏡》[1]，上面有

1. 即《秘傳花鏡》，清代杭州人陳淏子著，一部講述園圃花木的書。

許多圖。他說給我聽，曾經有過一部繪圖的《山海經》，畫著人面的獸，九頭的蛇，三腳的鳥，生著翅膀的人，沒有頭而以兩乳當作眼睛的怪物，……可惜現在不知道放在那裡了。

我很願意看看這樣的圖畫，但不好意思力逼她去尋找，她是很疏懶的。問別人呢，誰也不肯真實地回答我。壓歲錢還有幾百文，買罷，又沒有好機會。有書買的大街離我家遠得很，我一年中只能在正月間去玩一趟，那時候，兩家書店都緊緊地關著門。

玩的時候倒是沒有什麼的，但一坐下，我就記得繪圖的《山海經》。

大概是太過於念念不忘了，連阿長也來問《山海經》是怎麼一回事。這是我向來沒有和她說過的，我知道她並非學者，說了也無益；但既然來問，也就都對她說了。

過了十多天，或者一個月罷，我還很記得，是她告假回家以後的四五天，她穿著新的藍布衫回來了，一見面，就將一包書遞給我，高興地說道：

「哥兒，有畫兒的『三哼經』，我給你買來了！」

我似乎遇著了一個霹靂，全體都震悚起來；趕緊去接過來，打開紙包，是四本小小的書，略略一翻，人面的獸，九頭的蛇，……果然都在內。

這又使我發生新的敬意了，別人不肯做，或不能做的事，她卻能夠做成功。她確有偉大的神力。謀害隱鼠的怨恨，從此完全消滅了。

這四本書，乃是我最初得到，最為心愛的寶書。

書的模樣，到現在還在眼前。可是從還在眼前的模樣來說，卻是一部刻印都十分粗拙的本子。紙張很黃；圖像也很壞，甚至於幾乎全用直線湊合，連動物的眼睛也都是長方形的。但那是我最為心愛的寶書，看起來，確是人面的獸；九頭的蛇；一腳的牛；袋子似的帝江；沒有頭而「以乳為目，以臍為口」，還要「執干戚而舞」的刑天。

此後我就更其搜集繪圖的書，於是有了石印的《爾雅音圖》和《毛詩品物圖考》，又有了《點石齋叢畫》和《詩畫舫》。《山海經》也另買了一部石印的，每卷都有圖贊，綠色的畫，字是紅的，比那木刻的精緻得多了。這一部直到前年還在，是縮印的郝懿行[2]疏。木刻的卻已經記不清是什麼時候失掉了。

我的保姆，長媽媽即阿長，辭了這人世，大概也有了三十年了罷。我終於不知道她的姓名，她的經歷；僅知道有一個過繼的兒子，她大約是青年守寡的孤孀。

2. 郝懿行，字恂九，號蘭皋，山東栖霞人，清代經學家。

仁厚黑暗的地母呵，願在你懷裡永安她的魂靈！

三月十日

論中國人

略論中國人的臉

大約人們一遇到不大看慣的東西，總不免以為他古怪。我還記得初看見西洋人的時候，就覺得他臉太白，頭髮太黃，眼珠太淡，鼻梁太高。雖然不能明明白白地說出理由來，但總而言之：相貌不應該如此。至於對於中國人的臉，是毫無異議；即使有好醜之別，然而都不錯的。

我們的古人，倒似乎並不放鬆自己中國人的相貌。周的孟軻就用眸子來判胸中的正不正，漢朝還有《相人》二十四卷。後來鬧這玩藝兒的尤其多；分起來，可以說有兩派罷：一是從臉上看出他的智愚賢不肖；一是從臉上看出他過去，現在和將來的榮枯。於是天下紛紛，從此多事，許多人就都戰戰兢兢地研究自己的臉。我想，鏡子的發明，恐怕這些人和小姐們是大有功勞的。不過近來前一派已經不大有人講究，在北京上海這些地方搗鬼的都只是後一派了。

我一向只留心西洋人。留心的結果，又覺得他們的皮膚未免太粗；毫毛有白色的，也不好。皮上常有紅點，即因為顏色太白之故，倒不如我們之黃。尤其不好的是紅鼻子，有時簡直像是將要熔化的蠟燭油，彷彿就要滴下來，使人看得栗栗危懼，也不及黃色人種的較為隱晦，也見得較為安全。總而言之：相貌還是不應該如此的。

後來，我看見西洋人所畫的中國人，才知道他們對於我們的相貌也很不敬。那似乎是《天方夜談》或者《安兌生童話》[1]中的插畫，現在不很記得清楚了。頭上戴著拖花翎的紅纓帽，一條辮子在空中飛揚，朝靴的粉底非常之厚。但這些都是滿洲人連累我們的。獨有兩眼歪斜，張嘴露齒，卻是我們自己本來的相貌。不過我那時想，其實並不盡然，外國人特地要奚落我們，所以格外形容得過度了。

但此後對於中國一部分人們的相貌，我也逐漸感到一種不滿，就是他們每看見不常見的事件或華麗的女人，聽到有些醉心的說話的時候，下巴總要慢慢掛下，將嘴張了開來。這實在不大雅觀；彷彿精神上缺少著一樣什麼機件。據研究人體的學者們說，一頭附著在上顎骨上，那一頭附著在下顎骨上的「咬筋」，力量是非常之大的。我們幼小時候想吃核桃，必須放在門縫裡將它的殼夾碎。但在成人，只要牙齒好，那咬筋一收縮，便能咬碎一個核桃。有著這麼大的力量的筋，有時竟不能收住一個並不沉重的自己的下巴，雖然正在看得出神的時候，倒也情有可原，但我總以為究竟不是十分體面的事。

日本的長谷川如是閒是善於做諷刺文字的。去年我見過他的一本隨筆集，叫作

1. 即《安徒生童話》。

《貓・狗・人》；其中有一篇就說到中國人的臉。大意是初見中國人，即令人感到較之日本人或西洋人，臉上總欠缺著一點什麼。久而久之，看慣了，便覺得這樣已經盡夠，並不缺少東西；倒是看得西洋人之流的臉上，多餘著一點什麼。這多餘著的東西，他就給它一個不大高妙的名目：獸性。中國人的臉上沒有這個，是人，則加上多餘的東西，即成了下列的算式：

人＋獸性＝西洋人

他借了稱讚中國人，貶斥西洋人，來譏刺日本人的目的，這樣就達到了，自然不必再說這獸性的不見於中國人的臉上，是本來沒有的呢，還是現在已經消除。如果是後來消除的，那麼，是漸漸淨盡而只剩了人性的呢，還是不過漸漸成了馴順。野牛成為家牛，野豬成為豬，狼成為狗，野性是消失了，但只足使牧人喜歡，於本身並無好處。人不過是人，不再夾雜著別的東西，當然再好沒有了。倘不得已，我以為還不如帶些獸性，如果合於下列的算式倒是不很有趣的：

人＋家畜性＝某一種人

中國人的臉上真可有獸性的記號的疑案，暫且中止討論罷。我只要說近來卻在中國人所理想的古今人的臉上，看見了兩種多餘。一到廣州，我覺得比我所從來的廈門豐富得多的，是電影，而且大半是「國片」，有古裝的，有時裝的。因為電影是「藝術」，所以電影藝術家便將這兩種多餘加上去了。

古裝的電影也可以說是好看，那好看不下於看戲；至少，決不至於有大鑼大鼓將人的耳朵震聾。在「銀幕」上，則有身穿不知何時何代的衣服的人物，緩慢地動作；臉正如古人一般死，因為要顯得活，便只好加上些舊式戲子的昏庸。

時裝人物的臉，只要見過清朝光緒年間上海的吳友如的《畫報》的，便會覺得神態非常相像。《畫報》所畫的大抵不是流氓拆梢[2]，便是妓女吃醋，所以臉相都狡猾。這精神似乎至今不變，國產影片中的人物，雖是作者以為善人傑士者，眉宇間也總帶些上海洋場式的狡猾。可見不如此，是連善人傑士也做不成的。

聽說，國產影片之所以多，是因為華僑歡迎，能夠獲利，每一新片到，老的便帶了孩子去指點給他們看道：「看哪，我們的祖國的人們是這樣的。」在廣州似乎也受歡迎，日夜四場，我常見看客坐得滿滿。

廣州現在也如上海一樣，正在這樣地修養他們的趣味。可惜電影一開演，電燈一定熄滅，我不能看見人們的下巴。

四月六日

2. 拆梢，上海地區方言，指流氓刻意鬧事以詐取財物的行為。

再論「文人相輕」

今年的所謂「文人相輕」，不但是混淆黑白的口號，掩護著文壇的昏暗，也在給有一些人「掛著羊頭賣狗肉」的。

真的「各以所長，相輕所短」的能有多少呢！我們在近幾年所遇見的，有的是「以其所短，輕人所短」。例如白話文中，有些是詰屈難讀的，確是一種「短」，於是有人提了小品或語錄，向這一點昂然進攻了，但不久就露出尾巴來，暴露了他連對於自己所提倡的文章，也常常點著破句，「短」得很。有的卻簡直是「以其所短，輕人所長」了。例如輕蔑「雜文」的人，不但他所用的也是「雜文」，而他的「雜文」，比起他所輕蔑的別的「雜文」來，還拙劣到不能相提並論。那些高談闊論，不過是契訶夫（A. Chekhov）所指出的登了不識羞的頂顛，傲視著一切，被輕者是無福和他們比較的，更從什麼地方「相」起？現在謂之「相」，其實是給他們一揚，靠了這「相」，也是「文人」了。然而，「所長」呢？

況且現在文壇上的糾紛，其實也並不是為了文筆的短長。文學的修養，決不能使人變成木石，所以文人還是人，既然還是人，他心裡就仍然有是非，有愛憎；但又因為是文人，他的是非就愈分明，愛憎也愈熱烈。從聖賢一直敬到騙子屠夫，從美人香草一直愛到麻瘋病菌的文人，在這世界上是找不到的，遇見所是和所愛的，他就擁抱，遇見所非和所憎的，他就反撥。如果第三者不以為然了，可以指出他所非的其實是「是」，他所憎的其實該愛來，單用了籠統的「文人相輕」這一句空話，是不能抹殺的，世間還沒有這種便宜事。一有文人，就有糾紛，但到後來，誰是誰非，孰存孰亡，都無不明明白白，因為還有一些讀者，他的是非愛憎，是比和事老的評論家還要清楚的。

然而，又有人來恐嚇了。他說，你不怕麼？古之嵇康，在柳樹下打鐵，鍾會來看他，他不客氣，問道：「何所聞而來，何所見而去？」於是得罪了鍾文人，後來被他在司馬懿面前搬是非，送命了。所以你無論遇見誰，應該趕緊打拱作揖，讓坐獻茶，連稱：「久仰久仰」才是。這自然也許未必全無好處，但做文人做到這地步，不是很有些近乎婊子了麼？況且這位恐嚇家的舉例，其實也是不對的，嵇康的送命，並非為了他是傲慢的文人，大半倒因為他是曹家的女婿，即使鍾會不去搬是非，也總有人去搬是非的，所謂「重賞之下，必有勇夫」者是也。

不過我在這裡，並非主張文人應該傲慢，或不妨傲慢，只是說，文人不應該隨和；而且文人也不會隨和，會隨和的，只有和事老。但這不隨和，卻又並非回避，只是唱著所是，頌著所愛，而不管所非和所憎；他得像熱烈地主張著所是一樣，熱烈地攻擊著所非，像熱烈地擁抱著所愛一樣，更熱烈地擁抱著所憎——恰如赫爾庫來斯（Hercules）的緊抱了巨人安太烏斯（Antaeus）一樣，因為要折斷他的肋骨[1]。

五月五日

1. 出自希臘神話。赫爾庫來斯是宙斯的兒子，擁有神力。巨人安太烏斯是地神蓋婭的兒子，只要在站土地上便能汲取力量。在一次搏鬥中，赫爾庫來斯將安太烏斯抱起，使得安太烏斯離開地面，失去力量，而後將之扼死。

從幫忙到扯淡

「幫閒文學」曾經算是一個惡毒的貶辭，——但其實是誤解的。《詩經》是後來的一部經，但春秋時代，其中的有幾篇就用之於侑酒；屈原是「楚辭」的開山老祖，而他的《離騷》，卻只是不得幫忙的不平。到得宋玉，就現有的作品看起來，他已經毫無不平，是一位純粹的清客了。然而《詩經》是經，也是偉大的文學作品；屈原宋玉，在文學史上還是重要的作家。為什麼呢？——就因為他究竟有文采。

中國的開國的雄主，是把「幫忙」和「幫閒」分開來的，前者參與國家大事，作為重臣，後者卻不過叫他獻詩作賦，「俳優蓄之」，只在弄臣之例。不滿於後者的待遇的是司馬相如，他常常稱病，不到武帝面前去獻殷勤，卻暗暗的作了關於封禪的文章，藏在家裡，以見他也有計畫大典——幫忙的本領，可惜等到大家知道的時候，他已經「壽終正寢」了。然而雖然並未實際上參與封禪的大典，司馬相如在文學史上也還是很重要的作家。為什麼呢？就因為他究竟有文采。

但到文雅的庸主時，「幫忙」和「幫閒」的可就混起來了，所謂國家的柱石，也常是柔媚的詞臣，我們在南朝的幾個末代時，可以找出這實例。然而主雖然「庸」，卻不「陋」，所以那些幫閒者，文采卻究竟還有的，他們的作品，有些也至今不滅。

誰說「幫閒文學」是一個惡毒的貶辭呢？

就是權門的清客，他也得會下幾盤棋，寫一筆字，畫畫兒，識古董，懂得些猜拳行令，打趣插科，這才能不失其為清客。也就是說，清客，還要有清客的本領的，雖然是有骨氣者所不屑為，卻又非搭空架者所能企及。例如李漁的《一家言》，袁枚的《隨園詩話》，就不是每個幫閒都做得出來的。必須有幫閒之志，又有幫閒之才，這才是真正的幫閒。如果有其志而無其才，亂點古書，重抄笑話，吹拍名士，拉扯趣聞，而居然不顧臉皮，大擺架子，反自以為得意，——自然也還有人以為有趣，——但按其實，卻不過「扯淡」而已。

幫閒的盛世是幫忙，到末代就只剩了這扯淡。

六月六日

世故三昧

人世間真是難處的地方，說一個人「不通世故」，固然不是好話，但說他「深於世故」也不是好話。「世故」似乎也像「革命之不可革，而亦不可太革」一樣，不可不通，而亦不可太通的。

然而據我的經驗，得到「深於世故」的惡謚者，卻還是因為「不通世故」的緣故。

現在我假設以這樣的話，來勸導青年人——

「如果你遇見社會上有不平事，萬不可挺身而出，講公道話，否則，事情倒會移到你頭上來，甚至於會被指作反動分子的。如果你遇見有人被冤枉，被誣陷的，即使明知道他是好人，也萬不可挺身而出，去給他解釋或分辯，否則，你就會被人說是他的親戚，或得了他的賄賂；倘使那是女人，就要被疑為她的情人的；如果他較有名，那便是黨羽。例如我自己罷，給一個毫不相干的女士做了一篇信札集的序，人們就說她是我的小姨；紹介一點科學的文藝理論，人們就說得了蘇聯的盧布。親戚和金錢，在目下的中國，關係也真是大，事實給與了教訓，人們看慣了，以為人人都脫不了這關係，原也無足深怪的。」

「然而，有些人其實也並不真相信，只是說著玩玩，有趣有趣的。即使有人為了謠言，弄得淩遲碎剮，像明末的鄭鄤那樣了，和自己也並不相干，總不如有趣的緊要。這時你如果去辨正，那就是使大家掃興，結果還是你自己倒楣。我也有一個經驗。那是十多年前，我在教育部裡做『官僚』，常聽得同事說，某女學校的學生，是可以叫出來嫖的，連機關的位址門牌，也說得明明白白。有一回我偶然走過這條街，一個人對於壞事情，是記性好一點的，我記起來了，便留心著那門牌，但這一號，卻是一塊小空地，有一口大井，一間很破爛的小屋，是幾個山東人住著賣水的地方，決計做不了別用。待到他們又在談著這事的時候，我便說出我的所見來，而不料大家竟笑容盡斂，不歡而散了，此後不和我談天者兩三月。我事後才悟到打斷了他們的興致，是不應該的。」

「所以，你最好是莫問是非曲直，一味附和著大家；但更好是不開口；而在更好之上的是連臉上也不顯出心裡的是非的模樣來……」

這是處世法的精義，只要黃河不流到腳下，炸彈不落在身邊，可以保管一世沒有挫折的。但我恐怕青年人未必以我的話為然；便是中年，老年人，也許要以為我是在教壞了他們的子弟。嗚呼，那麼，一片苦心，竟是白費了。

然而倘說中國現在正如唐虞盛世，卻又未免是「世故」之談。耳聞目睹的不算，單是看看報章，也就可以知道社會上有多少不平，人們有多少冤抑。但對於這些事，除了有時或有同業，同鄉，同族的人們來說幾句呼籲的話之外，利害無關的人的義憤的聲音，我們是很少聽到的。這很分明，是大家不開口；或者以為和自己不相干；或者連「以為和自己不相干」的意思也全沒有。「世故」深到不自覺其「深於世故」，這才真是「深於世故」的了。這是中國處世法的精義中的精義。

而且，對於看了我的勸導青年人的話，心以為非的人物，我還有一下反攻在這裡。他是以我為狡猾的。但是，我的話裡，一面固然顯示著我的狡猾，而且無能，但一面也顯示著社會的黑暗。他單責個人，正是最穩妥的辦法，倘使兼責社會，可就得站出去戰鬥了。責人的「深於世故」而避開了「世」不談，這是更「深於世故」的玩藝，倘若自己不覺得，那就更深更深了，離三昧境蓋不遠矣。

不過凡事一說，即落言筌，不再能得三昧。說「世故三昧」者，即非「世故三昧」。三昧真諦，在行而不言；我現在一說「行而不言」，卻又失了真諦，離三昧境蓋益遠矣。

一切善知識，心知其意可也，唵！

十月十三日

罵殺與捧殺

現在有些不滿於文學批評的，總說近幾年的所謂批評，不外乎捧與罵。

其實所謂捧與罵者，不過是將稱讚與攻擊，換了兩個不好看的字眼。指英雄為英雄，說娼婦是娼婦，表面上雖像捧與罵，實則說得剛剛合式，不能責備批評家的。批評家的錯處，是在亂罵與亂捧，例如說英雄是娼婦，舉娼婦為英雄。

批評的失了威力，由於「亂」，甚而至於「亂」到和事實相反，這底細一被大家看出，那效果有時也就相反了。所以現在被罵殺的少，被捧殺的卻多。

人古而事近的，就是袁中郎。這一班明末的作家，在文學史上，是自有他們的價值和地位的。而不幸被一群學者們捧了出來，頌揚，標點，印刷，「色借，日月借，燭借，青黃借，眼色無常。聲借，鐘鼓借，枯竹竅借……」借得他一塌糊塗，正如在中郎臉上，畫上花臉，卻指給大家看，嘖嘖讚歎道：「看哪，這多麼『性靈』呀！」對於中郎的本質，自然是並無關係的，但在未經別人將花臉洗清之前，這「中郎」總不免招人好笑，大觸其霉頭。

人近而事古的，我記起了泰戈爾。他到中國來了，開壇講演，人給他擺出一張琴，燒上一爐香，左有林長民，右有徐志摩，各各頭戴印度帽。徐詩人開始紹介了：「唵！嘰哩咕嚕，白雲清風，銀磬……當！」說得他好像活神仙一樣，於是我們的地上的青年們失望，離開了。神仙和凡人，怎能不離開呢？但我今年看見他論蘇聯的文章，自己聲明道：「我是一個英國治下的印度人。」他自己知道得明明白白。大約他到中國來的時候，決不至於還糊塗，如果我們的詩人諸公不將他製成一個活神仙，青年們對於他是不至於如此隔膜的。現在可是老大的晦氣。

以學者或詩人的招牌，來批評或介紹一個作者，開初是很能夠蒙混旁人的，但待到旁人看清了這作者的真相的時候，卻只剩了他自己的不誠懇，或學識的不夠了。然而如果沒有旁人來指明真相呢，這作家就從此被捧殺，不知道要多少年後才翻身。

十一月十九日

從諷刺到幽默

諷刺家，是危險的。

假使他所諷刺的是不識字者，被殺戮者，被囚禁者，被壓迫者罷，那很好，正可給讀他文章的所謂有教育的智識者嘻嘻一笑，更覺得自己的勇敢和高明。然而現今的諷刺家之所以為諷刺家，卻正在諷刺這一流所謂有教育的智識者社會。

因為所諷刺的是這一流社會，其中的各分子便各各覺得好像刺著了自己，就一個個的暗暗的迎出來，又用了他們的諷刺，想來刺死這諷刺者。

最先是說他冷嘲，漸漸的又七嘴八舌的說他謾罵，俏皮話，刻毒，可惡，學匪，紹興師爺，等等，等等。然而諷刺社會的諷刺，卻往往仍然會「悠久得驚人」的，即使捧出了做過和尚的洋人或專辦了小報來打擊，也還是沒有效：這怎不氣死人也麼哥[1]呢！

樞紐是在這裡：他所諷刺的是社會，社會不變，這諷刺就跟著存在，而你所刺的是他個人，他的諷刺倘存在，你的諷刺就落空了。

1. 元曲中使用的襯字，也作也波哥、也末哥。

所以，要打倒這樣的可惡的諷刺家，只好來改變社會。

然而社會諷刺家究竟是危險的，尤其是在有些「文學家」明明暗暗的成了「王之爪牙」的時代。人們誰高興做「文字獄」中的主角呢，但倘不死絕，肚子裡總還有半口悶氣，要借著笑的幌子，哈哈的吐他出來。笑笑既不至於得罪別人，現在的法律上也尚無國民必須哭喪著臉的規定，並非「非法」，蓋可斷言的。

我想：這便是去年以來，文字上流行了「幽默」的原因，但其中單是「為笑笑而笑笑」的自然也不少。

然而這情形恐怕是過不長久的，「幽默」既非國產，中國人也不是長於「幽默」的人民，而現在又實在是難以幽默的時候。於是雖幽默也就免不了改變樣子了，非傾於對社會的諷刺，即墮入傳統的「說笑話」和「討便宜」。

三月二日

從幽默到正經

「幽默」一傾於諷刺，失了它的本領且不說，最可怕的是有些人又要來「諷刺」，來陷害了，倘若墮於「說笑話」，則壽命是可以較為長遠，流年也大致順利的，但愈墮愈近於國貨，終將成為洋式徐文長。當提倡國貨聲中，廣告上已有中國的「自造舶來品」，便是一個證據。

而況我實在恐怕法律上不久也就要有規定國民必須哭喪著臉的明文了。笑笑，原也不能算「非法」的。但不幸東省淪陷，舉國騷然，愛國之士竭力搜索失地的原因，結果發見了其一是在青年的愛玩樂，學跳舞。當北海上正在嘻嘻哈哈的溜冰的時候，一個大炸彈拋下來，雖然沒有傷人，冰卻已經炸了一個大窟窿，不能溜之大吉了。

又不幸而榆關失守，熱河吃緊了，有名的文人學士，也就更加吃緊起來，做挽歌的也有，做戰歌的也有，講文德的也有，罵人固然可惡，俏皮也不文明，要大家做正經文章，裝正經臉孔，以補「不抵抗主義」之不足。

但人類究竟不能這麼沉靜，當大敵壓境之際，手無寸鐵，殺不得敵人，而心裡卻總是憤怒的，於是他就不免尋求敵人的替代。這時候，笑嘻嘻的可就遭殃了，因為他這時便被叫作：「陳叔寶全無心肝」。所以知機的人，必須也和大家一樣哭喪著臉，以免於難。「聰明人不吃眼前虧」，亦古賢之遺教也，然而這時也就「幽默」歸天，「正經」統一了剩下的全中國。

明白這一節，我們就知道先前為什麼無論貞女與淫女，見人時都得不笑不言；現在為什麼送葬的女人，無論悲哀與否，在路上定要放聲大叫。

這就是「正經」。說出來麼，那就是「刻毒」。

三月二日

「吃白相飯」

要將上海的所謂「白相」，改作普通話，只好是「玩耍」；至於「吃白相飯」，那恐怕還是用文言譯作「不務正業，遊蕩為生」，對於外鄉人可以比較的明白些。

遊蕩可以為生，是很奇怪的。然而在上海問一個男人，或向一個女人問她的丈夫的職業的時候，有時會遇到極直截的回答道：「吃白相飯的。」

聽的也並不覺得奇怪，如同聽到了說「教書」，「做工」一樣。倘說是「沒有什麼職業」，他倒會有些不放心了。「吃白相飯」在上海是這麼一種光明正大的職業。

我們在上海的報章上所看見的，幾乎常是這些人物的功績；沒有他們，本埠新聞是決不會熱鬧的。但功績雖多，歸納起來也不過是三段，只因為未必全用在一件事情上，所以看起來好像五花八門了。

第一段是欺騙。見貪人就用利誘，見孤憤的就裝同情，見倒霉的則裝慷慨，但見慷慨的卻又會裝悲苦，結果是席捲了對手的東西。

第二段是威壓。如果欺騙無效，或者被人看穿了，就臉孔一翻，化為威嚇，或者說人無禮，或者誣人不端，或者賴人欠錢，或者並不說什麼緣故，而這也謂之「講道理」，結果還是席捲了對手的東西。

第三段是溜走。用了上面的一段或兼用了兩段而成功了，就一溜煙走掉，再也尋不出蹤跡來。失敗了，也是一溜煙走掉，再也尋不出蹤跡來。事情鬧得大一點，則離開本埠，避過了風頭再出現。

有這樣的職業，明明白白，然而人們是不以為奇的。

「白相」可以吃飯，勞動的自然就要餓肚，明明白白，然而人們也不以為奇。

但「吃白相飯」朋友倒自有其可敬的地方，因為他還直直落落的告訴人們說，「吃白相飯的！」

六月二十六日

禮

看報，是有益的，雖然有時也沉悶。例如罷，中國是世界上國恥紀念最多的國家，到這一天，報上照例得有幾塊記載，幾篇文章。但這事真也鬧得太重疊，太長久了，就很容易千篇一律，這一回可用，下一回也可用，去年用過了，明年也許還可用，只要沒有新事情。即使有了，成文恐怕也仍然可以用，因為反正總只能說這幾句話。所以倘不是健忘的人，就會覺得沉悶，看不出新的啟示來。

然而我還是看。今天偶然看見北京追悼抗日英雄鄧文[1]的記事，首先是報告，其次是演講，最末，是「禮成，奏樂散會」。

我於是得了新的啟示：凡紀念，「禮」而已矣。

中國原是「禮義之邦」，關於禮的書，就有三大部[2]，連在外國也譯出了，我真特別佩服《儀禮》的翻譯者。事君，現在可以不談了；事親，當然要盡孝，但歿後的辦法，則已歸入祭禮中，各有儀，就是現在的拜忌日，做陰壽之類。新的忌日添出來，舊的忌日就淡一點，「新鬼大，故鬼小」也。我們的紀念日也是對於舊的

1. 鄧文（1893—1933），遼寧梨樹（今屬吉林）人。曾任東北軍馬占山部騎兵旅長，九一八事變後積極參與抗戰。1932 年擔任抗日救國軍第五路軍總指揮、左路軍副指揮。1932 年 7 月 31 日於張家口福壽街 18 號遭國民黨特務暗殺。
2. 指《儀禮》、《周禮》、《禮記》。

幾個比較的不起勁，而新的幾個之歸於淡漠，則只好以俟將來，和人家的拜忌辰是一樣的。有人說，中國的國家以家族為基礎，真是有識見。

中國又原是「禮讓為國」的，既有禮，就必能讓，而愈能讓，禮也就愈繁了。總之，這一節不說也罷。

古時候，或以黃老治天下，或以孝治天下。現在呢，恐怕是入於以禮治天下的時期了，明乎此，就知道責備民眾的對於紀念日的淡漠是錯的，《禮》曰：「禮不下庶人」；捨不得物質上的什麼東西也是錯的，孔子不云乎：「賜也爾愛其羊，我愛其禮！」

「非禮勿視，非禮勿聽，非禮勿言，非禮勿動」，靜靜的等著別人的「多行不義，必自斃」，禮也。

九月二十日

「揩油」

「揩油」，是說明著奴才的品行全部的。

這不是「取回扣」或「取傭錢」，因為這是一種秘密；但也不是偷竊，因為在原則上，所取的實在是微乎其微。因此也不能說是「分肥」；至多，或者可以謂之「舞弊」罷。然而這又是光明正大的「舞弊」，因為所取的是豪家，富翁，闊人，洋商的東西，而且所取又不過一點點，恰如從油水汪洋的處所，揩了一下，於人無損，於揩者卻有益的，並且也不失為損富濟貧的正道。設法向婦女調笑幾句，或乘機摸一下，也謂之「揩油」，這雖然不及對於金錢的名正言順，但無大損於被揩者則一也。

表現得最分明的是電車上的賣票人。純熟之後，他一面留心著可揩的客人，一面留心著突來的查票，眼光都練得像老鼠和老鷹的混合物一樣。付錢而不給票，客人本該索取的，然而很難索取，也很少見有人索取，因為他所揩的是洋商的油，同是中國人，當然有幫忙的義務，一索取，就變成幫助洋商了。這時候，不但賣票人要報你憎惡的眼光，連同車的客人也往往不免顯出以為你不識時務的臉色。

然而彼一時，此一時，如果三等客中有時偶缺一個銅元，你卻只好在目的地以前下車，這時他就不肯通融，變成洋商的忠僕了。

在上海，如果同巡捕，門丁，西崽之類閒談起來，他們大抵是憎惡洋鬼子的，他們多是愛國主義者。然而他們也像洋鬼子一樣，看不起中國人，棍棒和拳頭和輕蔑的眼光，專注在中國人的身上。

「揩油」的生活有福了。這手段將更加展開，這品格將變成高尚，這行為將認為正當，這將算是國民的本領，和對於帝國主義的復仇。打開天窗說亮話，其實，所謂「高等華人」也者，也何嘗逃得出這模子。

但是，也如「吃白相飯」朋友那樣，賣票人是還有他的道德的。倘被查票人查出他收錢而不給票來了，他就默然認罰，決不說沒有收過錢，將罪案推到客人身上去。

八月十四日

漫罵

還有一種不滿於批評家的批評，是說所謂批評家好「漫罵」，所以他的文字並不是批評。

這「漫罵」，有人寫作「嫚罵」，也有人寫作「謾罵」，我不知道是否是一樣的函義。但這姑且不管它也好。現在要問的是怎樣的是「漫罵」。

假如指著一個人，說道：這是婊子！如果她是良家，那就是漫罵；倘使她實在是做賣笑生涯的，就並不是漫罵，倒是說了真實。詩人沒有捐班，富翁只會計較，因為事實是這樣的，所以這是真話，即使稱之為漫罵，詩人也還是捐不來，這是幻想碰在現實上的小釘子。

有錢不能就有文才，比「兒女成行」並不一定明白兒童的性質更明白。「兒女成行」只能證明他兩口子的善於生，還會養，卻並無妄談兒童的權利。要談，只不過不識羞。這好像是漫罵，然而並不是。倘說是的，就得承認世界上的兒童心理學家，都是最會生孩子的父母。

說兒童為了一點食物就會打起來，是冤枉兒童的，其實是漫罵。兒童的行為，出於天性，也因環境而改變，所以孔融會讓梨。打起來的，是家庭的影響，便是成人，不也有爭家私，奪遺產的嗎？孩子學了樣了。

漫罵固然冤屈了許多好人，但含含糊糊的撲滅「漫罵」，卻包庇了一切壞種。

一月十七日

搗鬼心傳

中國人又很有些喜歡奇形怪狀，鬼鬼祟祟的脾氣，愛看古樹發光比大麥開花的多，其實大麥開花他向來也沒有看見過。於是怪胎畸形，就成為報章的好資料，替代了生物學的常識的位置了。最近在廣告上所見的，有像所謂兩頭蛇似的兩頭四手的胎兒，還有從小肚上生出一隻腳來的三腳漢子。固然，人有怪胎，也有畸形，然而造化的本領是有限的，他無論怎麼怪，怎麼畸，總有一個限制：孿兒可以連背，連腹，連臀，連脅，或竟駢頭，卻不會將頭生在屁股上；形可以駢拇，枝指，缺肢，多乳，卻不會兩腳之外添出一隻腳來，好像「買兩送一」的買賣。天實在不及人之能搗鬼。

但是，人的搗鬼，雖勝於天，而實際上本領也有限。因為搗鬼精義，在切忌發揮，亦即必須含蓄。蓋一加發揮，能使所搗之鬼分明，同時也生限制，故不如含蓄之深遠，而影響卻又因而模糊了。「有一利必有一弊」，我之所謂「有限」者以此。

清朝人的筆記裡，常說羅兩峰的《鬼趣圖》，真寫得鬼氣拂拂；後來那圖由文明書局印出來了，卻不過一個奇瘦，一個矮胖，一個臃腫的模樣，並不見得怎樣的出奇，還不如只看筆記有趣。小說上的描摹鬼相，雖然竭力，也都不足以驚人，我覺得最可怕的還是晉人所記的臉無五官，渾淪如雞蛋的山中厲鬼[1]。因為五官不過是五官，縱使苦心經營，要它凶惡，總也逃不出五官的範圍，現在使它渾淪得莫名其妙，讀者也就怕得莫名其妙了。然而其「弊」也，是印象的模糊。不過較之寫些「青面獠牙」，「口鼻流血」的笨伯，自然聰明得遠。

中華民國人的宣布罪狀大抵是十條，然而結果大抵是無效。古來盡多壞人，十條不過如此，想引人的注意以至活動是決不會的。駱賓王作《討武曌檄》，那「入宮見嫉，蛾眉不肯讓人，掩袖工讒，狐媚偏能惑主」這幾句，恐怕是很費點心機的了，但相傳武后看到這裡，不過微微一笑。是的，如此而已，又怎麼樣呢？聲罪致討的明文，那力量往往遠不如交頭接耳的密語，因為一是分明，一是莫測的。我想假使當時駱賓王站在大眾之前，只是攢眉搖頭，連稱「壞極壞極」，卻不說出其所謂壞的實例，恐怕那效力會在文章之上的罷。「狂飆文豪」高長虹攻擊我時，說道劣跡多端，倘一發表，便即身敗名裂，而終於並不發表，是深得搗鬼正脈的；但也竟無大效者，則與廣泛俱來的「模糊」之弊為之也。

1. 出自南朝宋人郭季產的《集異集》。

明白了這兩例，便知道治國平天下之法，在告訴大家以有法，而不可明白切實的說出何法來。因為一說出，即有言，一有言，便可與行相對照，所以不如示之以不測。不測的威棱使人萎傷，不測的妙法使人希望——饑荒時生病，打仗時做詩，雖若與治國平天下不相干，但在莫明其妙中，卻能令人疑為跟著自有治國平天下的妙法在——然而其「弊」也，卻還是照例的也能在模糊中疑心到所謂妙法，其實不過是毫無方法而已。

搗鬼有術，也有效，然而有限，所以以此成大事者，古來無有。

十一月二十二日

「友邦驚詫」論

只要略有知覺的人就都知道：這回學生的請願[1]，是因為日本占據了遼吉，南京政府束手無策，單會去哀求國聯，而國聯卻正和日本是一夥。讀書呀，讀書呀，不錯，學生是應該讀書的，但一面也要大人老爺們不至於葬送土地，這才能夠安心讀書。報上不是說過，東北大學逃散，馮庸大學[2]逃散，日本兵看見學生模樣的就槍斃嗎？放下書包來請願，真是已經可憐之至。不道國民黨政府卻在十二月十八日通電各地軍政當局文裡，又加上他們「搗毀機關，阻斷交通，毆傷中委，攔劫汽車，攢擊路人及公務人員，私逮刑訊，社會秩序，悉被破壞」的罪名，而且指出結果，說是「友邦人士，莫名驚詫，長此以往，國將不國」了！

好個「友邦人士」！日本帝國主義的兵隊強占了遼吉，炮轟機關，他們不驚詫；阻斷鐵路，追炸客車，捕禁官吏，槍斃人民，他們不驚詫。中國國民黨治下的連年內戰，空前水災，賣兒救窮，砍頭示眾，秘密殺戮，電刑逼供，他們也不驚詫。在學生的請願中有一點紛擾，他們就驚詫了！

1. 1931 年，全國各地學生為反對蔣介石的不抵抗政策，而至南京請願。面對學生的愛國行動，當時的國民黨政府於 12 月 5 日通令全國，禁止請願；12 月 17 日，當各地學生聯合向國民黨政府請願時，學生遭軍警逮捕和槍殺，死亡二十餘人，受傷百餘人；12 月 18 日國民黨政府電令各地軍政緊急處置請願事件。
2. 奉系將領馮庸（1901-1981），於 1927 年創辦的大學，1931 年九一八事件後停辦。

好個國民黨政府的「友邦人士」！是些什麼東西！

即使所舉的罪狀是真的罷，但這些事情，是無論哪一個「友邦」也都有的，他們的維持他們的「秩序」的監獄，就撕掉了他們的「文明」的面具。擺什麼「驚詫」的臭臉孔呢？

可是「友邦人士」一驚詫，我們的國府就怕了，「長此以往，國將不國」了，好像失了東三省，黨國倒愈像一個國，失了東三省誰也不響，黨國倒愈像一個國，失了東三省只有幾個學生上幾篇「呈文」，黨國倒愈像一個國，可以博得「友邦人士」的誇獎，永遠「國」下去一樣。

幾句電文，說得明白極了：怎樣的黨國，怎樣的「友邦」。「友邦」要我們人民身受宰割，寂然無聲，略有「越軌」，便加屠戮；黨國是要我們遵從這「友邦人士」的希望，否則，他就要「通電各地軍政當局」，「即予緊急處置，不得於事後藉口無法勸阻，敷衍塞責」了！

因為「友邦人士」是知道的：日兵「無法勸阻」，學生們怎會「無法勸阻」？每月一千八百萬的軍費，四百萬的政費，作什麼用的呀，「軍政當局」呀？

寫此文後剛一天，就見二十一日《申報》登載南京專電云：「考試院部員張以寬，盛傳前日為學生架去重傷。茲據張自述，當時因車夫誤會，為群眾引至中大，旋出校回寓，並無受傷之事。至行政院某秘書被拉到中大[3]，亦當時出來，更無失蹤之事。」而「教育消息」欄內，又記本埠一小部分學校赴京請願學生死傷的確數，則云：「中公[4]死二人，傷三十人，復旦傷二人，復旦附中傷十人，東亞失蹤一人（係女性），上中失蹤一人，傷三人，文生氏死一人，傷五人……」可見學生並未如國府通電所說，將「社會秩序，破壞無餘」，而國府則不但依然能夠鎮壓，而且依然能夠誣陷，殺戮。「友邦人士」，從此可以不必「驚詫莫名」，只請放心來瓜分就是了。

3. 南京中央大學。
4. 中國公學。

中國人的生命圈

「螻蟻尚知貪生」，中國百姓向來自稱「蟻民」，我為暫時保全自己的生命計，時常留心著比較安全的處所，除英雄豪傑之外，想必不至於譏笑我的罷。

不過，我對於正面的記載，是不大相信的，往往用一種另外的看法。例如罷，報上說，北平正在設備防空，我見了並不覺得可靠；但一看見載著古物的南運，卻立刻感到古城的危機，並且由這古物的行蹤，推測中國樂土的所在。

現在，一批一批的古物，都集中到上海來了，可見最安全的地方，到底也還是上海的租界上。

然而，房租是一定要貴起來的了。

這在「蟻民」，也是一個大打擊，所以還得想想另外的地方。

想來想去，想到了一個「生命圈」。這就是說，既非「腹地」，也非「邊疆」，是介乎兩者之間，正如一個環子，一個圈子的所在，在這裡倒或者也可以「苟延性命於×世」[1]的。

1. 出自諸葛亮《前出師表》：「苟且性命於亂世。不求聞達於諸侯。」

「邊疆」上是飛機拋炸彈。據日本報，說是在剿滅「兵匪」；據中國報，說是屠戮了人民，村落市廛，一片瓦礫。「腹地」裡也是飛機拋炸彈。據上海報，說是在剿滅「共匪」，他們被炸得一塌糊塗；「共匪」的報上怎麼說呢，我們可不知道。但總而言之，邊疆上是炸，炸，炸；腹地裡也是炸，炸，炸。雖然一面是別人炸，一面是自己炸，炸手不同，而被炸則一。只有在這兩者之間的，只要炸彈不要誤行落下來，倒還有可免「血肉橫飛」的希望，所以我名之曰「中國人的生命圈」。

再從外面炸進來，這「生命圈」便收縮而為「生命線」；再炸進來，大家便都逃進那炸好了的「腹地」裡面去，這「生命圈」便完結而為「生命〇」。

其實，這預感是大家都有的，只要看這一年來，文章上不大見有「我中國地大物博，人口眾多」的套話了，便是一個證據。

而有一位先生，還在演說上自己說中國人是「弱小民族」哩。

但這一番話，闊人們是不以為然的，因為他們不但有飛機，還有他們的「外國」！

四月十日

推背圖

我這裡所用的「推背」的意思，是說：從反面來推測未來的情形。

上月的《自由談》裡，就有一篇《正面文章反看法》，這是令人毛骨悚然的文字。因為得到這一個結論的時候，先前一定經過許多苦楚的經驗，見過許多可憐的犧牲。本草家[1]提起筆來，寫道：砒霜，大毒。字不過四個，但他卻確切知道了這東西曾經毒死過若干性命的了。

里巷間有一個笑話：某甲將銀子三十兩埋在地裡面，怕人知道，就在上面豎一塊木板，寫道：「此地無銀三十兩。」隔壁的阿二因此卻將這掘去了，也怕人發覺，就在木板的那一面添上一句道，「隔壁阿二勿曾偷。」這就是在教人「正面文章反看法」。

但我們日日所見的文章，卻不能這麼簡單。有明說要做，其實不做的；有明說不做，其實要做的；有明說做這樣，其實做那樣的；有其實自己要這麼做，倒說別人要這麼做的；有一聲不響，而其實倒做了的。然而也有說這樣，竟這樣的。難就

1. 指中藥藥物學家。

在這地方。

例如近幾天報章上記載著的要聞罷：

一，×× 軍在 ×× 血戰，殺敵 ×××× 人。

二，×× 談話：決不與日本直接交涉，仍然不改初衷，抵抗到底。

三，芳澤來華，據云係私人事件。

四，共黨聯日，該偽中央已派幹部 ×× 赴日接洽。

五，××××……

倘使都當反面文章看，可就太駭人了。但報上也有「莫干山路草棚船百餘隻大火」，「××××× 廉價只有四天了」等大概無須「推背」的記載，於是乎我們就又糊塗起來。

聽說，《推背圖》本是靈驗的，某朝某帝怕他淆惑人心，就添了些假造的在裡面，因此弄得不能預知了，必待事實證明之後，人們這才恍然大悟。

我們也只好等著看事實，幸而大概是不很久的，總出不了今年。

四月二日

推

兩三月前，報上好像登過一條新聞，說有一個賣報的孩子，踏上電車的踏腳去取報錢，誤踹住了一個下來的客人的衣角，那人大怒，用力一推，孩子跌入車下，電車又剛剛走動，一時停不住，把孩子碾死了。

推倒孩子的人，卻早已不知所往。但衣角會被踹住，可見穿的是長衫，即使不是「高等華人」，總該是屬於上等的。

我們在上海路上走，時常會遇見兩種橫衝直撞，對於對面或前面的行人，決不稍讓的人物。一種是不用兩手，卻只將直直的長腳，如入無人之境似的踏過來，倘不讓開，他就會踏在你的肚子或肩膀上。這是洋大人，都是「高等」的，沒有華人那樣上下的區別。一種就是彎上他兩條臂膊，手掌向外，像蠍子的兩個鉗一樣，一路推過去，不管被推的人是跌在泥塘或火坑裡。這就是我們的同胞，然而「上等」的，他坐電車，要坐二等所改的三等車，他看報，要看專登黑幕的小報，他坐著看得咽唾沫，但一走動，又是推。

上車，進門，買票，寄信，他推；出門，下車，避禍，逃難，他又推。推得女人孩子都踉踉蹌蹌，跌倒了，他就從活人上踏過，跌死了，他就從死屍上踏過，走出外面，用舌頭舔舔自己的厚嘴唇，什麼也不覺得。舊曆端午，在一家戲場裡，因為一句失火的謠言，就又是推，把十多個力量未足的少年踏死了。死屍擺在空地上，據說去看的又有萬餘人，人山人海，又是推。

推了的結果，是嘻開嘴巴，說道：「阿唷，好白相來希呀[1]！」

住在上海，想不遇到推與踏，是不能的，而且這推與踏也還要廓大開去。要推倒一切下等華人中的幼弱者，要踏倒一切下等華人。這時就只剩了高等華人頌祝著——

「阿唷，真好白相來希呀。為保全文化起見，是雖然犧牲任何物質，也不應該顧惜的——這些物質有什麼重要性呢！」

六月八日

1. 上海話，好玩得很的意思。

二丑藝術

浙東的有一處的戲班中，有一種腳色叫作「二花臉」，譯得雅一點，那麼，「二丑」就是。他和小丑的不同，是不扮橫行無忌的花花公子，也不扮一味仗勢的宰相家丁，他所扮演的是保護公子的拳師，或是趨奉公子的清客。總之：身分比小丑高，而性格卻比小丑壞。

義僕是老生扮的，先以諫諍，終以殉主；惡僕是小丑扮的，只會作惡，到底滅亡。而二丑的本領卻不同，他有點上等人模樣，也懂些琴棋書畫，也來得行令猜謎，但倚靠的是權門，凌蔑的是百姓，有誰被壓迫了，他就來冷笑幾聲，暢快一下，有誰被陷害了，他又去嚇唬一下，吆喝幾聲。不過他的態度又並不常常如此的，大抵一面又回過臉來，向台下的看客指出他公子的缺點，搖著頭裝起鬼臉道：你看這傢伙，這回可要倒楣哩！

這最末的一手，是二丑的特色。因為他沒有義僕的愚笨，也沒有惡僕的簡單，他是智識階級。他明知道自己所靠的是冰山，一定不能長久，他將來還要到別家幫鬧，所以當受著豢養，分著餘炎的時候，也得裝著和這貴公子並非一夥。

二丑們編出來的戲本上，當然沒有這一種腳色的，他哪裡肯；小丑，即花花公子們編出來的戲本，也不會有，因為他們只看見一面，想不到的。這二花臉，乃是小百姓看透了這一種人，提出精華來，制定了的腳色。

世間只要有權門，一定有惡勢力，有惡勢力，就一定有二花臉，而且有二花臉藝術。我們只要取一種刊物，看他一個星期，就會發見他忽而怨恨春天，忽而頌揚戰爭，忽而譯蕭伯納演說，忽而講婚姻問題；但其間一定有時要慷慨激昂的表示對於國事的不滿：這就是用出末一手來了。

這最末的一手，一面也在遮掩他並不是幫閒，然而小百姓是明白的，早已使他的類型在戲台上出現了。

六月十五日

爬和撞

從前梁實秋教授曾經說過：窮人總是要爬，往上爬，爬到富翁的地位。不但窮人，奴隸也是要爬的，有了爬得上的機會，連奴隸也會覺得自己是神仙，天下自然太平了。

雖然爬得上的很少，然而個個以為這正是他自己。這樣自然都安分的去耕田，種地，揀大糞或是坐冷板凳，克勤克儉，背著苦惱的命運，和自然奮鬥著，拚命的爬，爬，爬。可是爬的人那麼多，而路只有一條，十分擁擠。老實的照著章程規規矩矩的爬，大都是爬不上去的。聰明人就會推，把別人推開，推倒，踏在腳底下，踹著他們的肩膀和頭頂，爬上去了。大多數人卻還只是爬，認定自己的冤家並不在上面，而只在旁邊——是那些一同在爬的人。他們大都忍耐著一切，兩腳兩手都著地，一步步的挨上去又擠下來，擠下來又挨上去，沒有休止的。

然而爬的人太少，爬得上的太少，失望也會漸漸的侵蝕善良的人心，至少，也會發生跪著的革命。於是爬之外，又發明了撞。

這是明知道你太辛苦了，想從地上站起來，所以在你的背後猛然的叫一聲：撞罷。一個個發麻的腿還在抖著，就撞過去。這比爬要輕鬆得多，手也不必用力，膝蓋也不必移動，只要橫著身子，晃一晃，就撞過去。撞得好就是五十萬元大洋[1]，妻，財，子，祿都有了。撞不好，至多不過跌一交，倒在地下。那又算得什麼呢，——他原本是伏在地上的，他仍舊可以爬。何況有些人不過撞著玩罷了，根本就不怕跌跤的。

爬是自古有之。例如從童生到狀元，從小癟三到康白度[2]。撞卻似乎是近代的發明。要考據起來，恐怕只有古時候「小姐拋彩球」有點像給人撞的辦法。小姐的彩球將要拋下來的時候，——一個個想吃天鵝肉的男子漢仰著頭，張著嘴，饞涎拖得幾尺長……可惜，古人究竟呆笨，沒有要這些男子漢拿出幾個本錢來，否則，也一定可以收著幾萬萬的。

爬得上的機會越少，願意撞的人就越多，那些早已爬在上面的人們，就天天替你們製造撞的機會，叫你們花些小本錢，而預約著你們名利雙收的神仙生活。所以撞得好的機會，雖然比爬得上的還要少得多，而大家都願意來試試的。這樣，爬了來撞，撞不著再爬……鞠躬盡瘁，死而後已。

八月十六日

1. 當時政府發行的「航空公路建設獎券」頭等獎為五十萬元。
2. 英語 Comprador 的音譯，指買辦。

元遺山[1]在金元之際，為文宗，為遺獻，為顧修野史，保存舊章的有心人，明清以來，頗為一部分人士所愛重。然而他生平有一宗疑案，就是為叛將崔立頌德者，是否確實與他無涉，或竟是出於他的手筆的文章。

金天興元年（一二三二），蒙古兵圍洛陽；次年，安平都尉京城西面元帥崔立殺二丞相，自立為鄭王，降於元。懼或加以惡名，群小承旨，議立碑頌功德，於是在文臣間，遂發生了極大的惶恐，因為這與一生的名節相關，在個人是十分重要的。

當時的情狀，《金史》《王若虛傳》這樣說——

「天興元年，哀宗走歸德。明年春，崔立變，群小附和，請為立建功德碑。翟奕以尚書省命，召若虛為文。時奕輩恃勢作威，人或少忤，則讒搆立見屠滅。若虛自分必死，私謂左右司員外郎元好問曰，『今召我作碑，不從則死，作之則名節掃地，不若死之為愈。雖然，我姑以理諭之。』……奕輩不能奪，乃召太學生劉祁麻革輩赴省，好問張信之喻以立碑事曰，『眾議屬二君，且已白鄭王矣！二君其無

1. 元好問，字裕之，號遺山，金代文學家。

讓。』祁等固辭而別。數日，促迫不已，祁即為草定，以付好問。好問意未愜，乃自為之，既成，以示若虛，乃共刪定數字，然止直敘其事而已。後兵入城，不果立也。」

碑雖然「不果立」，但當時卻已經發生了「名節」的問題，或謂元好問作，或謂劉祁作，文證具在清凌廷堪所輯的《元遺山先生年譜》中，茲不多錄。經其推勘，已知前出的《王若虛傳》文，上半據元好問《內翰王公墓表》，後半卻全取劉祁自作的《歸潛志》，被誣攀之說所蒙蔽了。凌氏辯之云，「夫當時立碑撰文，不過畏崔立之禍，非必取文辭之工，有京叔屬草，已足塞立之請，何取更為之耶？」然則劉祁之未嘗決死如王若虛，固為一生大玷，但不能更有所推諉，以致成為「塞責」之具，卻也可以說是十分晦氣的。

然而，元遺山生平還有一宗大事，見於《元史》《張德輝傳》——

「世祖在潛邸，……訪中國人材。德輝舉魏璠，元裕，李治等二十餘人。……壬子，德輝與元裕北覲，請世祖為儒教大宗師，世祖悅而受之。因啟：累朝有旨蠲儒戶兵賦，乞令有司遵行。從之。」

以拓跋魏的後人與德輝，請蒙古小酋長為「漢兒」的「儒教大宗師」，在現在看來，未免有些滑稽，但當時卻似乎並無訾議。蓋蠲除兵賦，「儒戶」均沾利益，清議操之於士，利益既沾，雖已將「儒教」呈獻，也不想再來開口了。

由此士大夫便漸漸的進身，然終因不切實用，又漸漸的見棄。但仕路日塞，而南北之士的相爭卻也日甚了。余闕的《青陽先生文集》卷四《楊君顯民詩集序》云——

「我國初有金宋，天下之人，惟才是用之，無所專主，然用儒者為居多也。自至元以下，始浸用吏，雖執政大臣，亦以吏為之，……而中州之士，見用者遂浸寡。況南方之地遠，士多不能自至於京師，其抱才縕者，又往往不屑為吏，故其見用者尤寡也。及其久也，則南北之士亦自町畦以相訾，甚若晉之與秦，不可與同中國，故夫南方之士微矣。」

然在南方，士人其實亦並不冷落。同書《送范立中赴襄陽詩序》云——

「宋高宗南遷，合淝遂為邊地，守臣多以武臣為之。……故民之豪傑者，皆去而為將校，累功多至節制。郡中衣冠之族，惟范氏，商氏，葛氏三家而已。……皇元受命，包裹兵革，……諸武臣之子弟，無所用其能，多伏匿而不出。春秋月朔，郡太守有事於學，衣深衣，戴烏角巾，執籩豆罍爵，唱贊道引者，皆三家之子孫也，故其材皆有所成就，至學校官，累累有焉。……雖天道忌滿惡盈，而儒者之澤深且遠，從古然也。」

這是「中國人才」們獻教，賣經以來，「儒戶」所食的佳果。雖不能為王者師，且次於吏者數等，而究亦勝於將門和平民者一等，「唱贊道引」，非「伏匿」者所敢望了。

中華民國二十三年五月二十日及次日，上海無線電播音由馮明權先生講給我們一種奇書：《抱經堂勉學家訓》（據《大美晚報》）。這是從未前聞的書，但看見下署「顏子推」[2]，便可以悟出是顏之推《家訓》中的《勉學篇》了。曰「抱經堂」者，當是因為曾被盧文弨印入《抱經堂叢書》中的緣故。所講有這樣的一段——

「有學藝者，觸地而安。自荒亂已來，諸見俘虜，雖百世小人，知讀《論語》《孝經》者，尚為人師；雖千載冠冕，不曉書記者，莫不耕田養馬。以此觀之，汝可不自勉耶？若能常保數百卷書，千載終不為小人也。……諺曰，『積財千萬，不如薄伎在身。』伎之易習而可貴者，無過讀書也。」

這說得很透徹：易習之伎，莫如讀書，但知讀《論語》《孝經》，則雖被俘虜，猶能為人師，居一切別的俘虜之上。這種教訓，是從當時的事實推斷出來的，但施之於金元而準，按之於明清之際而亦準。現在忽由播音，以「訓」聽眾，莫非選講

2. 顏之推，字介，南北朝時文學家。

者已大有感於方來，遂綢繆於未雨麼？

「儒者之澤深且遠」，即小見大，我們由此可以明白「儒術」，知道「儒效」了。

五月二十七日

拿來主義

中國一向是所謂「閉關主義」，自己不去，別人也不許來。自從給槍炮打破了大門之後，又碰了一串釘子，到現在，成了什麼都是「送去主義」了。別的且不說罷，單是學藝上的東西，近來就先送一批古董到巴黎去展覽，但終「不知後事如何」；還有幾位「大師」們捧著幾張古畫和新畫，在歐洲各國一路的掛過去，叫作「發揚國光」。聽說不遠還要送梅蘭芳博士到蘇聯去，以催進「象徵主義」，此後是順便到歐洲傳道。我在這裡不想討論梅博士演藝和象徵主義的關係，總之，活人替代了古董，我敢說，也可以算得顯出一點進步了。

但我們沒有人根據了「禮尚往來」的儀節，說道：拿來！當然，能夠只是送出去，也不算壞事情，一者見得豐富，二者見得大度。尼采就自詡過他是太陽，光熱無窮，只是給與，不想取得。然而尼采究竟不是太陽，他發了瘋。中國也不是，雖然有人說，掘起地下的煤來，就足夠全世界幾百年之用。但是，幾百年之後呢？幾百年之後，我們當然是化為魂靈，或上天堂，或落了地獄，但我們的子孫是在的，所以還應該給他們留下一點禮品。要不然，則當佳節大典之際，他們拿不出東西來，只好磕頭賀喜，討一點殘羹冷炙做獎賞。

這種獎賞，不要誤解為「抛來」的東西，這是「抛給」的，說得冠冕些，可以稱之為「送來」，我在這裡不想舉出實例。

我在這裡也並不想對於「送去」再說什麼，否則太不「摩登」了。我只想鼓吹我們再吝嗇一點，「送去」之外，還得「拿來」，是為「拿來主義」。

但我們被「送來」的東西嚇怕了。先有英國的鴉片，德國的廢槍炮，後有法國的香粉，美國的電影，日本的印著「完全國貨」的各種小東西。於是連清醒的青年們，也對於洋貨發生了恐怖。其實，這正是因為那是「送來」的，而不是「拿來」的緣故。

所以我們要運用腦髓，放出眼光，自己來拿！

譬如罷，我們之中的一個窮青年，因為祖上的陰功（姑且讓我這麼說說罷），得了一所大宅子，且不問他是騙來的，搶來的，或合法繼承的，或是做了女婿換來的。那麼，怎麼辦呢？我想，首先是不管三七二十一，「拿來」！但是，如果反對這宅子的舊主人，怕給他的東西染汙了，徘徊不敢走進門，是孱頭；勃然大怒，放一把火燒光，算是保存自己的清白，則是昏蛋。不過因為原是羨慕這宅子的舊主人的，而這回接受一切，欣欣然的蹩進臥室，大吸剩下的鴉片，那當然更是廢物。「拿來主義」者是全不這樣的。

他占有，挑選，看見魚翅，並不就拋在路上以顯其「平民化」，只要有養料，也和朋友們像蘿蔔白菜一樣的吃掉，只不用它來宴大賓；看見鴉片，也不當眾摔在毛廁裡，以見其徹底革命，只送到藥房裡去，以供治病之用，卻不弄「出售存膏，售完即止」的玄虛。只有煙槍和煙燈，雖然形式和印度，波斯，阿剌伯[1]的煙具都不同，確可以算是一種國粹，倘使背著周遊世界，一定會有人看，但我想，除了送一點進博物館之外，其餘的是大可以毀掉的了。還有一群姨太太，也大以請她們各自走散為是，要不然，「拿來主義」怕未免有些危機。

總之，我們要拿來。我們要或使用，或存放，或毀滅。那麼，主人是新主人，宅子也就會成為新宅子。然而首先要這人沉著，勇猛，有辨別，不自私。沒有拿來的，人不能自成為新人，沒有拿來的，文藝不能自成為新文藝。

六月四日

1. 即阿拉伯。

說「面子」

「面子」，是我們在談話裡常常聽到的，因為好像一聽就懂，所以細想的人大約不很多。

但近來從外國人的嘴裡，有時也聽到這兩個音，他們似乎在研究。他們以為這一件事情，很不容易懂，然而是中國精神的綱領，只要抓住這個，就像二十四年前的拔住了辮子一樣，全身都跟著走動了。相傳前清時候，洋人到總理衙門去要求利益，一通威嚇，嚇得大官們滿口答應，但臨走時，卻被從邊門送出去。不給他走正門，就是他沒有面子；他既然沒有了面子，自然就是中國有了面子，也就是占了上風了。這是不是事實，我斷不定，但這故事，「中外人士」中是頗有些人知道的。

因此，我頗疑心他們想專將「面子」給我們。

但「面子」究竟是怎麼一回事呢？不想還好，一想可就覺得糊塗。它像是很有好幾種的，每一種身份，就有一種「面子」，也就是所謂「臉」。這「臉」有一條界線，如果落到這線的下面去了，即失了面子，也叫作「丟臉」。不怕「丟臉」，便是「不要臉」。但倘使做了超出這線以上的事，就「有面子」，或曰「露臉」。而「丟臉」之道，則因人而不同，例如車夫坐在路邊赤膊捉蝨子，並不算什麼，富家姑爺坐在路邊赤膊捉蝨子，才成為「丟臉」。但車夫也並非沒有「臉」，不過這時不算「丟」，要給老婆踢了一腳，就躺倒哭起來，這才成為他的「丟臉」。這一條「丟臉」律，是也適用於上等人的。這樣看來，「丟臉」的機會，似乎上等人比較的多，但也不一定，例如車夫偷一個錢袋，被人發見，是失了面子的，而上等人大撈一批金珠珍玩，卻彷彿也不見得怎樣「丟臉」，況且還有「出洋考察」，是改頭換面的良方。

誰都要「面子」，當然也可以說是好事情，但「面子」這東西，卻實在有些怪。九月三十日的《申報》就告訴我們一條新聞：滬西有業木匠大包作頭之羅立鴻，為其母出殯，邀開「貰器店之王樹寶夫婦幫忙，因來賓眾多，所備白衣，不敷分配，其時適有名王道才，綽號三喜子，亦到來送殯，爭穿白衣不遂，以為有失體面，心中懷恨，……邀集徒黨數十人，各執鐵棍，據說尚有持手槍者多人，將王樹寶家人亂打，一時雙方有劇烈之戰爭，頭破血流，多人受有重傷。……」白衣是親族有服者所穿的，現在必須「爭穿」而又「不遂」，足見並非親族，但竟以為「有失體面」，演成這樣的大戰了。這時候，好像只要和普通有些不同便是「有面子」，而自己成了什麼，卻可以完全不管。這類脾氣，是「紳商」也不免發露的：袁世凱將要稱帝的時候，有人以列名於勸進表中為「有面子」；有一國從青島撤兵的時候，有人以列名於萬民傘[1]上為「有面子」。

所以，要「面子」也可以說並不一定是好事情——但我並非說，人應該「不要臉」。現在說話難，如果主張「非孝」，就有人會說你在煽動打父母，主張男女平等，就有人會說你在提倡亂交——這聲明是萬不可少的。

況且，「要面子」和「不要臉」實在也可以有很難分辨的時候。不是有一個笑話麼？一個紳士有錢有勢，我假定他叫四大人罷，人們都以能夠和他扳談為榮。有一個專愛誇耀的小癟三，一天高興的告訴別人道：「四大人和我講過話了！」人問他「說什麼呢？」答道：「我站在他門口，四大人出來了，對我說：滾開去！」當然，這是笑話，是形容這人的「不要臉」，但在他本人，是以為「有面子」的，如此的人一多，也就真成為「有面子」了。別的許多人，不是四大人連「滾開去」也不對他說麼？

在上海，「吃外國火腿」[2]雖然還不是「有面子」，卻也不算怎麼「丟臉」了，

1. 當時地方官員離任時，當地居民贈送儀仗傘，上刻有贈送者姓名，以示「愛戴」，稱作「萬民傘」。
2. 當時的上海俗語，指被外國人踢。

然而比起被一個本國的下等人所踢來，又彷彿近於「有面子」。

中國人要「面子」，是好的，可惜的是這「面子」是「圓機活法」[3]，善於變化，於是就和「不要臉」混起來了。長谷川如是閒[4]說「盜泉」[5]云：「古之君子，惡其名而不飲，今之君子，改其名而飲之。」也說穿了「今之君子」的「面子」的秘密。

十月四日

3.「圓機」，出自《莊子‧盜路》。圓機活法，指隨機應變的方法。
4. 長谷川如是閒，日本評論家。著有《現代社會批判》、《日本的性格》等。
5. 原出自《尸子》。

臉譜臆測

對於戲劇，我完全是外行。但遇到研究中國戲劇的文章，有時也看一看。近來的中國戲是否象徵主義，或中國戲裡有無象徵手法的問題，我是覺得很有趣味的。伯鴻先生在《戲》週刊十一期（《中華日報》副刊）上，說起臉譜，承認了中國戲有時用象徵的手法，「比如白表『奸詐』，紅表『忠勇』，黑表『威猛』，藍表『妖異』，金表『神靈』之類，實與西洋的白表『純潔清淨』，黑表『悲哀』，紅表『熱烈』，黃金色表『光榮』和『努力』」並無不同，這就是「色的象徵」，雖然比較的單純，低級。

這似乎也很不錯，但再一想，卻又生了疑問，因為白表奸詐，紅表忠勇之類，是只以在臉上為限，一到別的地方，白就並不象徵奸詐，紅也不表示忠勇了。

對於中國戲劇史，我又是完全的外行。我只知道古時候（南北朝）的扮演故事，是帶假面的，這假面上，大約一定得表示出這角色的特徵，一面也是這角色的臉相的規定。古代的假面和現在的打臉的關係，好像還沒有人研究過，假使有些關係，那麼，「白表奸詐」之類，就恐怕只是人物的分類，卻並非象徵手法了。

中國古來就喜歡講「相人術」，但自然和現在的「相面」不同，並非從氣色上看出禍福來，而是所謂「誠於中，必形於外」[1]，要從臉相上辨別這人的好壞的方法。一般的人們，也有這一種意見的，我們在現在，還常聽到「看他樣子就不是好人」這一類話。這「樣子」的具體的表現，就是戲劇上的「臉譜」。富貴人全無心肝，只知道自私自利，吃得白白胖胖，什麼都做得出，於是白就表了奸詐。紅表忠勇，是從關雲長的「面如重棗」來的。「重棗」是怎樣的棗子，我不知道，要之，總是紅色的罷。在實際上，忠勇的人思想較為簡單，不會神經衰弱，面皮也容易發紅，倘使他要永遠中立，自稱「第三種人」，精神上就不免時時痛苦，臉上一塊青，一塊白，終於顯出白鼻子來了。黑表威猛，更是極平常的事，整年在戰場上馳驅，臉孔怎會不黑，擦著雪花膏的公子，是一定不肯自己出面去戰鬥的。

士君子常在一門一門的將人們分類，平民也在分類，我想，這「臉譜」，便是優伶和看客公同逐漸議定的分類圖。不過平民的辨別，感受的力量，是沒有士君子那麼細膩的。況且我們古時候戲台的搭法，又和羅馬不同，使看客非常散漫，表現倘不加重，他們就覺不到，看不清。這麼一來，各類人物的臉譜，就不能不誇大化，

1. 出自《大學》。

漫畫化，甚而至於到得後來，弄得稀奇古怪，和實際離得很遠，好像象徵手法了。

臉譜，當然自有它本身的意義的，但我總覺得並非象徵手法，而且在舞台的構造和看客的程度和古代不同的時候，它更不過是一種贅疣，無須扶持它的存在了。然而用在別一種有意義的玩藝上，在現在，我卻以為還是很有興趣的。

十月三十一日

論俗人應避雅人

這是看了些雜誌，偶然想到的——

濁世少見「雅人」，少有「韻事」。但是，沒有濁到徹底的時候，雅人卻也並非全沒有，不過因為「傷雅」的人們多，也累得他們「雅」不徹底了。

道學先生是躬行「仁恕」的，但遇見不仁不恕的人們，他就也不能仁恕。所以朱子是大賢，而做官的時候，不能不給無告的官妓吃板子。新月社的作家們是最憎惡罵人的，但遇見罵人的人，就害得他們不能不罵。林語堂先生是佩服「費厄潑賴」的，但在杭州賞菊，遇見「口裡含一枝蘇俄香煙，手裡夾一本什麼斯基的譯本」的青年，他就不能不「假作無精打彩，愁眉不展，憂國憂家」（詳見《論語》五十五期）的樣子，面目全非了。

優良的人物，有時候是要靠別種人來比較，襯托的，例如上等與下等，好與壞，雅與俗，小器與大度之類。沒有別人，即無以顯出這一面之優，所謂「相反而實相成」者，就是這。但又須別人湊趣，至少是知趣，即使不能幫閒，也至少不可說破，逼得好人們再也好不下去。例如曹孟德是「尚通侻」[1]的，但禰正平[2]天天上門來罵他，他也只好生起氣來，送給黃祖去「借刀殺人」了。禰正平真是「咎由自取」。

所謂「雅人」，原不是一天雅到晚的，即使睡的是珠羅帳，吃的是香稻米，但那根本的睡覺和吃飯，和俗人究竟也沒有什麼大不同；就是肚子裡盤算些掙錢固位之法，自然也不能絕無其事。但他的出眾之處，是在有時又忽然能夠「雅」。倘使揭穿了這謎底，便是所謂「殺風景」，也就是俗人，而且帶累了雅人，使他雅不下去，「不能免俗」了。若無此輩，何至於此呢？所以錯處總歸在俗人這方面。

譬如罷，有兩位知縣在這裡，他們自然都是整天的辦公事，審案子的，但如果其中之一，能夠偶然的去看梅花，那就要算是一位雅官，應該加以恭維，天地之間這才會有雅人，會有韻事。如果你不恭維，還可以；一皺眉，就俗；敢開玩笑，那就把好事情都攪壞了。然而世間也偏有狂夫俗子；記得在一部中國的什麼古「幽默」書裡，有一首「輕薄子」詠知縣老爺公餘探梅的七絕——

紅帽哼兮黑帽呵，風流太守看梅花。
梅花低首開言道：小底梅花接老爺。

這真是惡作劇，將韻事鬧得一塌糊塗。而且他替梅花所說的話，也不合式，它

1. 指處世待人豁達，不拘小節。
2. 禰衡，字正平，漢末文學家。

這時應該一聲不響的，一說，就「傷雅」，會累得「老爺」不便再雅，只好立刻還俗，賞吃板子，至少是給一種什麼罪案的。為什麼呢？就因為你俗，再不能以雅道相處了。

小心謹慎的人，偶然遇見仁人君子或雅人學者時，倘不會幫閒湊趣，就須遠遠避開，愈遠愈妙。假如不然，即不免要碰著和他們口頭大不相同的臉孔和手段。晦氣的時候，還會弄到盧布學說[3]的老套，大吃其虧。只給你「口裡含一枝蘇俄香煙，手裡夾一本什麼斯基的譯本」，倒還不打緊，——然而險矣。

大家都知道「賢者避世」，我以為現在的俗人卻要避雅，這也是一種「明哲保身」。

十二月二十六日

3. 盧布為俄羅斯貨幣單位。盧布學說指當時汙衊進步文化人士受蘇俄收買，接受津貼的謠言。

論「人言可畏」

「人言可畏」是電影明星阮玲玉自殺之後，發現於她的遺書中的話。這哄動一時的事件，經過了一通空論，已經漸漸冷落了，只要《玲玉香消記》一停演，就如去年的艾霞[1]自殺事件一樣，完全煙消火滅。她們的死，不過像在無邊的人海裡添了幾粒鹽，雖然使扯淡的嘴巴們覺得有些味道，但不久也還是淡，淡，淡。

這句話，開初是也曾惹起一點小風波的。有評論者，說是使她自殺之咎，可見也在日報記事對於她的訴訟事件的張揚；不久就有一位記者公開的反駁，以為現在的報紙的地位，輿論的威信，可憐極了，哪裡還有絲毫主宰誰的運命的力量，況且那些記載，大抵採自經官的事實，絕非捏造的謠言，舊報具在，可以復按。所以阮玲玉的死，和新聞記者是毫無關係的。

這都可以算是真實話。然而——也不盡然。

現在的報章之不能像個報章，是真的；評論的不能逞心而談，失了威力，也是真的，明眼人決不會過分的責備新聞記者。但是，新聞的威力其實是並未全盤墜地

1. 當時的電影演員，主演過《時代的女兒》等電影，於 1934 年 2 月 12 日吞鴉片自殺。

的，它對甲無損，對乙卻會有傷；對強者它是弱者，但對更弱者它卻還是強者，所以有時雖然吞聲忍氣，有時仍可以耀武揚威。於是阮玲玉之流，就成了發揚餘威的好材料了，因為她頗有名，卻無力。小市民總愛聽人們的醜聞，尤其是有些熟識的人的醜聞。上海的街頭巷尾的老虔婆，一知道近鄰的阿二嫂家有野男人出入，津津樂道，但如果對她講甘肅的誰在偷漢，新疆的誰在再嫁，她就不要聽了。阮玲玉正在現身銀幕，是一個大家認識的人，因此她更是給報章湊熱鬧的好材料，至少也可以增加一點銷場。讀者看了這些，有的想：「我雖然沒有阮玲玉那麼漂亮，卻比她正經」；有的想：「我雖然不及阮玲玉的有本領，卻比她出身高」；連自殺了之後，也還可以給人想：「我雖然沒有阮玲玉的技藝，卻比她有勇氣，因為我沒有自殺」。花幾個銅元就發見了自己的優勝，那當然是很上算的。但靠演藝為生的人，一遇到公眾發生了上述的前兩種的感想，她就夠走到末路了。所以我們且不要高談什麼連自己也並不了然的社會組織或意志強弱的濫調，先來設身處地的想一想罷，那麼，大概就會知道阮玲玉的以為「人言可畏」，是真的，或人的以為她的自殺，和新聞記事有關，也是真的。

但新聞記者的辯解，以為記載大抵採自經官的事實，卻也是真的。上海的有些介乎大報和小報之間的報章，那社會新聞，幾乎大半是官司已經吃到公安局或工部局去了的案件。但有一點壞習氣，是偏要加上些描寫，對於女性，尤喜歡加上些描寫；這種案件，是不會有名公巨卿在內的，因此也更不妨加上些描寫。案中的男人的年紀和相貌，是大抵寫得老實的，一遇到女人，可就要發揮才藻了，不是「徐娘半老，風韻猶存」，就是「豆蔻年華，玲瓏可愛」。一個女孩兒跑掉了，自奔或被誘還不可知，才子就斷定道，「小姑獨宿，不慣無郎」，你怎麼知道？一個村婦再醮了兩回，原是窮鄉僻壤的常事，一到才子的筆下，就又賜以大字的題目道，「奇淫不減武則天」，這程度你又怎麼知道？這些輕薄句子，加之村姑，大約是並無什麼影響的，她不識字，她的關係人也未必看報。但對於一個智識者，尤其是對於一個出到社會上了的女性，卻足夠使她受傷，更不必說故意張揚，特別渲染的文字了。然而中國的習慣，這些句子是搖筆即來，不假思索的，這時不但不會想到這也是玩弄著女性，並且也不會想到自己乃是人民的喉舌。但是，無論你怎麼描寫，在強者是毫不要緊的，只消一封信，就會有正誤或道歉接著登出來，不過如阮玲玉，可就正做了吃苦的材料了，她被額外的畫上一臉花，沒法洗刷。叫她奮鬥嗎？她沒有機關報，怎麼奮鬥；有冤無頭，有怨無主，和誰奮鬥呢？我們又可以設身處地的想一想，那麼，大概就又知她的以為「人言可畏」，是真的，或人的以為她的自殺，和新聞記事有關，也是真的。

然而，先前已經說過，現在的報章的失了力量，卻也是真的，不過我以為還沒有到達如記者先生所自謙，竟至一錢不值，毫無責任的時候。因為它對於更弱者如阮玲玉一流人，也還有左右她命運的若干力量的，這也就是說，它還能為惡，自然也還能為善。「有聞必錄」或「並無能力」的話，都不是向上的負責的記者所該採用的口頭禪，因為在實際上，並不如此，——它是有選擇的，有作用的。

至於阮玲玉的自殺，我並不想為她辯護。我是不贊成自殺，自己也不預備自殺的。但我的不預備自殺，不是不屑，卻因為不能。凡有誰自殺了，現在是總要受一通強毅的評論家的呵斥，阮玲玉當然也不在例外。然而我想，自殺其實是不很容易，決沒有我們不預備自殺的人們所渺視的那麼輕而易舉的。倘有誰以為容易麼，那麼，你倒試試看！

自然，能試的勇者恐怕也多得很，不過他不屑，因為他有對於社會的偉大的任務。那不消說，更加是好極了，但我希望大家都有一本筆記簿，寫下所盡的偉大的任務來，到得有了曾孫的時候，拿出來算一算，看看怎麼樣。

五月五日

關於文章

什麼是「諷刺」？

——答文學社問

我想：一個作者，用了精煉的，或者簡直有些誇張的筆墨——但自然也必須是藝術的地——寫出或一群人的或一面的真實來，這被寫的一群人，就稱這作品為「諷刺」。

「諷刺」的生命是真實；不必是曾有的實事，但必須是會有的實情。所以它不是「捏造」，也不是「誣衊」；既不是「揭發陰私」，又不是專記駭人聽聞的所謂「奇聞」或「怪現狀」。它所寫的事情是公然的，也是常見的，平時是誰都不以為奇的，而且自然是誰都毫不注意的。不過這事情在那時卻已經是不合理，可笑，可鄙，甚而至於可惡。但這麼行下來了，習慣了，雖在大庭廣眾之間，誰也不覺得奇怪；現在給它特別一提，就動人。譬如罷，洋服青年拜佛，現在是平常事，道學先生發怒，更是平常事，只消幾分鐘，這事蹟就過去，消滅了。但「諷刺」卻是正在這時候照下來的一張相，一個撅著屁股，一個皺著眉心，不但自己和別人看起來有些不很雅觀，連自己看見也覺得不很雅觀，而且流傳開去，對於後日的大講科學和高談養性，也不免有些妨害。倘說，所照的並非真實，是不行的，因為這時有目共睹，誰也會覺得確有這等事；但又不好意思承認這是真實，失了自己的尊嚴。於是挖空心思，給起了一個名目，叫作「諷刺」。其意若曰：它偏要提出這等事，可見也不是好貨。

有意的偏要提出這等事，而且加以精煉，甚至於誇張，卻確是「諷刺」的本領。同一事件，在拉雜的非藝術的記錄中，是不成為諷刺，誰也不大會受感動的。例如新聞記事，就記憶所及，今年就見過兩件事。其一，是一個青年，冒充了軍官，向各處招搖撞騙，後來破獲了，他就寫懺悔書，說是不過借此謀生，並無他意。其二，是一個竊賊招引學生，教授偷竊之法，家長知道，把自己的子弟禁在家裡了，他還上門來逞兇。較可注意的事件，報上是往往有些特別的批評文字的，但對於這兩件，卻至今沒有說過什麼話，可見是看得很平常，以為不足介意的了。然而這材料，假如到了斯惠夫德（J. Swift）[1]或果戈理（N. Gogol）[2]的手裡，我看是準可以成為出色的諷刺作品的。在或一時代的社會裡，事情越平常，就越普遍，也就愈合於作諷刺。

諷刺作者雖然大抵為被諷刺者所憎恨，但他卻常常是善意的，他的諷刺，在希

1. 通譯斯威夫特，英國作家。著有長篇小說《格列佛遊記》等。
2. 俄國作家，俄國現實主義文學奠基人之一，「自然派」創始人。著有《狄康卡近鄉夜話》、《死靈魂》等。

望他們改善，並非要捺這一群到水底裡。然而待到同群中有諷刺作者出現的時候，這一群卻已是不可收拾，更非筆墨所能救了，所以這努力大抵是徒勞的，而且還適得其反，實際上不過表現了這一群的缺點以至惡德，而對於敵對的別一群，倒反成為有益。我想：從別一群看來，感受是和被諷刺的那一群不同的，他們會覺得「暴露」更多於「諷刺」。

如果貌似諷刺的作品，而毫無善意，也毫無熱情，只使讀者覺得一切世事，一無足取，也一無可為，那就並非諷刺了，這便是所謂「冷嘲」。

五月三日

雜談小品文

自從「小品文」這一個名目流行以來，看看書店廣告，連信札，論文，都排在小品文裡了，這自然只是生意經，不足為據。一般的意見，第一是在篇幅短。

但篇幅短並不是小品文的特徵。一條幾何定理不過數十字，一部《老子》只有五千言，都不能說是小品。這該像佛經的小乘似的，先看內容，然後講篇幅。講小道理，或沒道理，而又不是長篇的，才可謂之小品。至於有骨力的文章，恐不如謂之「短文」，短當然不及長，寥寥幾句，也說不盡森羅萬象，然而它並不「小」。

《史記》裡的《伯夷列傳》和《屈原賈誼列傳》除去了引用的騷賦，其實也不過是小品，只因為他是「太史公」之作，又常見，所以沒有人來選出，翻印。由晉至唐，也很有幾個作家；宋文我不知道，但「江湖派」詩，卻確是我所謂的小品。現在大家所提倡的，是明清，據說「抒寫性靈」是它的特色。那時有一些人，確也只能夠抒寫性靈的，風氣和環境，加上作者的出身和生活，也只能有這樣的意思，寫這樣的文章。雖說抒寫性靈，其實後來仍落了窠臼，不過是「賦得性靈」，照例寫出那麼一套來。當然也有人豫感到危難，後來是身歷了危難的，所以小品文中，有時也夾著感憤，但在文字獄時，都被銷毀，劈板了，於是我們所見，就只剩了「天馬行空」似的超然的性靈。

這經過清朝檢選的「性靈」，到得現在，卻剛剛相宜，有明末的灑脫，無清初的所謂「悖謬」，有國時是高人，沒國時還不失為逸士。逸士也得有資格，首先即在「超然」，「士」所以超庸奴，「逸」所以超責任：現在的特重明清小品，其實是大有理由，毫不足怪的。

不過「高人兼逸士夢」恐怕也不長久。近一年來，就露了大破綻，自以為高一點的，已經滿紙空言，甚而至於胡說八道，下流的卻成為打諢，和猥鄙丑角，並無不同，主意只在挖公子哥兒們的跳舞之資，和舞女們爭生意，可憐之狀，已經下於五四運動前後的鴛鴦蝴蝶派數等了。

為了這小品文的盛行，今年就又有翻印所謂「珍本」的事。有些論者，也以為可慮。我卻覺得這是並非無用的。原本價貴，大抵無力購買，現在只用了一元或數角，就可以看見現代名人的祖師，以及先前的性靈，怎樣疊床架屋，現在的性靈，怎樣看人學樣，啃過一堆牛骨頭，即使是牛骨頭，不也有了識見，可以不再被生炒牛角尖騙去了嗎？

不過「珍本」並不就是「善本」，有些是正因為它無聊，沒有人要看，這才日就滅亡，少下去；因為少，所以「珍」起來。就是舊書店裡必討大價的所謂「禁書」，也並非都是慷慨激昂，令人奮起的作品，清初，單為了作者也會禁，往往和內容簡直不相干。這一層，卻要讀者有選擇的眼光，也希望識者給相當的指點的。

十二月二日

作文秘訣

現在竟還有人寫信來問我作文的秘訣。

我們常常聽到：拳師教徒弟是留一手的，怕他學全了就要打死自己，好讓他稱雄。在實際上，這樣的事情也並非全沒有，逢蒙殺羿[1]就是一個前例。逢蒙遠了，而這種古氣是沒有消盡的，還加上了後來的「狀元癮」，科舉雖然久廢，至今總還要爭「惟一」，爭「最先」。遇到有「狀元癮」的人們，做教師就危險，拳棒教完，往往免不了被打倒，而這位新拳師來教徒弟時，卻以他的先生和自己為前車之鑒，就一定留一手，甚而至於三四手，於是拳術也就「一代不如一代」了。

還有，做醫生的有秘方，做廚子的有秘法，開點心鋪子的有秘傳，為了保全自家的衣食，聽說這還只授兒婦，不教女兒，以免流傳到別人家裡去。「秘」是中國非常普遍的東西，連關於國家大事的會議，也總是「內容非常秘密」，大家不知道。但是，作文卻好像偏偏並無秘訣，假使有，每個作家一定有傳給子孫的了，然而祖傳的作家很少見。自然，作家的孩子們，從小看慣書籍紙筆，眼格也許比較的可以

1. 出自《孟子·離婁》：「逢蒙學射於羿，屬羿之道；思天下惟羿為愈己，於是殺羿。」

大一點罷，不過不見得就會做。目下的刊物上，雖然常見什麼「父子作家」「夫婦作家」的名稱，彷彿真能從遺囑或情書中，密授一些什麼秘訣一樣，其實乃是肉麻當有趣，妄將做官的關係，用到作文上去了。

那麼，作文真就毫無秘訣麼？卻也並不。我曾經講過幾句做古文的秘訣，是要通篇都有來歷，而非古人的成文；也就是通篇是自己做的，而又全非自己所做，個人其實並沒有說什麼；也就是「事出有因」，而又「查無實據」。到這樣，便「庶幾乎免於大過也矣」了。簡而言之，實不過要做得「今天天氣，哈哈哈……」而已。

這是說內容。至於修辭，也有一點秘訣：一要朦朧，二要難懂。那方法，是：縮短句子，多用難字。譬如罷，作文論秦朝事，寫一句「秦始皇乃始燒書」，是不算好文章的，必須翻譯一下，使它不容易一目了然才好。這時就用得著《爾雅》，《文選》了，其實是只要不給別人知道，查查《康熙字典》也不妨的。動手來改，成為「始皇始焚書」，就有些「古」起來，到得改成「政俶燔典」，那就簡直有了班馬[2]氣，雖然跟著也令人不大看得懂。但是這樣的做成一篇以至一部，是可以被稱為「學者」的，我想了半天，只做得一句，所以只配在雜誌上投稿。

我們的古之文學大師，就常常玩著這一手。班固先生的「紫色蛙聲，餘分閏

2. 指漢代史學家、文學家——班固、司馬遷。

位」，就將四句長句，縮成八字的；揚雄先生的「蠢迪檢柙」，就將「動由規矩」這四個平常字，翻成難字的。《綠野仙蹤》記塾師詠「花」，有句云：「媳釵俏矣兒書廢，哥罐聞焉嫂棒傷。」自說意思，是兒婦折花為釵，雖然俏麗，但恐兒子因而廢讀；下聯較費解，是他的哥哥折了花來，沒有花瓶，就插在瓦罐裡，以嗅花香，他嫂嫂為防微杜漸起見，竟用棒子連花和罐一起打壞了。這算是對於冬烘先生的嘲笑。然而他的作法，其實是和揚班並無不合的，錯只在他不用古典而用新典。這一個所謂「錯」，就使《文選》之類在遺老遺少們的心眼裡保住了威靈。

做得朦朧，這便是所謂「好」麼？答曰：也不盡然，其實是不過掩了醜。但是，「知恥近乎勇」，掩了醜，也就彷彿近乎好了。摩登女郎披下頭髮，中年婦人罩上面紗，就都是朦朧術。人類學家解釋衣服的起源有三說：一說是因為男女知道了性的羞恥心，用這來遮羞；一說卻以為倒是用這來刺激；還有一種是說因為老弱男女，身體衰瘦，露著不好看，蓋上一些東西，借此掩掩醜的。從修辭學的立場上看起來，我贊成後一說。現在還常有駢四儷六，典麗堂皇的祭文，挽聯，宣言，通電，我們倘去查字典，翻類書，剝去它外面的裝飾，翻成白話文，試看那剩下的是怎樣的東西呵！？

不懂當然也好的。好在哪裡呢？即好在「不懂」中。但所慮的是好到令人不能說好醜，所以還不如做得它「難懂」：有一點懂，而下一番苦功之後，所懂的也比較的多起來。我們是向來很有崇拜「難」的脾氣的，每餐吃三碗飯，誰也不以為奇，有人每餐要吃十八碗，就鄭重其事的寫在筆記上；用手穿針沒有人看，用腳穿針就可以搭帳篷賣錢；一幅畫片，平淡無奇，裝在匣子裡，挖一個洞，化為西洋鏡，人們就張著嘴熱心的要看了。況且同是一事，費了苦功而達到的，也比並不費力而達到的的可貴。譬如到什麼廟裡去燒香罷，到山上的，比到平地上的可貴；三步一拜才到廟裡的廟，和坐了轎子一徑抬到的廟，即使同是這廟，在到達者的心裡的可貴的程度是大有高下的。作文之貴乎難懂，就是要使讀者三步一拜，這才能夠達到一點目的的妙法。

寫到這裡，成了所講的不但只是做古文的秘訣，而且是做騙人的古文的秘訣了。但我想，做白話文也沒有什麼大兩樣，因為它也可以夾些僻字，加上朦朧或難懂，來施展那變戲法的障眼的手巾的。倘要反一調，就是「白描」。

「白描」卻並沒有秘訣。如果要說有，也不過是和障眼法反一調：有真意，去粉飾，少做作，勿賣弄而已。

十一月十日

文章與題目

一個題目，做來做去，文章是要做完的，如果再要出新花樣，那就使人會覺得不是人話。然而只要一步一步的做下去，每天又有幫閒的敲邊鼓，給人們聽慣了，就不但做得出，而且也行得通。

譬如近來最主要的題目，是「安內與攘外」罷，做的也著實不少了。有說安內必先攘外的，有說安內同時攘外的，有說不攘外無以安內的，有說攘外即所以安內的，有說安內即所以攘外的，有說安內急於攘外的。

做到這裡，文章似乎已經無可翻騰了，看起來，大約總可以算是做到了絕頂。

所以再要出新花樣，就使人會覺得不是人話，用現在最流行的諡法來說，就是大有「漢奸」的嫌疑。為什麼呢？就因為新花樣的文章，只剩了「安內而不必攘外」，「不如迎外以安內」，「外就是內，本無可攘」這三種了。

這三種意思，做起文章來，雖然實在稀奇，但事實卻有的，而且不必遠征晉宋，只要看看明朝就夠。滿洲人早在窺伺了，國內卻是草菅民命，殺戮清流，做了第一種。李自成進北京了，闊人們不甘給奴子做皇帝，索性請「大清兵」來打掉他，做了第二種。至於第三種，我沒有看過《清史》，不得而知，但據老例，則應說是愛新覺羅氏之先，原是軒轅黃帝第幾子之苗裔，於朔方，厚澤深仁，遂有天下，總而言之，咱們原是一家子云。

後來的史論家，自然是力斥其非的，就是現在的名人，也正痛恨流寇。但這是後來和現在的話，當時可不然，鷹犬塞途，幹兒當道，魏忠賢不是活著就配享了孔廟麼？他們那種辦法，那時有人來說得頭頭是道的。

四月二十九日

前清末年，滿人出死力以鎮壓革命，有「寧贈友邦，不給家奴」的口號，漢人一知道，更恨得切齒。其實漢人何嘗不如此？吳三桂之請清兵入關，便是一想到自身的利害，即「人同此心」的實例了。……

五月五日

附記：

原題是《安內與攘外》。

小品文的生機

去年是「幽默」大走鴻運的時候，《論語》以外，也是開口幽默，閉口幽默，這人是幽默家，那人也是幽默家。不料今年就大塌其台，這不對，那又不對，一切罪惡，全歸幽默，甚至於比之文場的丑腳。罵幽默竟好像是洗澡，只要來一下，自己就會乾淨似的了。

倘若真的是「天地大戲場」，那麼，文場上當然也一定有丑腳——然而也一定有黑頭[1]。丑腳唱著丑腳戲，是很平常的，黑頭改唱了丑腳戲，那就怪得很，但大戲場上卻有時真會有這等事。這就使直心眼人跟著歪心眼人嘲罵，熱情人憤怒，脆情人心酸。為的是唱得不內行，不招人笑嗎？並不是的，他比真的丑腳還可笑。

那憤怒和心酸，為的是黑頭改唱了丑腳之後，事情還沒有完。串戲總得有幾個腳色：生，旦，末，丑，淨，還有黑頭。要不然，這戲也唱不久。為了一種原因，黑頭只得改唱丑腳的時候，照成例，是一定丑腳倒來改唱黑頭的。不但唱工，單是黑頭涎臉扮丑腳，丑腳挺胸學黑頭，戲場上只見白鼻子的和黑臉孔的丑腳多起來，

1. 正淨又名銅錘、黑頭、大花臉、大面。

也就滑天下之大稽。然而，滑稽而已，並非幽默。或人曰：「中國無幽默。」這正是一個注腳。

更可歎的是被謚為「幽默大師」的林先生，竟也在《自由談》上引了古人之言，曰：「夫飲酒猖狂，或沉寂無聞，亦不過潔身自好耳。今世癩鱉，欲使潔身自好者負亡國之罪，若然則『今日烏合，明日鳥散，今日倒戈，明日憑軾，今日為君子，明日為小人，今日為小人，明日復為君子』之輩可無罪。」[2]雖引據仍不離乎小品，但去「幽默」或「閒適」之道遠矣。這又是一個注腳。

但林先生以為新近各報上之攻擊《人間世》，是系統的化名的把戲，卻是錯誤的，證據是不同的論旨，不同的作風。其中固然有雖曾附驥，終未登龍的「名人」，或扮作黑頭，而實是真正的丑腳的打諢，但也有熱心人的讜論。世態是這麼的糾紛，可見雖是小品，也正有待於分析和攻戰的了，這或者倒是《人間世》的一線生機罷。

四月二十六日

2. 1934年4月26日林語堂於《申報·自由談》發表《周作人讀詩法》中，引述明代張萱的《復劉沖倩書》。

我怎麼做起小說來

我怎麼做起小說來？——這來由，已經在《吶喊》的序文上，約略說過了。這裡還應該補敘一點的，是當我留心文學的時候，情形和現在很不同：在中國，小說不算文學，做小說的也決不能稱為文學家，所以並沒有人想在這一條道路上出世。我也並沒有要將小說抬進「文苑」裡的意思，不過想利用他的力量，來改良社會。

但也不是自己想創作，注重的倒是在紹介，在翻譯，而尤其注重於短篇，特別是被壓迫的民族中的作者的作品。因為那時正盛行著排滿論，有些青年，都引那叫喊和反抗的作者為同調的。所以「小說作法」之類，我一部都沒有看過，看短篇小說卻不少，小半是自己也愛看，大半則因了搜尋紹介的材料。也看文學史和批評，這是因為想知道作者的為人和思想，以便決定應否紹介給中國。和學問之類，是絕不相干的。

因為所求的作品是叫喊和反抗，勢必至於傾向了東歐，因此所看的俄國，波蘭以及巴爾幹諸小國作家的東西就特別多。也曾熱心的搜求印度，埃及的作品，但是得不到。記得當時最愛看的作者，是俄國的果戈理（N. Gogol）和波蘭的顯克微支（H. Sienkiewitz）。日本的，是夏目漱石和森鷗外。

回國以後，就辦學校，再沒有看小說的工夫了，這樣的有五六年。為什麼又開手了呢？——這也已經寫在《吶喊》的序文裡，不必說了。但我的來做小說，也並非自以為有做小說的才能，只因為那時是住在北京的會館裡的，要做論文罷，沒有參考書，要翻譯罷，沒有底本，就只好做一點小說模樣的東西塞責，這就是《狂人日記》。大約所仰仗的全在先前看過的百來篇外國作品和一點醫學上的知識，此外的準備，一點也沒有。

但是《新青年》的編輯者，卻一回一回的來催，催幾回，我就做一篇，這裡我必得紀念陳獨秀先生，他是催促我做小說最著力的一個。

自然，做起小說來，總不免自己有些主見的。例如，說到「為什麼」做小說罷，我仍抱著十多年前的「啟蒙主義」，以為必須是「為人生」，而且要改良這人生。我深惡先前的稱小說為「閒書」，而且將「為藝術的藝術」，看作不過是「消閒」的新式的別號。所以我的取材，多採自病態社會的不幸的人們中，意思是在揭出病苦，引起療救的注意。所以我力避行文的嘮叨，只要覺得夠將意思傳給別人了，就寧可什麼陪襯拖帶也沒有。中國舊戲上，沒有背景，新年賣給孩子看的花紙上，只有主要的幾個人（但現在的花紙卻多有背景了），我深信對於我的目的，這方法是適宜的，所以我不去描寫風月，對話也決不說到一大篇。

我做完之後，總要看兩遍，自己覺得拗口的，就增刪幾個字，一定要它讀得順口；沒有相宜的白話，寧可引古語，希望總有人會懂，只有自己懂得或連自己也不懂的生造出來的字句，是不大用的。這一節，許多批評家之中，只有一個人看出來了，但他稱我為Stylist。

所寫的事蹟，大抵有一點見過或聽到過的緣由，但決不全用這事實，只是採取一端，加以改造，或生發開去，到足以幾乎完全發表我的意思為止。人物的模特兒也一樣，沒有專用過一個人，往往嘴在浙江，臉在北京，衣服在山西，是一個拼湊起來的腳色。有人說，我的那一篇是罵誰，某一篇又是罵誰，那是完全胡說的。

不過這樣的寫法，有一種困難，就是令人難以放下筆。一氣寫下去，這人物就逐漸活動起來，盡了他的任務。但倘有什麼分心的事情來一打岔，放下許久之後再來寫，性格也許就變了樣，情景也會和先前所豫想的不同起來。例如我做的《不周山》，原意是在描寫性的發動和創造，以至衰亡的，而中途去看報章，見了一位道學的批評家攻擊情詩的文章，心裡很不以為然，於是小說裡就有一個小人物跑到女媧的兩腿之間來，不但不必有，且將結構的宏大毀壞了。但這些處所，除了自己，大概沒有人會覺到的，我們的批評大家成仿吾先生，還說這一篇做得最出色。

我想，如果專用一個人做骨幹，就可以沒有這弊病的，但自己沒有試驗過。

忘記是誰說的了，總之是，要極省儉的畫出一個人的特點，最好是畫他的眼睛。我以為這話是極對的，倘若畫了全副的頭髮，即使細得逼真，也毫無意思。我常在學學這一種方法，可惜學不好。

可省的處所，我決不硬添，做不出的時候，我也決不硬做，但這是因為我那時別有收入，不靠賣文為活的緣故，不能作為通例的。

還有一層，是我每當寫作，一律抹殺各種的批評。因為那時中國的創作界固然幼稚，批評界更幼稚，不是舉之上天，就是按之入地，倘將這些放在眼裡，就要自命不凡，或覺得非自殺不足以謝天下的。批評必須壞處說壞，好處說好，才於作者有益。

但我常看外國的批評文章，因為他於我沒有恩怨嫉恨，雖然所評的是別人的作品，卻很有可以借鏡之處。但自然，我也同時一定留心這批評家的派別。

以上，是十年前的事了，此後並無所作，也沒有長進，編輯先生要我做一點這類的文章，怎麼能呢。拉雜寫來，不過如此而已。

三月五日燈下

讀書忌

記得中國的醫書中，常常記載著「食忌」，就是說，某兩種食物同食，是於人有害，或者足以殺人的，例如蔥與蜜，蟹與柿子，落花生與王瓜之類。但是否真實，卻無從知道，因為我從未聽見有人實驗過。

讀書也有「忌」，不過與「食忌」稍不同。這就是某一類書決不能和某一類書同看，否則兩者中之一必被剋殺，或者至少使讀者反而發生憤怒。例如現在正在盛行提倡的明人小品，有些篇的確是空靈的。枕邊廁上，車裡舟中，這真是一種極好的消遣品。然而先要讀者的心裡空空洞洞，混混茫茫。假如曾經看過《明季稗史》[1]，《痛史》[2]，或者明末遺民的著作，那結果可就不同了，這兩者一定要打起仗來，非打殺其一不止。我自以為因此很瞭解了那些憎惡明人小品的論者的心情。

這幾天偶然看見一部屈大均的《翁山文外》，其中有一篇戊申（即清康熙七年）八月做的《自代北入京記》。他的文筆，豈在中郎之下呢？可是很有些地方是極有

1. 即《明季稗史匯編》，清代留雲居士輯，記明末清初匯刊稗官野史十六種，共二十七卷。
2. 樂天居士編，共三集，匯印明末清初也使二十餘種。民國初年由上海商務印書館出版。

重量的，抄幾句在這裡——

「……沿河行，或渡或否。往往見西夷氈帳，高低不一，所謂穹廬連屬，如岡如阜者。男婦皆蒙古語；有賣乾濕酪者，羊馬者，犛皮者，臥兩駱駝中者，坐奚車者，不鞍而騎者，三兩而行，被戒衣，或紅或黃，持小鐵輪，念《金剛穢咒》者。其首頂一柳筐，以盛馬糞及木炭者，則皆中華女子。皆盤頭跣足，垢面，反被毛襖。人與牛羊相枕藉，腥臊之氣，百餘里不絕。……」

我想，如果看過這樣的文章，想像過這樣的情景，又沒有完全忘記，那麼，雖是中郎的《廣莊》[3]或《瓶史》[4]，也斷不能洗清積憤的，而且還要增加憤怒。因為這實在比中郎時代的他們互相標榜還要壞，他們還沒有經歷過揚州十日，嘉定三屠！

明人小品，好的；語錄體也不壞，但我看《明季稗史》之類和明末遺民的作品卻實在還要好，現在也正到了標點，翻印的時候了：給大家來清醒一下。

十一月二十五日

3. 袁宏道模仿《莊子》文體談論道家思想的著作，共七篇。

4. 袁宏道研究花瓶與插花的小品，共十二章。

看書瑣記

高爾基很驚服巴爾札克小說裡寫對話的巧妙，以為並不描寫人物的模樣，卻能使讀者看了對話，便好像目睹了說話的那些人。（八月份《文學》內《我的文學修養》）

中國還沒有那樣好手段的小說家，但《水滸》和《紅樓夢》的有些地方，是能使讀者由說話看出人來的。其實，這也並非什麼奇特的事情，在上海的弄堂裡，租一間小房子住著的人，就時時可以體驗到。他和周圍的住戶，是不一定見過面的，但只隔一層薄板壁，所以有些人家的眷屬和客人的談話，尤其是高聲的談話，都大略可以聽到，久而久之，就知道那裡有哪些人，而且彷彿覺得那些人是怎樣的人了。

如果刪除了不必要之點，只摘出各人的有特色的談話來，我想，就可以使別人從談話裡推見每個說話的人物。但我並不是說，這就成了中國的巴爾札克[1]。

作者用對話表現人物的時候，恐怕在他自己的心目中，是存在著這人物的模樣的，於是傳給讀者，使讀者的心目中也形成了這人物的模樣。但讀者所推見的人物，

1. 法國作家，法國現實主義文學成就最高者之一。著有《人間喜劇》等共91部小說。

卻並不一定和作者所設想的相同，巴爾札克的小鬍鬚的清瘦老人，到了高爾基[2]的頭裡，也許變了粗蠻壯大的絡腮鬍子。不過那性格，言動，一定有些類似，大致不差，恰如將法文翻成了俄文一樣。要不然，文學這東西便沒有普遍性了。

文學雖然有普遍性，但因讀者的體驗的不同而有變化，讀者倘沒有類似的體驗，它也就失去了效力。譬如我們看《紅樓夢》，從文字上推見了林黛玉這一個人，但須排除了梅博士[3]的「黛玉葬花」照相的先入之見，另外想一個，那麼，恐怕會想到剪頭髮，穿印度綢衫，清瘦，寂寞的摩登女郎；或者別的什麼模樣，我不能斷定。但試去和三四十年前出版的《紅樓夢圖詠》之類裡面的畫像比一比罷，一定是截然兩樣的，那上面所畫的，是那時的讀者的心目中的林黛玉。

文學有普遍性，但有界限；也有較為永久的，但因讀者的社會體驗而生變化。北極的遏斯吉摩人[4]和菲洲[5]腹地的黑人，我以為是不會懂得「林黛玉型」的；健全而合理的好社會中人，也將不能懂得，他們大約要比我們的聽講始皇焚書，黃巢殺人更其隔膜。一有變化，即非永久，說文學獨有仙骨，是做夢的人們的夢話。

八月六日

2. 蘇俄作家、政治家，蘇聯文學創始人，社會主義、現實主義文學奠基者。
3. 京劇演員梅蘭芳。
4. 通譯愛斯基摩人。
5. 即非洲。

讀幾本書

讀死書會變成書呆子，甚至於成為書廚，早有人反對過了，時光不絕的進行，反讀書的思潮也愈加徹底，於是有人來反對讀任何一種書。他的根據是叔本華的老話，說是倘讀別人的著作，不過是在自己的腦裡給作者跑馬。

這對於讀死書的人們，確是一下當頭棒，但為了與其探究，不如跳舞，或者空暴躁，瞎牢騷的天才起見，卻也有一句值得紹介的金言。不過要明白：死抱住這句金言的天才，他的腦裡卻正被叔本華跑了一趟馬，踏得一塌糊塗了。

現在是批評家在發牢騷，因為沒有較好的作品；創作家也在發牢騷，因為沒有正確的批評。張三說李四的作品是象徵主義，於是李四也自以為是象徵主義，讀者當然更以為是象徵主義。然而怎樣是象徵主義呢？向來就沒有弄分明，只好就用李四的作品為證。所以中國之所謂象徵主義，和別國之所謂 Symbolism 是不一樣的，雖然前者其實是後者的譯語，然而聽說梅特林[1]是象徵派的作家，於是李四就成為中國的梅特林了。此外中國的法朗士[2]，中國的白璧德[3]，中國的吉爾波丁[4]，中

1. 通譯梅特林克，比利時劇作家，象徵主義戲劇的代表。主要作品有《青鳥》等。
2. 法國作家。主要作品有長篇小說《企鵝島》、《波納爾之罪》等。
3. 美國近代新人文主義運動的領導者之一。著有《盧梭與浪漫主義》、《民主和領導》等。
4. 蘇聯文藝批評家。著有《俄國馬克思列寧主義的思想先驅》等。

國的高爾基……還多得很。然而真的法朗士他們的作品的譯本，在中國卻少得很。莫非因為都有了「國貨」的緣故嗎？

在中國的文壇上，有幾個國貨文人的壽命也真太長；而洋貨文人的可也真太短，姓名剛剛記熟，據說是已經過去了。易卜生[5]大有出全集之意，但至今不見第三本；柴霍甫[6]和莫泊桑[7]的選集，也似乎走了虎頭蛇尾運。但在我們所深惡痛疾的日本，《吉訶德先生》和《一千一夜》是有全譯的；沙士比亞，歌德，……都有全集；托爾斯泰的有三種，陀思妥也夫斯基的有兩種。

讀死書是害己，一開口就害人；但不讀書也並不見得好。至少，譬如要批評托爾斯泰，則他的作品是必得看幾本的。自然，現在是國難時期，哪有工夫譯這些書，看這些書呢，但我所提議的是向著只在暴躁和牢騷的大人物，並非對於正在赴難或「臥薪嘗膽」的英雄。因為有些人物，是即使不讀書，也不過玩著，並不去赴難的。

五月十四日

5. 挪威劇作家。主要作品有《玩偶之家》、《國民公敵》等。
6. 通譯契訶夫，俄國作家。主要作品有劇本《三姊妹》、《櫻桃園》等與大量短篇小說。
7. 法國作家。著有長篇小說《一生》、《漂亮的朋友》以極短篇小說《羊脂球》等。

讀書雜談

——七月十六日在廣州知用中學講

因為知用中學的先生們希望我來演講一回，所以今天到這裡和諸君相見。不過我也沒有什麼東西可講。忽而想到學校是讀書的所在，就隨便談談讀書。是我個人的意見，姑且供諸君的參考，其實也算不得什麼演講。

說到讀書，似乎是很明白的事，只要拿書來讀就是了，但是並不這樣簡單。至少，就有兩種：一是職業的讀書，一是嗜好的讀書。所謂職業的讀書者，譬如學生因為升學，教員因為要講功課，不翻翻書，就有些危險的就是。我想在坐的諸君之中一定有些這樣的經驗，有的不喜歡算學，有的不喜歡博物，然而不得不學，否則，不能畢業，不能升學，和將來的生計便有妨礙了。我自己也這樣，因為做教員，有時即非看不喜歡看的書不可，要不這樣，怕不久便會於飯碗有妨。我們習慣了，一說起讀書，就覺得是高尚的事情，其實這樣的讀書，和木匠的磨斧頭，裁縫的理針線並沒有什麼分別，並不見得高尚，有時還很苦痛，很可憐。你愛做的事，偏不給你做，你不愛做的，倒非做不可。這是由於職業和嗜好不能合一而來的。倘能夠大家去做愛做的事，而仍然各有飯吃，那是多麼幸福。但現在的社會上還做不到，所以讀書的人們的最大部分，大概是勉勉強強的，帶著苦痛的為職業的讀書。

現在再講嗜好的讀書罷。那是出於自願，全不勉強，離開了利害關係的。——我想，嗜好的讀書，該如愛打牌的一樣，天天打，夜夜打，連續的去打，有時被公安局捉去了，放出來之後還是打。諸君要知道真打牌的人的目的並不在贏錢，而在有趣。牌有怎樣的有趣呢，我是外行，不大明白。但聽得愛賭的人說，它妙在一張一張的摸起來，永遠變化無窮。我想，凡嗜好的讀書，能夠手不釋卷的原因也就是這樣。他在每一葉每一葉裡，都得著深厚的趣味。自然，也可以擴大精神，增加智識的，但這些倒都不計及，一計及，便等於意在贏錢的博徒了，這在博徒之中，也算是下品。

不過我的意思，並非說諸君應該都退了學，去看自己喜歡看的書去，這樣的時候還沒有到來；也許終於不會到，至多，將來可以設法使人們對於非做不可的事發生較多的興味罷了。我現在是說，愛看書的青年，大可以看看本分以外的書，即課外的書，不要只將課內的書抱住。但請不要誤解，我並非說，譬如在國文講堂上，應該在抽屜裡暗看《紅樓夢》之類；乃是說，應做的功課已完而有餘暇，大可以看看各樣的書，即使和本業毫不相干的，也要泛覽。譬如學理科的，偏看看文學書，學文學的，偏看看科學書，看看別個在那裡研究的，究竟是怎麼一回事。這樣子，對於別人，別事，可以有更深的瞭解。現在中國有一個大毛病，就是人們大概以為自己所學的一門是最好，最妙，最要緊的學問，而別的都無用，都不足道的，弄這些不足道的東西的人，將來該當餓死。其實是，世界還沒有如此簡單，學問都各有用處，要定什麼是頭等還很難。也幸而有各式各樣的人，假如世界上全是文學家，到處所講的不是「文學的分類」便是「詩之構造」，那倒反而無聊得很了。

不過以上所說的，是附帶而得的效果，嗜好的讀書，本人自然並不計及那些，就如遊公園似的，隨隨便便去，因為隨隨便便，所以不吃力，因為不吃力，所以會覺得有趣。如果一本書拿到手，就滿心想道，「我在讀書了！」「我在用功了！」那就容易疲勞，因而減掉興味，或者變成苦事了。

我看現在的青年，為興味的讀書的是有的，我也常常遇到各樣的詢問。此刻就將我所想到的說一點，但是只限於文學方面，因為我不明白其他的。

第一，是往往分不清文學和文章。甚至於已經來動手做批評文章的，也免不了這毛病。其實粗粗的說，這是容易分別的。研究文章的歷史或理論的，是文學家，是學者；做做詩，或戲曲小說的，是做文章的人，就是古時候所謂文人，此刻所謂創作家。創作家不妨毫不理會文學史或理論，文學家也不妨做不出一句詩。然而中國社會上還很誤解，你做幾篇小說，便以為你一定懂得小說概論，做幾句新詩，就要你講詩之原理。我也嘗見想做小說的青年，先買小說法程和文學史來看。據我看來，是即使將這些書看爛了，和創作也沒有什麼關係的。

事實上，現在有幾個做文章的人，有時也確去做教授。但這是因為中國創作不值錢，養不活自己的緣故。聽說美國小名家的一篇中篇小說，時價是二千美金；中國呢，別人我不知道，我自己的短篇寄給大書鋪，每篇賣過二十元。當然要尋別的事，例如教書，講文學。研究是要用理智，要冷靜的，而創作須情感，至少總得發點熱，於是忽冷忽熱，弄得頭昏，——這也是職業和嗜好不能合一的苦處。苦倒也罷了，結果還是什麼都弄不好。那證據，是試翻世界文學史，那裡面的人，幾乎沒有兼做教授的。

還有一種壞處，是一做教員，未免有顧忌；教授有教授的架子，不能暢所欲言。這或者有人要反駁：那麼，你暢所欲言就是了，何必如此小心。然而這是事前的風涼話，一到有事，不知不覺地他也要從眾來攻擊的。而教授自身，縱使自以為怎樣放達，下意識裡總不免有架子在。所以在外國，稱為「教授小說」的東西倒並不少，但是不大有人說好，至少，是總難免有令人發煩的炫學的地方。

所以我想，研究文學是一件事，做文章又是一件事。

第二，我常被詢問：要弄文學，應該看什麼書？這實在是一個極難回答的問題。先前也曾有幾位先生給青年開過一大篇書目。但從我看來，這是沒有什麼用處的，因為我覺得那都是開書目的先生自己想要看或者未必想要看的書目。我以為倘要弄舊的呢，倒不如姑且靠著張之洞的《書目答問》去摸門徑去。倘是新的，研究文學，則自己先看看各種的小本子，如本間久雄的《新文學概論》，廚川白村的《苦悶的象徵》，瓦浪斯基們的《蘇俄的文藝論戰》之類，然後自己再想想，再博覽下去。因為文學的理論不像算學，二二一定得四，所以議論很紛歧。如第三種，便是俄國的兩派的爭論，——我附帶說一句，近來聽說連俄國的小說也不大有人看了，似乎一看見「俄」字就吃驚，其實蘇俄的新創作何嘗有人紹介，此刻譯出的幾本，都是革命前的作品，作者在那邊都已經被看作反革命的了。倘要看看文藝作品呢，則先看幾種名家的選本，從中覺得誰的作品自己最愛看，然後再看這一個作者的專集，然後再從文學史上看看他在史上的位置；倘要知道得更詳細，就看一兩本這人的傳記，那便可以大略瞭解了。如果專是請教別人，則各人的嗜好不同，總是格不相入的。

第三，說幾句關於批評的事。現在因為出版物太多了，——其實有什麼呢，而讀者因為不勝其紛紜，便渴望批評，於是批評家也便應運而起。批評這東西，對於讀者，至少對於和這批評家趣旨相近的讀者，是有用的。但中國現在，似乎應該暫作別論。往往有人誤以為批評家對於創作是操生殺之權，占文壇的最高位的，就忽而變成批評家；他的靈魂上掛了刀。但是怕自己的立論不周密，便主張主觀，有時怕自己的觀察別人不看重，又主張客觀；有時說自己的作文的根柢全是同情，有時將校對者罵得一文不值。凡中國的批評文字，我總是越看越糊塗，如果當真，就要無路可走。印度人是早知道的，有一個很普通的比喻。他們說：一個老翁和一個孩子用一匹驢子馱著貨物去出賣，貨賣去了，孩子騎驢回來，老翁跟著走。但路人責備他了，說是不曉事，叫老年人徒步。他們便換了一個地位，而旁人又說老人忍心；老人忙將孩子抱到鞍韉上，後來看見的人卻說他們殘酷；於是都下來，走了不久，可又有人笑他們了，說他們是呆子，空著現成的驢子卻不騎。於是老人對孩子歎息道，我們只剩了一個辦法了，是我們兩人抬著驢子走。無論讀，無論做，倘若旁徵博訪，結果是往往會弄到抬驢子走的。

不過我並非要大家不看批評，不過說看了之後，仍要看看本書，自己思索，自己做主。看別的書也一樣，仍要自己思索，自己觀察。倘只看書，便變成書廚，即使自己覺得有趣，而那趣味其實是已在逐漸硬化，逐漸死去了。我先前反對青年躲進研究室，也就是這意思，至今有些學者，還將這話算作我的一條罪狀哩。

聽說英國的培那特蕭（Bernard Shaw）[1]，有過這樣意思的話：世間最不行的是讀書者。因為他只能看別人的思想藝術，不用自己。這也就是勖本華爾（Schopenhauer）[2]之所謂腦子裡給別人跑馬。較好的是思索者。因為能用自己的生活力了，但還不免是空想，所以更好的是觀察者，他用自己的眼睛去讀世間這一部活書。

這是的確的，實地經驗總比看，聽，空想確鑿。我先前吃過乾荔支，罐頭荔支，陳年荔支，並且由這些推想過新鮮的好荔支。這回吃過了，和我所猜想的不同，非到廣東來吃就永不會知道。但我對於蕭的所說，還要加一點騎牆的議論。蕭是愛爾蘭人，立論也不免有些偏激的。我以為假如從廣東鄉下找一個沒有歷練的人，叫他

1. 即蕭伯納，英國劇作家。
2. 即叔本華，德國哲學家。

從上海到北京或者什麼地方，然後問他觀察所得，我恐怕是很有限的，因為他沒有練習過觀察力。所以要觀察，還是先要經過思索和讀書。

總之，我的意思是很簡單的：我們自動的讀書，即嗜好的讀書，請教別人是大抵無用，只好先行泛覽，然後決擇而入於自己所愛的較專的一門或幾門；但專讀書也有弊病，所以必須和實社會接觸，使所讀的書活起來。

談金聖歎

講起清朝的文字獄來，也有人拉上金聖歎，其實是很不合適的。他的「哭廟」，用近事來比例，和前年《新月》上的引據三民主義以自辯，並無不同，但不特撈不到教授而且至於殺頭，則是因為他早被官紳們認為壞貨了的緣故。就事論事，倒是冤枉的。

清中葉以後的他的名聲，也有些冤枉。他抬起小說傳奇來，和《左傳》《杜詩》並列，實不過拾了袁宏道輩的唾餘；而且經他一批，原作的誠實之處，往往化為笑談，布局行文，也都被硬拖到八股的作法上。這餘蔭，就使有一批人，墮入了對於《紅樓夢》之類，總在尋求伏線，挑剔破綻的泥塘。

自稱得到古本，亂改《西廂》字句的案子且不說罷，單是截去《水滸》的後小半，夢想有一個「嵇叔夜」來殺盡宋江們，也就昏庸得可以。雖說因為痛恨流寇的緣故，但他是究竟近於官紳的，他到底想不到小百姓的對於流寇，只痛恨著一半：不在於「寇」，而在於「流」。

百姓固然怕流寇，也很怕「流官」。記得民元革命以後，我在故鄉，不知怎地縣知事常常掉換了。每一掉換，農民們便愁苦著相告道：「怎麼好呢？又換了一隻空肚鴨來了！」他們雖然至今不知道「欲壑難填」的古訓，卻很明白「成則為王，敗則為賊」的成語，賊者，流著之王，王者，不流之賊也，要說得簡單一點，那就是「坐寇」。中國百姓一向自稱「蟻民」，現在為便於譬喻起見，姑升為牛罷，鐵騎一過，茹毛飲血，蹄骨狼藉，倘可避免，他們自然是總想避免的，但如果肯放任他們自嚙野草，苟延殘喘，擠出乳來將這些「坐寇」餵得飽飽的，後來能夠比較的不復狼吞虎嚥，則他們就以為如天之福。所區別的只在「流」與「坐」，卻並不在「寇」與「王」。試翻明末的野史，就知道北京民心的不安，在李自成入京的時候，是不及他出京之際的利害的。

宋江據有山寨，雖打家劫舍，而劫富濟貧，金聖歎卻道應該在童貫高俅輩的爪牙之前，一個個俯首受縛，他們想不懂。所以《水滸傳》縱然成了斷尾巴蜻蜓，鄉下人卻還要看《武松獨手擒方臘》這些戲。

不過這還是先前的事，現在似乎又有了新的經驗了。聽說四川有一隻民謠，大略是「賊來如梳，兵來如篦，官來如剃」的意思。汽車飛艇，價值既遠過於大轎馬車，租界和外國銀行，也是海通以來新添的物事，不但剃盡毛髮，就是刮盡筋肉，也永遠填不滿的。正無怪小百姓將「坐寇」之可怕，放在「流寇」之上了。

事實既然教給了這些，僅存的路，就當然使他們想到了自己的力量。

五月三十一日

《吶喊》自序

我在年青時候也曾經做過許多夢，後來大半忘卻了，但自己也並不以為可惜。所謂回憶者，雖說可以使人歡欣，有時也不免使人寂寞，使精神的絲縷還牽著已逝的寂寞的時光，又有什麼意味呢，而我偏苦於不能全忘卻，這不能全忘的一部分，到現在便成了《吶喊》的來由。

我有四年多，曾經常常，——幾乎是每天，出入於質鋪和藥店裡，年紀可是忘卻了，總之是藥店的櫃檯正和我一樣高，質鋪的是比我高一倍，我從一倍高的櫃檯外送上衣服或首飾去，在侮蔑裡接了錢，再到一樣高的櫃檯上給我久病的父親去買藥。回家之後，又須忙別的事了，因為開方的醫生是最有名的，以此所用的藥引也奇特：冬天的蘆根，經霜三年的甘蔗，蟋蟀要原對的，結子的平地木……多不是容易辦到的東西。然而我的父親終於日重一日的亡故了。

有誰從小康人家而墜入困頓的麼，我以為在這途路中，大概可以看見世人的真面目；我要到N[1]進K[2]學堂去了，彷彿是想走異路，逃異地，去尋求別樣的人們。

1. 指南京。
2. 指江南水師學堂。

我的母親沒有法，辦了八元的川資，說是由我的自便；然而伊哭了，這正是情理中的事，因為那時讀書應試是正路，所謂學洋務，社會上便以為是一種走投無路的人，只得將靈魂賣給鬼子，要加倍的奚落而且排斥的，而況伊又看不見自己的兒子了。然而我也顧不得這些事，終於到N去進了K學堂了，在這學堂裡，我才知道世上還有所謂格致，算學，地理，歷史，繪圖和體操。生理學並不教，但我們卻看到些木版的《全體新論》[3]和《化學衛生論》[4]之類了。我還記得先前的醫生的議論和方藥，和現在所知道的比較起來，便漸漸的悟得中醫不過是一種有意的或無意的騙子，同時又很起了對於被騙的病人和他的家庭的同情；而且從譯出的歷史上，又知道了日本維新是大半發端於西方醫學的事實。

因為這些幼稚的知識，後來便使我的學籍列在日本一個鄉間的醫學專門學校裡了。我的夢很美滿，預備卒業回來，救治像我父親似的被誤的病人的疾苦，戰爭時候便去當軍醫，一面又促進了國人對於維新的信仰。我已不知道教授微生物學的方法，現在又有了怎樣的進步了，總之那時是用了電影，來顯示微生物的形狀的，因此有時講義的一段落已完，而時間還沒有到，教師便映些風景或時事的畫片給學生看，以用去這多餘的光陰。其時正當日俄戰爭的時候，關於戰事的畫片自然也就比

3. 英國合信著，關於生理學的書。清末翻譯成中文，於1851年廣東金利碑惠愛醫局石印。

4. 英國真司藤著，關於營養學的書。清末翻譯成中文，於1879年上海廣學會刻本出版。

較的多了，我在這一個講堂中，便須常常隨喜我那同學們的拍手和喝采。有一回，我竟在畫片上忽然會見我久違的許多中國人了，一個綁在中間，許多站在左右，一樣是強壯的體格，而顯出麻木的神情。據解說，則綁著的是替俄國做了軍事上的偵探，正要被日軍砍下頭顱來示眾，而圍著的便是來賞鑒這示眾的盛舉的人們。

這一學年沒有完畢，我已經到了東京了，因為從那一回以後，我便覺得醫學並非一件緊要事，凡是愚弱的國民，即使體格如何健全，如何茁壯，也只能做毫無意義的示眾的材料和看客，病死多少是不必以為不幸的。所以我們的第一要著，是在改變他們的精神，而善於改變精神的是，我那時以為當然要推文藝，於是想提倡文藝運動了。在東京的留學生很有學法政理化以至員警工業的，但沒有人治文學和美術；可是在冷淡的空氣中，也幸而尋到幾個同志了，此外又邀集了必須的幾個人，商量之後，第一步當然是出雜誌，名目是取「新的生命」的意思，因為我們那時大抵帶些復古的傾向，所以只謂之《新生》。

《新生》的出版之期接近了，但最先就隱去了若干擔當文字的人，接著又逃走了資本，結果只剩下不名一錢的三個人。創始時候既已背時，失敗時候當然無可告語，而其後卻連這三個人也都為各自的運命所驅策，不能在一處縱談將來的好夢了，這就是我們的並未產生的《新生》的結局。

我感到未嘗經驗的無聊，是自此以後的事。我當初是不知其所以然的；後來想，凡有一人的主張，得了贊和，是促其前進的，得了反對，是促其奮鬥的，獨有叫喊於生人中，而生人並無反應，既非贊同，也無反對，如置身毫無邊際的荒原，無可措手的了，這是怎樣的悲哀呵，我於是以我所感到者為寂寞。

這寂寞又一天一天的長大起來，如大毒蛇，纏住了我的靈魂了。

然而我雖然自有無端的悲哀，卻也並不憤懣，因為這經驗使我反省，看見自己了：就是我決不是一個振臂一呼應者雲集的英雄。

只是我自己的寂寞是不可不驅除的，因為這於我太痛苦。我於是用了種種法，來麻醉自己的靈魂，使我沉入於國民中，使我回到古代去，後來也親歷或旁觀過幾樣更寂寞更悲哀的事，都為我所不願追懷，甘心使他們和我的腦一同消滅在泥土裡的，但我的麻醉法卻也似乎已經奏了功，再沒有青年時候的慷慨激昂的意思了。

S會館[5]裡有三間屋，相傳是往昔曾在院子裡的槐樹上縊死過一個女人的，現在槐樹已經高不可攀了，而這屋還沒有人住；許多年，我便寓在這屋裡鈔古碑。客中少有人來，古碑中也遇不到什麼問題和主義，而我的生命卻居然暗暗的消去了，

5. 魯迅於1912年3月至1919年11月居住於北京宣武門外南半截胡同的紹興會館。

這也就是我惟一的願望。夏夜，蚊子多了，便搖著蒲扇坐在槐樹下，從密葉縫裡看那一點一點的青天，晚出的槐蠶又每每冰冷的落在頭頸上。

那時偶或來談的是一個老朋友金心異[6]，將手提的大皮夾放在破桌上，脫下長衫，對面坐下了，因為怕狗，似乎心房還在怦怦的跳動。

「你鈔了這些有什麼用？」有一夜，他翻著我那古碑的鈔本，發了研究的質問了。

「沒有什麼用。」

「那麼，你鈔他是什麼意思呢？」

「沒有什麼意思。」

「我想，你可以做點文章……」

我懂得他的意思了，他們正辦《新青年》，然而那時彷彿不特沒有人來贊同，並且也還沒有人來反對，我想，他們許是感到寂寞了，但是說：

「假如一間鐵屋子，是絕無窗戶而萬難破毀的，裡面有許多熟睡的人們，不久都要悶死了，然而是從昏睡入死滅，並不感到就死的悲哀。現在你大嚷起來，驚起了較為清醒的幾個人，使這不幸的少數者來受無可挽救的臨終的苦楚，你倒以為對

6. 指錢玄同。錢玄同（1887 – 1939），浙江吳興（現浙江湖州市）人，原名錢夏，字德潛，號疑古。現代文學家，新文化運動的先驅者之一。

得起他們麼？」

「然而幾個人既然起來，你不能說決沒有毀壞這鐵屋的希望。」

是的，我雖然自有我的確信，然而說到希望，卻是不能抹殺的，因為希望是在於將來，決不能以我之必無的證明，來折服了他之所謂可有，於是我終於答應他也做文章了，這便是最初的一篇《狂人日記》。從此以後，便一發而不可收，每寫些小說模樣的文章，以敷衍朋友們的囑託，積久就有了十餘篇。

在我自己，本以為現在是已經並非一個切迫而不能已於言的人了，但或者也還未能忘懷於當日自己的寂寞的悲哀罷，所以有時候仍不免吶喊幾聲，聊以慰藉那在寂寞裡奔馳的猛士，使他不憚於前驅。至於我的喊聲是勇猛或是悲哀，是可憎或是可笑，那倒是不暇顧及的；但既然是吶喊，則當然須聽將令的了，所以我往往不恤用了曲筆，在《藥》的瑜兒的墳上平空添上一個花環，在《明天》裡也不敘單四嫂子竟沒有做到看見兒子的夢，因為那時的主將是不主張消極的。至於自己，卻也並不願將自以為苦的寂寞，再來傳染給也如我那年青時候似的正做著好夢的青年。

這樣說來，我的小說和藝術的距離之遠，也就可想而知了，然而到今日還能蒙著小說的名，甚而至於且有成集的機會，無論如何總不能不說是一件僥倖的事，但僥倖雖使我不安於心，而懸揣人間暫時還有讀者，則究竟也仍然是高興的。

所以我竟將我的短篇小說結集起來，而且付印了，又因為上面所說的緣由，便稱之為《吶喊》。

一九二二年十二月三日，魯迅記於北京

時有所感

小雜感

蜜蜂的刺，一用即喪失了牠自己的生命，犬儒[1]的刺，一用則苟延了他自己的生命。

他們就是如此不同。

約翰穆勒[2]說：專制使人們變成冷嘲。

而他竟不知道共和使人們變成沉默。

要上戰場，莫如做軍醫；要革命，莫如走後方；要殺人，莫如做劊子手。既英雄，又穩當。

與名流學者談，對於他之所講，當裝作偶有不懂之處。太不懂被看輕，太懂了被厭惡。偶有不懂之處，彼此最為合宜。

1. 原指古希臘昔匿克學派（Cynicsm）的哲學家。他們過著禁慾、簡陋的生活，被人譏笑為窮犬，所以又稱犬儒學派。此學派學者主張獨善其身，認為人應該絕對自由，否定一切道德倫理，用冷嘲熱諷的態度看待一切。魯迅於 1928 年 3 月 8 日致張廷謙的信中說道：「犬儒＝Cynicsm，它那『刺』便是『冷嘲』。」
2. 英國哲學家、經濟學家。

世間大抵只知道指揮刀所以指揮武士，而不想到也可以指揮文人。

又是演講錄，又是演講錄[3]。

但可惜都沒有講明他何以和先前大兩樣了；也沒有講明他演講時，自己是否真相信自己的話。

闊的聰明人種種譬如昨日死。

不闊的傻子種種實在昨日死。

曾經闊氣的要復古，正在闊氣的要保持現狀，未曾闊氣的要革新。

大抵如是。大抵！

他們之所謂復古，是回到他們所記得的若干年前，並非虞夏商周。

女人的天性中有母性，有女兒性；無妻性。

3. 指當時經常編印出售的蔣介石、汪精衛等人的演講集。

妻性是逼成的，只是母性和女兒性的混合。

自稱盜賊的無須防，得其反倒是好人；自稱正人君子的必須防，得其反則是盜賊。

樓下一個男人病得要死，那間壁的一家唱著留聲機；對面是弄孩子。樓上有兩人狂笑；還有打牌聲。河中的船上有女人哭著她死去的母親。人類的悲歡並不相通，我只覺得他們吵鬧。

每一個破衣服人走過，叭兒狗就叫起來，其實並非都是狗主人的意旨或使嗾。叭兒狗往往比牠的主人更嚴厲。

恐怕有一天總要不准穿破布衫，否則便是共產黨。

革命，反革命，不革命。

革命的被殺於反革命的。反革命的被殺於革命的。不革命的或當作革命的而被殺於反革命的，或當作反革命的而被殺於革命的，或並不當作什麼而被殺於革命的或反革命的。

革命，革革命，革革革命，革革……。

人感到寂寞時，會創作；一感到乾淨時，即無創作，他已經無所愛。

創作總根於愛。

楊朱無書。

創作雖說抒寫自己的心，但總願意有人看。

創作是有社會性的。

但有時只要有一個人看便滿足：好友，愛人。

人往往憎和尚，憎尼姑，憎回教徒，憎耶教徒，而不憎道士。

懂得此理者，懂得中國大半。

要自殺的人，也會怕大海的汪洋，怕夏天死屍的易爛。但遇到澄靜的清池，涼爽的秋夜，他往往也自殺了。

凡為當局所「誅」者皆有「罪」。

劉邦除秦苛暴，「與父老約，法三章耳。」而後來仍有族誅，仍禁挾書，還是秦法。

法三章者，話一句耳。

一見短袖子，立刻想到白臂膊，立刻想到全裸體，立刻想到生殖器，立刻想到性交，立刻想到雜交，立刻想到私生子。

中國人的想像惟在這一層能夠如此躍進。

九二十四日

雜感

人們有淚，比動物進化，但即此有淚，也就是不進化，正如已經只有盲腸，比鳥類進化，而究竟還有盲腸，終不能很算進化一樣。凡這些，不但是無用的贅物，還要使其人達到無謂的滅亡。

現今的人們還以眼淚贈答，並且以這為最上的贈品，因為他此外一無所有。無淚的人則以血贈答，但又各各拒絕別人的血。

人大抵不願意愛人下淚。但臨死之際，可能也不願意愛人為你下淚麼？無淚的人無論何時，都不願意愛人下淚，並且連血也不要：他拒絕一切為他的哭泣和滅亡。

人被殺於萬眾聚觀之中，比被殺在「人不知鬼不覺」的地方快活，因為他可以妄想，博得觀眾中的或人的眼淚。但是，無淚的人無論被殺在什麼所在，於他並無不同。

殺了無淚的人，一定連血也不見。愛人不覺他被殺之慘，仇人也終於得不到殺他之樂：這是他的報恩和復仇。

死於敵手的鋒刃，不足悲苦；死於不知何來的暗器，卻是悲苦。但最悲苦的是死於慈母或愛人誤進的毒藥，戰友亂發的流彈，病菌的並無惡意的侵入，不是我自己制定的死刑。

仰慕往古的，回往古去罷！想出世的，快出世罷！想上天的，快上天罷！靈魂要離開肉體的，趕快離開罷！現在的地上，應該是執著現在，執著地上的人們居住的。

但厭惡現世的人們還住著。這都是現世的仇仇，他們一日存在，現世即一日不能得救。

先前，也曾有些願意活在現世而不得的人們，沉默過了，呻吟過了，歎息過了，哭泣過了，哀求過了，但仍然願意活在現世而不得，因為他們忘卻了憤怒。

勇者憤怒，抽刃向更強者；怯者憤怒，卻抽刃向更弱者。不可救藥的民族中，一定有許多英雄，專向孩子們瞪眼。這些孱頭們！

孩子們在瞪眼中長大了，又向別的孩子們瞪眼，並且想：他們一生都過在憤怒中。因為憤怒只是如此，所以他們要憤怒一生，——而且還要憤怒二世，三世，四世，以至末世。

無論愛什麼，——飯，異性，國，民族，人類等等，——只有糾纏如毒蛇，執著如怨鬼，二六時中[1]，沒有已時者有望。但太覺疲勞時，也無妨休息一會罷；但休息之後，就再來一回罷，而且兩回，三回……。血書，章程，請願，講學，哭，電報，開會，挽聯，演說，神經衰弱，則一切無用。

血書所能掙來的是什麼？不過就是你的一張血書，況且並不好看。至於神經衰弱，其實倒是自己生了病，你不要再當作寶貝了，我的可敬愛而討厭的朋友呀！

我們聽到呻吟，歎息，哭泣，哀求，無須吃驚。見了酷烈的沉默，就應該留心了；見有什麼像毒蛇似的在屍林中蜿蜒，怨鬼似的在黑暗中奔馳，就更應該留心了：這在豫告「真的憤怒」將要到來。那時候，仰慕往古的就要回往古去了，想出世的要出世去了，想上天的要上天了，靈魂要離開肉體的就要離開了！……

五月五日

1. 指十二個時辰，一天。

看鏡有感

因為翻衣箱，翻出幾面古銅鏡子來，大概是民國初年初到北京時候買在那裡的，「情隨事遷」，全然忘卻，宛如見了隔世的東西了。

一面圓徑不過二寸，很厚重，背面滿刻蒲陶[1]，還有跳躍的鼯鼠，沿邊是一圈小飛禽。古董店家都稱為「海馬葡萄鏡」。但我的一面並無海馬，其實和名稱不相當。記得曾見過別一面，是有海馬的，但貴極，沒有買。這些都是漢代的鏡子；後來也有模造或翻沙者，花紋可造粗拙得多了。漢武通大宛安息[2]，以致天馬蒲萄[3]，大概當時是視為盛事的，所以便取作什器的裝飾。古時，於外來物品，每加海字，如海榴，海紅花，海棠之類。海即現在之所謂洋，海馬譯成今文，當然就是洋馬。鏡鼻是一個蝦蟆，則因為鏡如滿月，月中有蟾蜍[4]之故，和漢事不相干了。

遙想漢人多少閎放，新來的動植物，即毫不拘忌，來充裝飾的花紋。唐人也還不算弱，例如漢人的墓前石獸，多是羊，虎，天祿，辟邪，而長安的昭陵上，卻刻著帶箭的駿馬，還有一匹駝鳥，則辦法簡直前無古人。現今在墳墓上不待言，即平

1. 蒲陶：即葡萄。
2. 漢武帝建元三年起，曾多次派遣張騫出使西域，最遠至大宛、安息等地。
3. 大宛出產天馬與葡萄。
4. 出自《淮南子・精神訓》。

常的繪畫，可有人敢用一朵洋花一隻洋鳥，即私人的印章，可有人肯用一個草書一個俗字麼？許多雅人，連記年月也必是甲子，怕用民國紀元。不知道是沒有如此大膽的藝術家；還是雖有而民眾都加迫害，他於是乎只得萎縮，死掉了？

宋的文藝，現在似的國粹氣味就熏人。然而遼金元陸續進來了，這消息很耐尋味。漢唐雖然也有邊患，但魄力究竟雄大，人民具有不至於為異族奴隸的自信心，或者竟毫未想到，凡取用外來事物的時候，就如將彼俘來一樣，自由驅使，絕不介懷。一到衰弊陵夷之際，神經可就衰弱過敏了，每遇外國東西，便覺得彷彿彼來俘我一樣，推拒，惶恐，退縮，逃避，抖成一團，又必想一篇道理來掩飾，而國粹遂成為孱王和孱奴的寶貝。

無論從哪裡來的，只要是食物，壯健者大抵就無需思索，承認是吃的東西。惟有衰病的，卻總常想到害胃，傷身，特有許多禁條，許多避忌；還有一大套比較利害而終於不得要領的理由，例如吃固無妨，而不吃尤穩，食之或當有益，然究以不吃為宜云云之類。但這一類人物總要日見其衰弱的，因為他終日戰戰兢兢，自己先已失了活氣了。

不知道南宋比現今如何，但對外敵，卻明明已經稱臣，惟獨在國內特多繁文縟節以及嘮叨的碎話。正如倒霉人物，偏多忌諱一般，豁達闊大之風消歇淨盡了。直到後來，都沒有什麼大變化。我曾在古物陳列所所陳列的古畫上看見一顆印文，是幾個羅馬字母。但那是所謂「我聖祖仁皇帝」的印，是征服了漢族的主人，所以他敢；漢族的奴才是不敢的。便是現在，便是藝術家，可有敢用洋文的印的麼？

清順治中，時憲書上印有「依西洋新法」五個字，痛哭流涕來劾洋人湯若望的偏是漢人楊光先。直到康熙初，爭勝了，就教他做欽天監正去，則又叩閽以「但知推步之理不知推步之數」辭。不准辭，則又痛哭流涕地來做《不得已》，說道「寧可使中夏無好曆法，不可使中夏有西洋人。」然而終於連閏月都算錯了，他大約以為好曆法專屬於西洋人，中夏人自己是學不得，也學不好的。但他竟論了大辟，可是沒有殺，放歸，死於途中了。湯若望入中國還在明崇禎初，其法終未見用；後來阮元論之曰：「明季君臣以大統寖疏，開局修正，既知新法之密，而訖未施行。聖朝定鼎，以其法造時憲書，頒行天下。彼十餘年辯論翻譯之勞，若以備我朝之採用者，斯亦奇矣！……我國家聖聖相傳，用人行政，惟求其是，而不先設成心。即是一端，可以仰見如天之度量矣！」（《疇人傳》四十五）

現在流傳的古鏡們，出自塚中者居多，原是殉葬品。但我也有一面日用鏡，薄而且大，規撫漢制，也許是唐代的東西。那證據是：一、鏡鼻已多磨損；二、鏡面的沙眼都用別的銅來補好了。當時在妝閣中，曾照唐人的額黃和眉綠，現在卻監禁在我的衣箱裡，它或者大有今昔之感罷。

但銅鏡的供用，大約道光咸豐時候還與玻璃鏡並行；至於窮鄉僻壤，也許至今還用著。我們那裡，則除了婚喪儀式之外，全被玻璃鏡驅逐了。然而也還有餘烈可尋，倘街頭遇見一位老翁，肩了長凳似的東西，上面縛著一塊豬肝色石和一塊青色石，試佇聽他的叫喊，就是「磨鏡，磨剪刀！」

宋鏡我沒有見過好的，什九並無藻飾，只有店號或「正其衣冠」等類的迂銘詞，真是「世風日下」。但是要進步或不退步，總須時時自出新裁，至少也必取材異域，倘若各種顧忌，各種小心，各種嘮叨，這麼做即違了祖宗，那麼做又像了夷狄，終生惴惴如在薄冰上，發抖尚且來不及，怎麼會做出好東西來。所以事實上「今不如古」者，正因為有許多嘮叨著「今不如古」的諸位先生們之故。現在情形還如此。倘再不放開度量，大膽地，無畏地，將新文化儘量地吸收，則楊光先似的向西洋主人瀝陳中夏的精神文明的時候，大概是不勞久待的罷。

但我向來沒有遇見過一個排斥玻璃鏡子的人。單知道咸豐年間，汪曰楨[5]先生

5. 字仲雍，一字剛木，號謝城，又號薪甫，浙江烏程（今湖州）人。清代史學家、詩人、數學家。

卻在他的大著《湖雅》裡攻擊過的。他加以比較研究之後，終於決定還是銅鏡好，最不可解的是：他說，照起面貌來，玻璃鏡不如銅鏡之準確。莫非那時的玻璃鏡當真壞到如此，還是因為他老先生又帶上了國粹眼鏡之故呢？我沒有見過古玻璃鏡。這一點終於猜不透。

一九二五年二月九日

隨感錄三十五

從清朝末年，直到現在，常常聽人說「保存國粹」這一句話。

前清末年說這話的人，大約有兩種：一是愛國志士，一是出洋遊歷的大官。他們在這題目的背後，各各藏著別的意思。志士說保存國粹，是光復舊物的意思；大官說保存國粹，是教留學生不要去剪辮子的意思。

現在成了民國了。以上所說的兩個問題，已經完全消滅。所以我不能知道現在說這話的是哪一流人，這話的背後藏著什麼意思了。

可是保存國粹的正面意思，我也不懂。

什麼叫「國粹」？照字面看來，必是一國獨有，他國所無的事物了。換一句話，便是特別的東西。但特別未必定是好，何以應該保存？

譬如一個人，臉上長了一個瘤，額上腫出一顆瘡，的確是與眾不同，顯出他特別的樣子，可以算他的「粹」。然而據我看來，還不如將這「粹」割去了，同別人一樣的好。

倘說：中國的國粹，特別而且好；又何以現在糟到如此情形，新派搖頭，舊派也嘆氣。

倘說：這便是不能保存國粹的緣故，開了海禁的緣故，所以必須保存。但海禁未開以前，全國都是「國粹」，理應好了；何以春秋戰國五胡十六國鬧個不休，古人也都嘆氣。

倘說：這是不學成湯文武周公的緣故；何以真正成湯文武周公時代，也先有桀紂暴虐，後有殷頑作亂；後來仍舊弄出春秋戰國五胡十六國鬧個不休，古人也都歎氣。

我有一位朋友說得好：「要我們保存國粹，也須國粹能保存我們。」

保存我們，的確是第一義。只要問他有無保存我們的力量，不管他是否國粹。

隨感錄三十八

中國人向來有點自大。——只可惜沒有「個人的自大」，都是「合群的愛國的自大」。這便是文化競爭失敗之後，不能再見振拔改進的原因。

「個人的自大」，就是獨異，是對庸眾宣戰。除精神病學上的誇大狂外，這種自大的人，大抵有幾分天才，——照 Nordau[1] 等說，也可說就是幾分狂氣。他們必定自己覺得思想見識高出庸眾之上，又為庸眾所不懂，所以憤世疾俗，漸漸變成厭世家，或「國民之敵」。但一切新思想，多從他們出來，政治上宗教上道德上的改革，也從他們發端。所以多有這「個人的自大」的國民，真是多福氣！多幸運！

「合群的自大」，「愛國的自大」，是黨同伐異，是對少數的天才宣戰；——至於對別國文明宣戰，卻尚在其次。他們自己毫無特別才能，可以誇示於人，所以把這國拿來做個影子；他們把國裡的習慣制度抬得很高，讚美的了不得；他們的國粹，既然這樣有榮光，他們自然也有榮光了！倘若遇見攻擊，他們也不必自去應戰，因為這種蹲在影子裡張目搖舌的人，數目極多，只須用 mob[2] 的長技，一陣亂噪，

1. Nordau，諾爾道（1849-1923），出生於匈牙利的德國醫生，政論家、作家。著有政論《退化》、小說《感情的喜劇》等。
2. 英語，烏合之眾的意思。

便可制勝。勝了，我是一群中的人，自然也勝了；若敗了時，一群中有許多人，未必是我受虧：大凡聚眾滋事時，多具這種心理，也就是他們的心理。他們舉動，看似猛烈，其實卻很卑怯。至於所生結果，則復古，尊王，扶清滅洋等等，已領教得多了。所以多有這「合群的愛國的自大」的國民，真是可哀，真是不幸！

不幸中國偏只多這一種自大：古人所作所說的事，沒一件不好，遵行還怕不及，怎敢說到改革？這種愛國的自大家的意見，雖各派略有不同，根柢總是一致，計算起來，可分作下列五種：

甲云：「中國地大物博，開化最早；道德天下第一。」這是完全自負。

乙云：「外國物質文明雖高，中國精神文明更好。」

丙云：「外國的東西，中國都已有過；某種科學，即某子所說的云云」，這兩種都是「古今中外派」的支流；依據張之洞的格言，以「中學為體西學為用」的人物。

丁云：「外國也有叫化子，——（或云）也有草舍，——娼妓，——臭蟲。」這是消極的反抗。

戊云：「中國便是野蠻的好。」又云：「你說中國思想昏亂，那正是我民族所造成的事業的結晶。從祖先昏亂起，直要昏亂到子孫；從過去昏亂起，直要昏亂到未來。……（我們是四萬萬人，）你能把我們滅絕麼？」這比「丁」更進一層，不去拖人下水，反以自己的醜惡驕人；至於口氣的強硬，卻很有《水滸傳》中牛二的態度。

五種之中，甲乙丙丁的話，雖然已很荒謬，但同戊比較，尚覺情有可原，因為他們還有一點好勝心存在。譬如衰敗人家的子弟，看見別家興旺，多說大話，擺出大家架子；或尋求人家一點破綻，聊給自己解嘲。這雖然極是可笑，但比那一種掉了鼻子，還說是祖傳老病，誇示於眾的人，總要算略高一步了。

戊派的愛國論最晚出，我聽了也最寒心；這不但因其居心可怕，實因他所說的更為實在的緣故。昏亂的祖先，養出昏亂的子孫，正是遺傳的定理。民族根性造成之後，無論好壞，改變都不容易的。法國 G. Le Bon[3] 著《民族進化的心理》中，說及此事道（原文已忘，今但舉其大意）——「我們一舉一動，雖似自主，其實多受死鬼的牽制。將我們一代的人，和先前幾百代的鬼比較起來，數目上就萬不能敵了。」我們幾百代的祖先裡面，昏亂的人，定然不少；有講道學的儒生，也有講陰陽五行的道士，有靜坐煉丹的仙人，也有打臉打把子[4]的戲子。所以我們現在雖想好好做「人」，難保血管裡的昏亂分子不來作怪。我們也不由自主，一變而為研究

3. 勒朋（1841-1931），法國醫生和社會心理學家。

4. 傳統戲曲演員按照「臉譜」勾畫花臉，稱打臉。傳統戲曲中的武打，稱作打把子。

丹田臉譜的人物：這真是大可寒心的事。但我總希望這昏亂思想遺傳的禍害，不至於有梅毒那樣猛烈，竟至百無一免。即使同梅毒一樣，現在發明了六百零六，肉體上的病，既可醫治；我希望也有一種七百零七的藥，可以醫治思想上的病。這藥原來也已發明，就是「科學」一味。只希望那班精神上掉了鼻子的朋友，不要又打著「祖傳老病」的旗號來反對吃藥，中國的昏亂病，便也總有全愈的一天。祖先的勢力雖大，但如從現代起，立意改變：掃除了昏亂的心思，和助成昏亂的物事（儒道兩派的文書），再用了對症的藥，即使不能立刻奏效，也可把那病毒略略羼淡。如此幾代之後待我們成了祖先的時候，就可以分得昏亂祖先的若干勢力，那時便有轉機，**Le Bon** 所說的事，也不足怕了。

以上是我對於「不長進的民族」的療救方法；至於「滅絕」一條，那是全不成話，可不必說。「滅絕」這兩個可怕的字，豈是我們人類應說的？只有張獻忠這等人曾有如此主張，至今為人類唾罵；而且於實際上發生出什麼效驗呢？但我有一句話，要勸戊派諸公。「滅絕」這句話，只能嚇人，卻不能嚇倒自然。他是毫無情面：他看見有自向滅絕這條路走的民族，便請他們滅絕，毫不客氣。我們自己想活，也希望別人都活；不忍說他人的滅絕，又怕他們自己走到滅絕的路上，把我們帶累了也滅絕，所以在此著急。倘使不改現狀，反能興旺，能得真實自由的幸福生活，那就是做野蠻也很好。——但可有人敢答應是「是」麼？

隨感錄四十

終日在家裡坐，至多也不過看見窗外四角形慘黃色的天，還有什麼感？只有幾封信，說道，「久違芝宇，時切葭思；」[1] 有幾個客，說道，「今天天氣很好」：都是祖傳老店的文字語言。寫的說的，既然有口無心，看的聽的，也便毫無所感了。

有一首詩，從一位不相識的少年寄來，卻對於我有意義。——

愛　情

我是一個可憐的中國人。愛情！我不知道你是什麼。

我有父母，教我育我，待我很好；我待他們，也還不差。我有兄弟姊妹，幼時共我玩耍，長來同我切磋，待我很好；我待他們，也還不差。但是沒有人曾經「愛」過我，我也不曾「愛」過他。

我年十九，父母給我討老婆。於今數年，我們兩個，也還和睦。可是這婚姻，是全憑別人主張，別人撮合：把他們一日戲言，當我們百年的盟約。彷彿兩個牲口

1. 舊時書信中常用的客套語，意思是久不見面，時刻想念。

聽著主人的命令：「咄，你們好好的住在一塊兒罷！」

愛情！可憐我不知道你是什麼！

詩的好歹，意思的深淺，姑且勿論；但我說，這是血的蒸氣，醒過來的人的真聲音。

愛情是什麼東西？我也不知道。中國的男女大抵一對或一群——一男多女——的住著，不知道有誰知道。

但從前沒有聽到苦悶的叫聲。即使苦悶，一叫便錯；少的老的，一齊搖頭，一齊痛罵。

然而無愛情結婚的惡結果，卻連續不斷的進行。形式上的夫婦，既然都全不相關，少的另去姘人宿娼，老的再來買妾：麻痹了良心，各有妙法。所以直到現在，不成問題。但也曾造出一個「妒」字，略表他們曾經苦心經營的痕跡。

可是東方發白，人類向各民族所要的是「人」，——自然也是「人之子」——我們所有的是單是人之子，是兒媳婦與兒媳之夫，不能獻出於人類之前。

可是魔鬼手上，終有漏光的處所，掩不住光明：人之子醒了；他知道了人類間應有愛情；知道了從前一班少的老的所犯的罪惡；於是起了苦悶，張口發出這叫聲。

但在女性一方面，本來也沒有罪，現在是做了舊習慣的犧牲。我們既然自覺著人類的道德，良心上不肯犯他們少的老的的罪，又不能責備異性，也只好陪著做一世犧牲，完結了四千年的舊賬。

做一世犧牲，是萬分可怕的事；但血液究竟乾淨，聲音究竟醒而且真。

我們能夠大叫，是黃鶯便黃鶯般叫；是鴟鴞便鴟鴞般叫。我們不必學那才從私窩子[2]裡跨出腳，便說「中國道德第一」。

我們還要叫出沒有愛的悲哀，叫出無所可愛的悲哀。……我們要叫到舊賬勾消的時候。

舊賬如何勾消？我說，「完全解放了我們的孩子！」

2. 私娼居住的地方。

隨感錄四十一

從一封匿名信裡看見一句話，是「數麻石片」（原注江蘇方言），大約是沒有本領便不必提倡改革，不如去數石片的好的意思。因此又記起了本志通信欄內所載四川方言的「洗煤炭」。想來別省方言中，相類的話還多；守著這專勸人自暴自棄的格言的人，也怕並不少。

凡中國人說一句話，做一件事，倘與傳來的積習有若干抵觸，須一個斤斗便告成功，才有立足的處所；而且被恭維得烙鐵一般熱。否則免不了標新立異的罪名，不許說話；或者竟成了大逆不道，為天地所不容。這一種人，從前本可以夷到九族，連累鄰居；現在卻不過是幾封匿名信罷了。但意志略略薄弱的人便不免因此萎縮，不知不覺的也入了「數麻石片」黨。

所以現在的中國，社會上毫無改革，學術上沒有發明，美術上也沒有創作；至於多人繼續的研究，前仆後繼的探險，那更不必提了。國人的事業，大抵是專謀時式的成功的經營，以及對於一切的冷笑。

但冷笑的人，雖然反對改革，卻又未必有保守的能力：即如文字一面，白話固然看不上眼，古文也不甚提得起筆。照他的學說，本該去「數麻石片」了；他卻又不然，只是莫名其妙的冷笑。

中國的人，大抵在如此空氣裡成功，在如此空氣裡萎縮腐敗，以至老死。

我想，人猿同源的學說，大約可以毫無疑義了。但我不懂，何以從前的古猴子，不都努力變人，卻到現在還留著子孫，變把戲給人看。還是那時竟沒有一匹想站起來學說人話呢？還是雖然有了幾匹，卻終被猴子社會攻擊他標新立異，都咬死了；所以終於不能進化呢？

尼采式的超人，雖然太覺渺茫，但就世界現有人種的事實看來，卻可以確信將來總有尤為高尚尤近圓滿的人類出現。到那時候，類人猿上面，怕要添出「類猿人」這一個名詞。

所以我時常害怕，願中國青年都擺脫冷氣，只是向上走，不必聽自暴自棄者流的話。能做事的做事，能發聲的發聲。有一分熱，發一分光，就令螢火一般，也可以在黑暗裡發一點光，不必等候炬火。

此後如竟沒有炬火：我便是惟一的光。倘若有了炬火，出了太陽，我們自然心悅誠服的消失，不但毫無不平，而且還要隨喜讚美這炬火或太陽；因為他照了人類，連我都在內。

我又願中國青年都只是向上走，不必理會這冷笑和暗箭。尼采說：

「真的，人是一個濁流。應該是海了，能容這濁流使他乾淨。」

「咄，我教你們超人：這便是海，在他這裡，能容下你們的大侮蔑。」（《札拉圖如是說》的《序言》第三節）

縱令不過一窪淺水，也可以學學大海；橫豎都是水，可以相通。幾粒石子，任他們暗地裡擲來；幾滴穢水，任他們從背後潑來就是了。

這還算不到「大侮蔑」——因為大侮蔑也須有膽力。

隨感錄四十八

中國人對於異族，歷來只有兩樣稱呼：一樣是禽獸，一樣是聖上。從沒有稱他朋友，說他也同我們一樣的。

古書裡的弱水，竟是騙了我們[1]：聞所未聞的外國人到了；交手幾回，漸知道「子曰詩云」似乎無用，於是乎要維新。

維新以後，中國富強了，用這學來的新，打出外來的新，關上大門，再來守舊。

可惜維新單是皮毛，關門也不過一夢。外國的新事理，卻愈來愈多，愈優勝，「子曰詩云」也愈擠愈苦，愈看愈無用。於是從那兩樣舊稱呼以外，別想了一樣新號：「西哲」，或曰「西儒」。

他們的稱號雖然新了，我們的意見卻照舊。因為「西哲」的本領雖然要學，「子曰詩云」也更要昌明。換幾句話，便是學了外國本領，保存中國舊習。本領要新，思想要舊。要新本領舊思想的新人物，駝了舊本領舊思想的舊人物，請他發揮多年經驗的老本領。一言以蔽之：前幾年謂之「中學為體，西學為用」，這幾年謂之「因

1. 《海內十洲記》：「鳳麟洲在西海之中央，地方一千五百里，洲四面有弱水繞之。鴻毛不浮，不可越也。」魯迅此處寫的「竟是騙了我們」，指的是神話中「不可越」的弱水並沒有阻擋外國人來到中國。

時制宜，折衷至當」。

其實世界上決沒有這樣如意的事。即使一頭牛，連生命都犧牲了，尚且祀了孔便不能耕田，吃了肉便不能榨乳。何況一個人先須自己活著，又要駝了前輩先生活著；活著的時候，又須恭聽前輩先生的折衷：早上打拱，晚上握手；上午「聲光化電」，下午「子曰詩云」呢？

社會上最迷信鬼神的人，尚且只能在賽會這一日抬一回神輿。不知那些學「聲光化電」的「新進英賢」，能否駝著山野隱逸，海濱遺老，折衷一世？

「西哲」易卜生蓋以為不能，以為不可。所以借了Brand[2]的嘴說："All or nothing！"[3]

2. 勃蘭特，易卜生所作的詩劇《勃蘭特》中的人物。
3. 英語，意思是全部擁有或一無所有！

一思而行

只要並不是靠這來解決國政，布置戰爭，在朋友之間，說幾句幽默，彼此莞爾而笑，我看是無關大體的。就是革命專家，有時也要負手散步；理學先生總不免有兒女，在證明著他並非日日夜夜，道貌永遠的儼然。小品文大約在將來也還可以存在於文壇，只是以「閒適」為主，卻稍嫌不夠。

人間世事，恨和尚往往就恨袈裟。幽默和小品的開初，人們何嘗有貳話。然而轟的一聲，天下無不幽默和小品，幽默哪有這許多，於是幽默就是滑稽，滑稽就是說笑話，說笑話就是諷刺，諷刺就是漫罵。油腔滑調，幽默也；「天朗氣清」[1]，小品也；看鄭板橋《道情》一遍，談幽默十天，買袁中郎尺牘半本，作小品一卷。有些人既有以此起家之勢，勢必有想反此以名世之人，於是轟然一聲，天下又無不罵幽默和小品。其實，則趁隊起哄之士，今年也和去年一樣，數不在少的。

手拿黑漆皮燈籠，彼此都莫名其妙。總之，一個名詞歸化中國，不久就弄成一團糟。偉人，先前是算好稱呼的，現在則受之者已等於被罵；學者和教授，前兩三

1. 出自東漢王羲之《蘭亭集序》。

年還是乾淨的名稱；自愛者聞文學家之稱而逃，今年已經開始了第一步。但是，世界上真的沒有實在的偉人，實在的學者和教授，實在的文學家嗎？並不然，只有中國是例外。

假使有一個人，在路旁吐一口唾沫，自己蹲下去，看著，不久准可以圍滿一堆人；又假使又有一個人，無端大叫一聲，拔步便跑，同時准可以大家都逃散。真不知是「何所聞而來，何所見而去」，然而又心懷不滿，罵他的莫名其妙的對象曰「媽的」！但是，那吐唾沫和大叫一聲的人，歸根結蒂還是大人物。當然，沉著切實的人們是有的。不過偉人等等之名之被尊視或鄙棄，大抵總只是做唾沫的替代品而已。

社會仗這添些熱鬧，是值得感謝的。但在烏合之前想一想，在雲散之前也想一想，社會未必就冷靜了，可是還要像樣一點點。

五月十四日

談皇帝

中國人的對付鬼神，凶惡的是奉承，如瘟神和火神之類，老實一點的就要欺侮，例如對於土地或灶君。待遇皇帝也有類似的意思。君民本是同一民族，亂世時「成則為王敗則為賊」，平常是一個照例做皇帝，許多個照例做平民；兩者之間，思想本沒有什麼大差別。所以皇帝和大臣有「愚民政策」，百姓們也自有其「愚君政策」。

往昔的我家，曾有一個老僕婦，告訴過我她所知道，而且相信的對付皇帝的方法。她說——

「皇帝是很可怕的。他坐在龍位上，一不高興，就要殺人；不容易對付的。所以吃的東西也不能隨便給他吃，倘是不容易辦到的，他吃了又要，一時辦不到；——譬如他冬天想到瓜，秋天要吃桃子，辦不到，他就生氣，殺人了。現在是一年到頭給他吃波菜，一要就有，毫不為難。但是倘說是波菜，他又要生氣的，因為這是便宜貨，所以大家對他就不稱為波菜，另外起一個名字，叫作『紅嘴綠鸚哥』。」

在我的故鄉，是通年有波菜的，根很紅，正如鸚哥的嘴一樣。

這樣的連愚婦人看來，也是呆不可言的皇帝，似乎大可以不要了。然而並不，她以為要有的，而且應該聽憑他作威作福。至於用處，彷彿在靠他來鎮壓比自己更強梁的別人，所以隨便殺人，正是非備不可的要件。然而倘使自己遇到，且須侍奉呢？可又覺得有些危險了，因此只好又將他練成傻子，終年耐心地專吃著「紅嘴綠鸚哥」。

其實利用了他的名位，「挾天子以令諸侯」的，和我那老僕婦的意思和方法都相同，不過一則又要他弱，一則又要他愚。儒家的靠了「聖君」來行道也就是這玩意，因為要「靠」，所以要他威重，位高；因為要便於操縱，所以又要他頗老實，聽話。

皇帝一自覺自己的無上威權，這就難辦了。既然「普天之下，莫非皇土」，他就胡鬧起來，還說是「自我得之，自我失之，我又何恨」[1]哩！於是聖人之徒也只好請他吃「紅嘴綠鸚哥」了，這就是所謂「天」。據說天子的行事，是都應該體帖天意，不能胡鬧的；而這「天意」也者，又偏只有儒者們知道著。

這樣，就決定了：要做皇帝就非請教他們不可。

然而不安分的皇帝又胡鬧起來了。你對他說「天」麼，他卻道，「我生不有命

1. 語出《梁書·邵陵王綸傳》。

在天？！」[2]豈但不仰體上天之意而已，還逆天，背天，「射天」[3]，簡直將國家鬧完，使靠天吃飯的聖賢君子們，哭不得，也笑不得。

於是乎他們只好去著書立說，將他罵一通，豫計百年之後，即身歿之後，大行於時，自以為這就了不得。

但那些書上，至多就止記著「愚民政策」和「愚君政策」全都不成功。

二月十七日

2. 語出《尚書．西北戡黎》。
3. 出自《史記．殷本紀》：「帝武乙無道，為偶人。謂之天神。……為革囊，盛血卬（仰）而射之，命曰『射天』。」

關於中國的兩三件事

壹、關於中國的火

希臘人所用的火，聽說是在一直先前，普洛美修斯[1]從天上偷來的，但中國的卻和它不同，是燧人氏自家所發見——或者該說是發明罷。因為並非偷兒，所以拴在山上，給老雕去啄的災難是免掉了，然而也沒有普洛美修斯那樣的被傳揚，被崇拜。

中國也有火神的。但那可不是燧人氏，而是隨意放火的莫名其妙的東西。

自從燧人氏發見，或者發明了火以來，能夠很有味的吃火鍋，點起燈來，夜裡也可以工作了，但是，真如先哲之所謂「有一利必有一弊」罷，同時也開始了火災，故意點上火，燒掉那有巢氏所發明的巢的了不起的人物也出現了。

和善的燧人氏是該被忘卻的。即使傷了食，這回是屬於神農氏的領域了，所以那神農氏，至今還被人們所記得。至於火災，雖然不知道那發明家究竟是什麼人，但祖師總歸是有的，於是沒有法，只好漫稱之曰火神，而獻以敬畏。看他的畫像，是紅面孔，紅鬍鬚，不過祭祀的時候，卻須避去一切紅色的東西，而代之以綠色。

1. 通譯普羅米修斯。

他大約像西班牙的牛一樣，一看見紅色，便會亢奮起來，做出一種可怕的行動的。

他因此受著崇祀。在中國，這樣的惡神還很多。

然而，在人世間，倒似乎因了他們而熱鬧。賽會也只有火神的，燧人氏的卻沒有。倘有火災，則被災的和鄰近的沒有被災的人們，都要祭火神，以表感謝之意。被了災還要來表感謝之意，雖然未免有些出於意外，但若不祭，據說是第二回還會燒，所以還是感謝了的安全。而且也不但對於火神，就是對於人，有時也一樣的這麼辦，我想，大約也是禮儀的一種罷。

其實，放火，是很可怕的，然而比起燒飯來，卻也許更有趣。外國的事情我不知道，若在中國，則無論查檢怎樣的歷史，總尋不出燒飯和點燈的人們的列傳來。在社會上，即使怎樣的善於燒飯，善於點燈，也毫沒有成為名人的希望。然而秦始皇一燒書，至今還儼然做著名人，至於引為希特拉[2]燒書事件的先例。假使希特拉太太善於開電燈，烤麵包罷，那麼，要在歷史上尋一點先例，恐怕可就難了。但是，幸而那樣的事，是不會哄動一世的。

燒掉房子的事，據宋人的筆記說，是開始於蒙古人的。因為他們住著帳篷，不知道住房子，所以就一路的放火。然而，這是誑話。蒙古人中，懂得漢文的很少，

2. 希特拉（Adolf Hitler,1889—1945），通譯希特勒，德國納粹黨領袖。

所以不來更正的。其實，秦的末年就有著放火的名人項羽在，一燒阿房宮，便天下聞名，至今還會在戲台上出現，連在日本也很有名。然而，在未燒以前的阿房宮裡每天點燈的人們，又有誰知道他們的名姓呢？

現在是爆裂彈呀，燒夷彈呀之類的東西已經做出，加以飛機也很進步，如果要做名人，就更加容易了。而且如果放火比先前放得大，那麼，那人就也更加受尊敬，從遠處看去，恰如救世主一樣，而那火光，便令人以為是光明。

貳、關於中國的王道

在前年，曾經拜讀過中里介山氏[3]的大作《給支那及支那國民的信》[4]。只記得那裡面說，周漢都有著侵略者的資質。而支那人都謳歌他，歡迎他了。連對於朔北的元和清，也加以謳歌了。只要那侵略，有著安定國家之力，保護民生之實，那便是支那人民所渴望的王道，於是對於支那人的執迷不悟之點，憤慨得非常。

那「信」，在滿洲出版的雜誌上，是被譯載了的，但因為未曾輸入中國，所以像是回信的東西，至今一篇也沒有見。只在去年的上海報上所載的胡適博士的談話裡，有的說，「只有一個方法可以征服中國，即徹底停止侵略，反過來征服中國民

3. 日本通俗小說家，著有歷史小說《大菩薩峠》。
4. 1931 年由日本春陽堂出版。

族的心。」不消說，那不過是偶然的，但也有些令人覺得好像是對於那信的答覆。

征服中國民族的心，這是胡適博士給中國之所謂王道所下的定義，然而我想，他自己恐怕也未必相信自己的話的罷。在中國，其實是徹底的未曾有過王道，「有歷史癖和考據癖」的胡博士，該是不至於不知道的。

不錯，中國也有過謳歌了元和清的人們，但那是感謝火神之類，並非連心也全被征服了的證據。如果給與一個暗示，說是倘不謳歌，便將更加虐待，那麼，即使加以或一程度的虐待，也還可以使人們來謳歌。四五年前，我曾經加盟於一個要求自由的團體，而那時的上海教育局長陳德征氏勃然大怒道，在三民主義的統治之下，還覺得不滿麼？那可連現在所給與著的一點自由也要收起了。而且，真的是收起了的。每當感到比先前更不自由的時候，我一面佩服著陳氏的精通王道的學識，一面有時也不免想，真該是謳歌三民主義的。然而，現在是已經太晚了。

在中國的王道，看去雖然好像是和霸道對立的東西，其實卻是兄弟，這之前和之後，一定要有霸道跑來的。人民之所謳歌，就為了希望霸道的減輕，或者不更加重的緣故。

漢的高祖，據歷史家說，是龍種，但其實是無賴出身，說是侵略者，恐怕有些不對的。至於周的武王，則以征伐之名入中國，加以和殷似乎連民族也不同，用現代的話來說，那可是侵略者。然而那時的民眾的聲音，現在已經沒有留存了。孔子和孟子確曾大大的宣傳過那王道，但先生們不但是周朝的臣民而已，並且周遊歷國，有所活動，所以恐怕是為了想做官也難說。說得好看一點，就是因為要「行道」，倘做了官，於行道就較為便當，而要做官，則不如稱讚周朝之為便當的。然而，看起別的記載來，卻雖是那王道的祖師而且專家的周朝，當討伐之初，也有伯夷和叔齊扣馬而諫，非拖開不可；紂的軍隊也加反抗，非使他們的血流到漂杵不可。接著是殷民又造了反，雖然特別稱之曰「頑民」，從王道天下的人民中除開，但總之，似乎究竟有了一種什麼破綻似的。好個王道，只消一個頑民，便將它弄得毫無根據了。

儒士和方士，是中國特產的名物。方士的最高理想是仙道，儒士的便是王道。但可惜的是這兩件在中國終於都沒有。據長久的歷史上的事實所證明，則倘說先前曾有真的王道者，是妄言，說現在還有者，是新藥。孟子生於周季，所以以談霸道為羞，倘使生於今日，則跟著人類的智識範圍的展開，怕要羞談王道的罷。

參、關於中國的監獄

我想，人們是的確由事實而從新省悟，而事情又由此發生變化的。從宋朝到清朝的末年，許多年間，專以代聖賢立言的「制藝」[5]這一種煩難的文章取士，到得和法國打了敗仗，這才省悟了這方法的錯誤。於是派留學生到西洋，開設兵器製造局，作為那改正的手段。省悟到這還不夠，是在和日本打了敗仗之後，這回是竭力開起學校來。於是學生們年年大鬧了。從清朝倒掉，國民黨掌握政權的時候起，才又省悟了這錯誤，作為那改正的手段的，是除了大造監獄之外，什麼也沒有了。

在中國，國粹式的監獄，是早已各處都有的，到清末，就也造了一點西洋式，即所謂文明式的監獄。那是為了示給旅行到此的外國人而建造，應該與為了和外國人好互相應酬，特地派出去，學些文明人的禮節的留學生，屬於同一種類的。托了這福，犯人的待遇也還好，給洗澡，也給一定分量的飯吃，所以倒是頗為幸福的地方。但是，就在兩三禮拜前，政府因為要行仁政了，還發過一個不准剋扣囚糧的命令。從此以後，可更加幸福了。

至於舊式的監獄，則因為好像是取法於佛教的地獄的，所以不但禁錮犯人，此外還有給他吃苦的職掌。擠取金錢，使犯人的家屬窮到透頂的職掌，有時也會兼帶

5. 又稱制義，明、清兩代科舉考試時摘取「四書」、「五經」內文句作為命題與立論的八股文體。

的。但大家都以為應該。如果有誰反對罷，那就等於替犯人說話，便要受惡黨的嫌疑。然而文明是出奇的進步了，所以去年也有了提倡每年該放犯人回家一趟，給以解決性慾的機會的，頗是人道主義氣味之說的官吏。其實，他也並非對於犯人的性慾，特別表著同情，不過因為總不愁竟會實行的，所以也就高聲嚷一下，以見自己的作為官吏的存在。然而輿論頗為沸騰了。有一位批評家，還以為這麼一來，大家便要不怕牢監，高高興興的進去了，很為世道人心憤慨了一下。受了所謂聖賢之教那麼久，竟還沒有那位官吏的圓滑，固然也令人覺得誠實可靠，然而他的意見，是以為對於犯人，非加虐待不可，卻也因此可見了。

從別一條路想，監獄確也並非沒有不像以「安全第一」為標語的人們的理想鄉的地方。火災極少，偷兒不來，土匪也一定不來搶。即使打仗，也決沒有以監獄為目標，施行轟炸的傻子；即使革命，有釋放囚犯的例，而加以屠戮的是沒有的。當福建獨立之初，雖有說是釋放犯人，而一到外面，和他們自己意見不同的人們倒反而失蹤了的謠言，然而這樣的例子，以前是未曾有過的。總而言之，似乎也並非很壞的處所。只要准帶家眷，則即使不是現在似的大水，饑荒，戰爭，恐怖的時候，請求搬進去住的人們，也未必一定沒有的。於是虐待就成為必不可少了。

牛蘭[6]夫婦，作為赤化宣傳者而關在南京的監獄裡，也絕食了三四回了，可是什麼效力也沒有。這是因為他不知道中國的監獄的精神的緣故。有一位官員詫異的說過：他自己不吃，和別人有什麼關係呢？豈但和仁政並無關係而已呢，省些食料，倒是於監獄有益的。甘地的把戲，倘不挑選興行場[7]，就毫無成效了。

然而，在這樣的近於完美的監獄裡，卻還剩著一種缺點。至今為止，對於思想上的事，都沒有很留心。為要彌補這缺點，是在近來新發明的叫作「反省院」的特種監獄裡，施著教育。我還沒有到那裡面去反省過，所以並不知道詳情，但要而言之，好像是將三民主義時時講給犯人聽，使他反省著自己的錯誤。聽人說，此外還得做排擊共產主義的論文。如果不肯做，或者不能做，那自然，非終身反省不可了，而做得不夠格，也還是非反省到死則不可。現在是進去的也有，出來的也有，因為聽說還得添造反省院，可見還是進去的多了。考完放出的良民，偶爾也可以遇見，但彷彿大抵是萎靡不振，恐怕是在反省和畢業論文上，將力氣使盡了罷。那前途，是在沒有希望這一面的。

6. 蘇聯契卡（克格勃前身）工作人員。本名雅科夫·馬特維耶維奇·盧尼克，1927年11月受共產國際派遣至中國進行祕密活動，負責中國聯絡站的工作。其中一個在中國的公開身分為「泛太平洋產業同盟」上海辦事處秘書。牛蘭是他在中國所使用的化名之一。1931年6月15日受到共產國際信使約瑟夫於新加玻被捕的牽連，牛蘭夫婦在上海公共租界被英國巡捕拘捕，8月14日由中國引渡押解至南京。牛蘭夫婦於獄中進行多次絕食抗爭，宋慶齡等人曾赴監獄探視並組織營救。1937年8月日軍砲轟南京時逃出監獄，並於1939年回到蘇聯。

7. 日語，即戲場。

忽然想到

壹

做《內經》[1]的不知道究竟是誰。對於人的肌肉，他確是看過，但似乎單是剝了皮略略一觀，沒有細考校，所以亂成一片，說是凡有肌肉都發源於手指和足趾。宋的《洗冤錄》說人骨，竟至於謂男女骨數不同；老仵作之談，也有不少胡說。然而直到現在，前者還是醫家的寶典，後者還是檢驗的南針：這可以算得天下奇事之一。

牙痛在中國不知發端於何人？相傳古人壯健，堯舜時代蓋未必有；現在假定為起於二千年前罷。我幼時曾經牙痛，歷試諸方，只有用細辛[2]者稍有效，但也不過麻痺片刻，不是對症藥。至於拔牙的所謂「離骨散」，乃是理想之談，實際上並沒有。西法的牙醫一到，這才根本解決了；但在中國人手裡一再傳，又每每只學得鑲補而忘了去腐殺菌，仍復漸漸地靠不住起來。牙痛了二千年，敷敷衍衍的不想一個好方法，別人想出來了，卻又不肯好好地學：這大約也可以算得天下奇事之二罷。

康聖人[3]主張跪拜，以為「否則要此膝何用」。走時的腿的動作，固然不易於

1. 即《黃帝內經》。
2. 多年生草本植物，中醫以全草入藥。性溫味辛，有鎮痛作用。
3. 即康有為，清末維新運動的領袖。

看得分明，但忘記了坐在椅子上的時候的膝的曲直，則不可謂非聖人之疏於格物也。身中間脖頸最細，古人則於此斫之，臀肉最肥，古人則於此打之，其格物都比康聖人精到，後人之愛不忍釋，實非無因。所以僻縣尚打小板子，去年北京戒嚴時亦嘗試恢復殺頭，雖延國焠於一脈乎。而亦不可謂非天下奇事之三也！

一月十五日

貳

校著《苦悶的象徵》[4]的排印樣本時，想到一些瑣事——

我於書的形式上有一種偏見，就是在書的開頭和每個題目前後，總喜歡留些空白，所以付印的時候，一定明白地注明。但待排出寄來，卻大抵一篇一篇擠得很緊，並不依所注的辦。查看別的書，也一樣，多是行行擠得極緊的。

較好的中國書和西洋書，每本前後總有一兩張空白的副頁，上下天地頭也很寬。而近來中國的排印的新書則大抵沒有副頁，天地頭又都很短，想要寫上一點意見或別的什麼，也無天地可容，翻開書來，滿本是密密層層的黑字；加以油臭撲鼻，使人發生一種壓迫和窘促之感，不特很少「讀書之樂」，且覺得彷彿人聲已沒有「餘

4. 日本廚川白村所著的文藝論文集。

裕」，「不留餘地」了。

或者也許以這樣的為質樸罷。但質樸是開始的「陋」，精力瀰滿，不惜物力的。現在的確是復歸於陋，而質樸的精神已失，所以只能算窳敗，算墮落，也就是常談之所謂「因陋就簡」。在這樣「不留餘地」空氣的圍繞裡，人們的精神大抵要被擠小的。

外國的平易地講述學術文藝的書，往往夾雜些閒話或笑談，使文章增添活氣，讀者感到格外的興趣，不易於疲倦。但中國的有些譯本，卻將這些刪去，單留下艱難的講學語。使他復近於教科書。這正如折花者，除盡枝葉，單留花朵，折花固然是折花，然而花枝的活氣卻滅盡了。人們到了失去餘裕心，或不自覺地滿抱了不留餘地心時，這民族的將來恐怕就可慮。上述的那兩樣，固然是比牛毛孩細小的事，但究竟是時代精神表現之一端，所以也可以類推到別樣。例如現在器具之輕薄草率（世間誤以為靈便），建築之偷工減料，辦事之敷衍一時，不要「好看」，不想「持久」，就都是出於同一病源的。即再用這來類推更大的事，我以為也行。

一月十七日

叁

我想，我的神經也許有些瞀亂了。否則，那就可怕。

我覺得彷彿久沒有所謂中華民國。

我覺得革命以前，我是做奴隸；革命以後不多久，就受了奴隸的騙，變成他們的奴隸了。

我覺得有許多民國國民而是民國的敵人。

我覺得有許多民國國民很像住在德法等國裡的猶太人，他們的意中別有一個國度。

我覺得許多烈士的血都被人們踏滅了，然而又不是故意的。

我覺得什麼都要從新做過。

退一萬步說罷，我希望有人好好地做一部民國的建國史給少年看，因為我覺得民國的來源，實在已經失傳了，雖然還只有十四年！

二月十二日

肆

先前，聽到二十四史不過是「相斫書」，是「獨夫的家譜」[5]一類的話，便以為誠然。後來自己看起來，明白了：何嘗如此。

5. 梁啟超於《中國史界革命案》中曾說：「二十四史非史也，二十四姓之家譜而已。」

歷史上都寫著中國的靈魂，指示著將來的命運，只因為塗飾太厚，廢話太多，所以很不容易察出底細來。正如通過密葉投射在莓苔上面的月光，只看見點點的碎影。但如看野史和雜記，可更容易了然了，因為他們究竟不必太擺史官的架子。

秦漢遠了，和現在的情形相差已多，且不道。元人著作寥寥。至於唐宋明的雜史之類，則現在多有。試將記五代，南宋，明末的事情的，和現今的狀況一比較，就當驚心動魄於何其相似之甚，彷彿時間的流駛，獨與我們中國無關。現在的中華民國也還是五代，是宋末，是明季。

以明末例現在，則中國的情形還可以更腐敗，更破爛，更凶酷，更殘虐，現在還不算達到極點。但明末的腐敗破爛也還未達到極點，因為李自成，張獻忠鬧起來了。而張李的凶酷殘虐也還未達到極點，因為滿洲兵進來了。

難道所謂國民性者，真是這樣地難於改變的麼？倘如此，將來的命運便大略可想了，也還是一句爛熟的話：古已有之。

伶俐人實在伶俐，所以，決不攻難古人，搖動古例的。古人做過的事，無論什麼，今人也都會做出來。而辯護古人，也就是辯護自己。況且我們是神州華冑，敢不「繩其祖武」[6]麼？

幸而誰也不敢十分決定說：國民性是決不會改變的。在這「不可知」中，雖可

6.《詩經・大雅・下武》：「昭茲來許，繩其武。」

有破例——即其情形為從來所未有——的滅亡的恐怖，也可以有破例的復生的希望，這或者可作改革者的一點慰藉罷。

但這一點慰藉，也會勾消在許多自詡古文明者流的筆上，淹死在許多誣告新文明者流的嘴上，撲滅在許多假冒新文明者流的言動上，因為相似的老例，也是「古已有之」的。

其實這些人是一類，都是伶俐人，也都明白，中國雖完，自己的精神是不會苦的，——因為都能變出合式的態度來。倘有不信，請看清朝的漢人所做的頌揚武功的文章去，開口「大兵」，閉口「我軍」，你能料得到被這「大兵」「我軍」所敗的就是漢人的麼？你將以為漢人帶了兵將別的一種什麼野蠻腐敗民族殲滅了。

然而這一流人是永遠勝利的，大約也將永久存在。在中國，惟他們最適於生存，而他們生存著的時候，中國便永遠免不掉反 忽然想到復著先前的運命。

「地大物博，人口眾多」，用了這許多好材料，難道竟不過老是演一出輪回把戲而已麼？

二月十六日

論「費厄潑賴」應該緩行

壹、解題

《語絲》五七期上語堂先生曾經講起「費厄潑賴」（fair play）[1]，以為此種精神在中國最不易得，我們只好努力鼓勵；又謂不「打落水狗」，即足以補充「費厄潑賴」的意義。我不懂英文，因此也不明這字的函義究竟怎樣，如果不「打落水狗」也即這種精神之一體，則我卻很想有所議論。但題目上不直書「打落水狗」者，乃為回避觸目起見，即並不一定要在頭上強裝「義角」之意。總而言之，不過說是「落水狗」未始不可打，或者簡直應該打而已。

貳、論「落水狗」有三種，大都在可打之列

今之論者，常將「打死老虎」與「打落水狗」相提並論，以為都近於卑怯。我以為「打死老虎」者，裝怯作勇，頗含滑稽，雖然不免有卑怯之嫌，卻怯得令人可愛。至於「打落水狗」，則並不如此簡單，當看狗之怎樣，以及如何落水而定。考落水

1. 英語 fair play 的音譯，原為體育賽事或競技比賽中使用的術語，表示不使用不正當的手段，光明正大、公平競爭的比賽。

原因，大概可有三種：（1）狗自己失足落水者，（2）別人打落者，（3）親自打落者。倘遇前二種，便即附和去打，自然過於無聊，或者竟近於卑怯；但若與狗奮戰，親手打其落水，則雖用竹竿又在水中從而痛打之，似乎也非已甚，不得與前二者同論。

聽說剛勇的拳師，決不再打那已經倒地的敵手，這實足使我們奉為楷模。但我以為尚須附加一事，即敵手也須是剛勇的鬥士，一敗之後，或自愧自悔而不再來，或尚須堂皇地來相報復，

那當然都無不可。而於狗，卻不能引此為例，與對等的敵手齊觀，因為無論牠怎樣狂嗥，其實並不解什麼「道義」；況且狗是能浮水的，一定仍要爬到岸上，倘不注意，牠先就聳身一搖，將水點灑得人們一身一臉，於是夾著尾巴逃走了。但後來性情還是如此。老實人將牠的落水認作受洗，以為必已懺悔，不再出而咬人，實在是大錯而特錯的事。

總之，倘是咬人之狗，我覺得都在可打之列，無論牠在岸上或在水中。

參、論叭兒狗尤非打落水裡，又從而打之不可

叭兒狗一名哈吧狗，南方卻稱為西洋狗了，但是，聽說倒是中國的特產，在萬

國賽狗會裡常常得到金獎牌，《大不列顛百科全書》的狗照相上，就很有幾匹是咱們中國的叭兒狗。這也是一種國光。但是，狗和貓不是仇敵麼？牠卻雖然是狗，又很像貓，折中，公允，調和，平正之狀可掬，悠悠然擺出別個無不偏激，惟獨自己得了「中庸之道」似的臉來。因此也就為闊人，太監，太太，小姐們所鍾愛，種子綿綿不絕。牠的事業，只是以伶俐的皮毛獲得貴人豢養，或者中外的娘兒們上街的時候，脖子上拴了細鏈子跟在腳後跟。

這些就應該先行打牠落水，又從而打之；如果牠自墜入水，其實也不妨又從而打之，但若是自己過於要好，自然不打亦可，然而也不必為之歎息。叭兒狗如可寬容，別的狗也大可不必打了，因為牠們雖然非常勢利，但究竟還有些像狼，帶著野性，不至於如此騎牆。

以上是順便說及的話，似乎和本題沒有大關係。

肆、論不「打落水狗」是誤人子弟的

總之，落水狗的是否該打，第一是在看牠爬上岸了之後的態度。

狗性總不大會改變的，假使一萬年之後，或者也許要和現在不同，但我現在要說的是現在。如果以為落水之後，十分可憐，則害人的動物，可憐者正多，便是霍亂病菌，雖然生殖得快，那性格卻何等地老實。然而醫生是決不肯放過它的。

現在的官僚和土紳士或洋紳士，只要不合自意的，便說是赤化，是共產；民國元年以前稍不同，先是說康黨[2]，後是說革黨，甚至於到官裡去告密，一面固然在保全自己的尊榮，但也未始沒有那時所謂「以人血染紅頂子」之意。可是革命終於起來了，一群臭架子的紳士們，便立刻皇皇然若喪家之狗，將小辮子盤在頭頂上。革命黨也一派新氣，——紳士們先前所深惡痛絕的新氣，「文明」得可以；說是「咸與維新」了，我們是不打落水狗的，聽憑牠們爬上來罷。於是牠們爬上來了，伏到民國二年下半年，二次革命的時候，就突出來幫著袁世凱咬死了許多革命人，中國又一天一天沉入黑暗裡，一直到現在，遺老不必說，連遺少也還是那麼多。這就因為先烈的好心，對於鬼蜮的慈悲，使牠們繁殖起來，而此後的明白青年，為反抗黑暗計，也就要花費更多更多的氣力和生命。

秋瑾女士，就是死於告密的，革命後暫時稱為「女俠」，現在是不大聽見有人提起了。革命一起，她的故鄉就到了一個都督，——等於現在之所謂督軍，——也是她的同志：王金發。他捉住了殺害她的謀主，調集了告密的案卷，要為她報仇。然而終於將那謀主釋放了，據說是因為已經成了民國，大家不應該再修舊怨罷。但等到二次革命失敗後，王金發卻被袁世凱的走狗槍決了，與有力的是他所釋放的殺

2. 指曾經參加和贊成康有為等人發動的戊戌變法的維新派人士。

過秋瑾的謀主。

這人現在也已「壽終正寢」了，但在那裡繼續跋扈出沒著的也還是這一流人，所以秋瑾的故鄉也還是那樣的故鄉，年復一年，絲毫沒有長進。從這一點看起來，生長在可為中國模範的名城裡的楊蔭榆女士和陳西瀅先生，真是洪福齊天。

伍、論塌台人物不當與「落水狗」相提並論

「犯而不校」是恕道，「以眼還眼以牙還牙」是直道。中國最多的卻是枉道：不打落水狗，反被狗咬了。但是，這其實是老實人自己討苦吃。

俗語說：「忠厚是無用的別名」，也許太刻薄一點罷，但仔細想來，卻也覺得並非唆人作惡之談，乃是歸納了許多苦楚的經歷之後的警句。譬如不打落水狗說，其成因大概有二：一是無力打；二是比例錯。前者且勿論；後者的大錯就又有二：一是誤將塌台人物和落水狗齊觀，二是不辨塌台人物又有好有壞，於是視同一律，結果反成為縱惡。即以現在而論，因為政局的不安定，真是此起彼伏如轉輪，壞人靠著冰山，恣行無忌，一旦失足，忽而乞憐，而曾經親見，或親受其噬齧的老實人，乃忽以「落水狗」視之，不但不打，甚至於還有哀矜之意，自以為公理已伸，俠義這時正在我這裡。殊不知牠何嘗真是落水，巢窟是早已造好的了，食料是早經儲足

的了，並且都在租界裡。雖然有時似乎受傷，其實並不，至多不過是假裝跛腳，聊以引起人們的惻隱之心，可以從容避匿罷了。他日復來，仍舊先咬老實人開手，「投石下井」，無所不為，尋起原因來，一部分就正因為老實人不「打落水狗」之故。所以，要是說得苛刻一點，也就是自家掘坑自家埋，怨天尤人，全是錯誤的。

陸、論現在還不能一味「費厄」

仁人們或者要問：那麼，我們竟不要「費厄潑賴」麼？我可以立刻回答：當然是要的，然而尚早。這就是「請君入甕」法。

雖然仁人們未必肯用，但我還可以言之成理。土紳士或洋紳士們不是常常說，中國自有特別國情，外國的平等自由等等，不能適用麼？我以為這「費厄潑賴」也是其一。否則，他對你不「費厄」，你卻對他去「費厄」，結果總是自己吃虧，不但要「費厄」而不可得，並且連要不「費厄」而亦不可得。所以要「費厄」，最好是首先看清對手，倘是些不配承受「費厄」的，大可以老實不客氣；待到它也「費厄」了，然後再與它講「費厄」不遲。

這似乎很有主張二重道德之嫌，但是也出於不得已，因為倘不如此，中國將不能有較好的路。中國現在有許多二重道德，主與奴，男與女，都有不同的道德，還沒有劃一。要是對「落水狗」和「落水人」獨獨一視同仁，實在未免太偏，太早，正如紳士們之所謂自由平等並非不好，在中國卻微嫌太早一樣。所以倘有人要普遍施行「費厄潑賴」精神，我以為至少須俟所謂「落水狗」者帶有人氣之後。但現在自然也非絕不可行，就是，有如上文所說：要看清對手。而且還要有等差，即「費厄」必視對手之如何而施，無論其怎樣落水，為人也則幫之，為狗也則不管之，為壞狗也則打之。一言以蔽之：「黨同伐異」而已矣。

滿心「婆理」而滿口「公理」的紳士們的名言暫且置之不論不議之列，即使真心人所大叫的公理，在現今的中國，也還不能救助好人，甚至於反而保護壞人。因為當壞人得志，虐待好人的時候，即使有人大叫公理，他決不聽從，叫喊僅止於叫喊，好人仍然受苦。然而偶有一時，好人或稍稍蹶起，則壞人本該落水了，可是，真心的公理論者又「勿報復」呀，「仁恕」呀，「勿以惡抗惡」呀……的大嚷起來。這一次卻發生實效，並非空嚷了：好人正以為然，而壞人於是得救。但他得救之後，無非以為占了便宜，何嘗改悔；並且因為是早已營就三窟，又善於鑽謀的，所以不多時，也就依然聲勢赫奕，作惡又如先前一樣。這時候，公理論者自然又要大叫，但這回他卻不聽你了。

但是，「疾惡太嚴」，「操之過急」，漢的清流和明的東林，卻正以這一點傾敗，論者也常常這樣責備他們。殊不知那一面，何嘗不「疾善如仇」呢？人們卻不說一句話。假使此後光明和黑暗還不能作徹底的戰鬥，老實人誤將縱惡當作寬容，一味姑息下去，則現在似的混沌狀態，是可以無窮無盡的。

柒、論「即以其人之道還治其人之身」

中國人或信中醫或信西醫，現在較大的城市中往往並有兩種醫，使他們各得其所。我以為這確是極好的事。倘能推而廣之，怨聲一定還要少得多，或者天下竟可以臻於郅治。例如民國的通禮是鞠躬，但若有人以為不對的，就獨使他磕頭。民國的法律是沒有笞刑的，倘有人以為肉刑好，則這人犯罪時就特別打屁股。碗筷飯菜，是為今人而設的，有願為燧人氏以前之民者，就請他吃生肉；再造幾千間茅屋，將在大宅子裡仰慕堯舜的高士都拉出來，給住在那裡面；反對物質文明的，自然更應該不使他銜冤坐汽車。這樣一辦，真所謂「求仁得仁又何怨」，我們的耳根也就可以清淨許多罷。

但可惜大家總不肯這樣辦，偏要以己律人，所以天下就多事。「費厄潑賴」尤其有流弊，甚至於可以變成弱點，反給惡勢力占便宜。例如劉百昭毆曳女師大學生[3]，《現代評論》上連屁也不放，一到女師大恢復，陳西瀅鼓動女大學生占據校舍時，卻道「要是她們不肯走便怎樣呢？你們總不好意思用強力把她們的東西搬走了罷？」[4]毆而且拉，而且搬，是有劉百昭的先例的，何以這一回獨獨「不好意思」？這就因為給他嗅到了女師大這一面有些「費厄」氣味之故。但這「費厄」卻又變成弱點，反而給人利用了來替章士釗的「遺澤」保鑣。

捌、結末

或者要疑我上文所言，會激起新舊，或什麼兩派之爭，使惡感更深，或相持更烈罷。但我敢斷言，反改革者對於改革者的毒害，向來就並未放鬆過，手段的厲害也已經無以復加了。只有改革者卻還在睡夢裡，總是吃虧，因而中國也總是沒有改革，自此以後，是應該改換些態度和方法的。

一九二五年十二月二十九日

3. 1925年8月，章士釗解散女師大，另立國立女子大學，派劉百昭前往籌辦，劉於22日雇用女僕、打手毆打女師大學生，並將她們強拉出校。
4. 1925年11月，女師大學生鬥爭勝利，宣告復校。

論雷峰塔的倒掉

聽說，杭州西湖上的雷峰塔倒掉了，聽說而已，我沒有親見。但我卻見過未倒的雷峰塔，破破爛爛的映掩於湖光山色之間，落山的太陽照著這些四近的地方，就是「雷峰夕照」，西湖十景之一。「雷峰夕照」的真景我也見過，並不見佳，我以為。

然而一切西湖勝蹟的名目之中，我知道得最早的卻是這雷峰塔。我的祖母曾經常常對我說，白蛇娘娘就被壓在這塔底下。有個叫作許仙的人救了兩條蛇，一青一白，後來白蛇便化作女人來報恩，嫁給許仙了；青蛇化作丫鬟，也跟著。一個和尚，法海禪師，得道的禪師，看見許仙臉上有妖氣，——凡討妖怪做老婆的人，臉上就有妖氣的，但只有非凡的人才看得出，——便將他藏在金山寺的法座後，白蛇娘娘來尋夫，於是就「水滿金山」。我的祖母講起來還要有趣得多，大約是出於一部彈詞叫作《義妖傳》裡的，但我沒有看過這部書，所以也不知道「許仙」「法海」究竟是否這樣寫。總而言之，白蛇娘娘終於中了法海的計策，被裝在一個小小的缽盂裡了。缽盂埋在地裡，上面還造起一座鎮壓的塔來，這就是雷峰塔。此後似乎事情還很多，如「白狀元祭塔」之類，但我現在都忘記了。

那時我惟一的希望，就在這雷峰塔的倒掉。後來我長大了，到杭州，看見這破爛爛的塔，心裡就不舒服。後來我看看書，說杭州人又叫這塔作保叔塔，其實應該寫作「保俶塔」，是錢王的兒子造的。那麼，裡面當然沒有白蛇娘娘了，然而我心裡仍然不舒服，仍然希望他倒掉。

現在，他居然倒掉了，則普天之下的人民，其欣喜為何如？

這是有事實可證的。試到吳越的山間海濱，探聽民意去。凡有田夫野老，蠶婦村氓，除了幾個腦髓裡有點貴恙的之外，可有誰不為白娘娘抱不平，不怪法海太多事的？

和尚本應該只管自己念經。白蛇自迷許仙，許仙自娶妖怪，和別人有什麼相干呢？他偏要放下經卷，橫來招是搬非，大約是懷著嫉妒罷，——那簡直是一定的。

聽說，後來玉皇大帝也就怪法海多事，以至荼毒生靈，想要拿辦他了。他逃來逃去，終於逃在蟹殼裡避禍，不敢再出來，到現在還如此。我對於玉皇大帝所做的事，腹誹的非常多，獨於這一件卻很滿意，因為「水滿金山」一案，的確應該由法海負責；他實在辦得很不錯的。只可惜我那時沒有打聽這話的出處，或者不在《義妖傳》中，卻是民間的傳說罷。

秋高稻熟時節，吳越間所多的是螃蟹，煮到通紅之後，無論取那一隻，揭開背殼來，裡面就有黃，有膏；倘是雌的，就有石榴子一般鮮紅的子。先將這些吃完，即一定露出一個圓錐形的薄膜，再用小刀小心地沿著錐底切下，取出，翻轉，使裡面向外，只要不破，便變成一個羅漢模樣的東西，有頭臉，身子，是坐著的，我們那裡的小孩子都稱他「蟹和尚」，就是躲在裡面避難的法海。

當初，白蛇娘娘壓在塔底下，法海禪師躲在蟹殼裡。現在卻只有這位老禪師獨自靜坐了，非到螃蟹斷種的那一天為止出不來。莫非他造塔的時候，竟沒有想到塔是終究要倒的麼？

活該。

一九二四年十月二十八日

中國人失掉自信力了嗎

從公開的文字上看起來：兩年以前，我們總自誇著「地大物博」，是事實；不久就不再自誇了，只希望著國聯[1]，也是事實；現在是既不誇自己，也不信國聯，改為一味求神拜佛，懷古傷今了——卻也是事實。

於是有人慨歎曰：中國人失掉自信力了。

如果單據這一點現象而論，自信其實是早就失掉了的。先前信「地」，信「物」，後來信「國聯」，都沒有相信過「自己」。假使這也算一種「信」，那也只能說中國人曾經有過「他信力」，自從對國聯失望之後，便把這他信力都失掉了。

失掉了他信力，就會疑，一個轉身，也許能夠只相信了自己，倒是一條新生路，但不幸的是逐漸玄虛起來了。信「地」和「物」，還是切實的東西，國聯就渺茫，不過這還可以令人不久就省悟到依賴它的不可靠。一到求神拜佛，可就玄虛之至了，有益或是有害，一時就找不出分明的結果來，它可以令人更長久的麻醉著自己。

中國人現在是在發展著「自欺力」。

1. 「國際聯盟」的簡稱，第一次世界大戰後於1920年成立的國際政府組織。

「自欺」也並非現在的新東西，現在只不過日見其明顯，籠罩了一切罷了。然而，在這籠罩之下，我們有並不失掉自信力的中國人在。

我們從古以來，就有埋頭苦幹的人，有拚命硬幹的人，有為民請命的人，有捨身求法的人，……雖是等於為帝王將相作家譜的所謂「正史」，也往往掩不住他們的光耀，這就是中國的脊梁。

這一類的人們，就是現在也何嘗少呢？他們有確信，不自欺；他們在前仆後繼的戰鬥，不過一面總在被摧殘，被抹殺，消滅於黑暗中，不能為大家所知道罷了。說中國人失掉了自信力，用以指一部分人則可，倘若加於全體，那簡直是誣衊。

要論中國人，必須不被搽在表面的自欺欺人的脂粉所誆騙，卻看看他的筋骨和脊梁。自信力的有無，狀元宰相的文章是不足為據的，要自己去看地底下。

九月二十五日

上海的兒童

上海越界築路[1]的北四川路一帶，因為打仗，去年冷落了大半年，今年依然熱鬧了，店鋪從法租界搬回，電影院早經開始，公園左近也常見攜手同行的愛侶，這是去年夏天所沒有的。

倘若走進住家的弄堂裡去，就看見便溺器，吃食擔，蒼蠅成群的在飛，孩子成隊的在鬧，有劇烈的搗亂，有發達的罵詈，真是一個亂烘烘的小世界。但一到大路上，映進眼簾來的卻只是軒昂活潑地玩著走著的外國孩子，中國的兒童幾乎看不見了。但也並非沒有，只因為衣褲郎當，精神萎靡，被別人壓得像影子一樣，不能醒目了。

中國中流的家庭，教孩子大抵只有兩種法。其一，是任其跋扈，一點也不管，罵人固可，打人亦無不可，在門內或門前是暴主，是霸王，但到外面，便如失了網的蜘蛛一般，立刻毫無能力。其二，是終日給以冷遇或呵斥，甚而至於打撲，使他畏葸退縮，彷彿一個奴才，一個傀儡，然而父母卻美其名曰「聽話」，自以為是教

1. 當時是海租界當局越出租界範圍以外修築馬路。

育的成功，待到放他到外面來，則如暫出樊籠的小禽，他決不會飛鳴，也不會跳躍。

現在總算中國也有印給兒童看的畫本了，其中的主角自然是兒童，然而畫中人物，大抵倘不是帶著橫暴冥頑的氣味，甚而至於流氓模樣的，過度的惡作劇的頑童，就是鉤頭聳背，低眉順眼，一副死板板的臉相的所謂「好孩子」。這雖然由於畫家本領的欠缺，但也是取兒童為範本的，而從此又以作供給兒童仿效的範本。我們試一看別國的兒童畫罷，英國沉著，德國粗豪，俄國雄厚，法國漂亮，日本聰明，都沒有一點中國似的衰憊的氣象。觀民風是不但可以由詩文，也可以由圖畫，而且可以由不為人們所重的兒童畫的。

頑劣，鈍滯，都足以使人沒落，滅亡。童年的情形，便是將來的命運。我們的新人物，講戀愛，講小家庭，講自立，講享樂了，但很少有人為兒女提出家庭教育的問題，學校教育的問題，社會改革的問題。先前的人，只知道「為兒孫作馬牛」，固然是錯誤的，但只顧現在，不想將來，「任兒孫作馬牛」，卻不能不說是一個更大的錯誤。

八月十二日

從孩子的照相說起

因為長久沒有小孩子，曾有人說，這是我做人不好的報應，要絕種的。房東太太討厭我的時候，就不准她的孩子們到我這裡玩，叫作「給他冷清冷清，冷清得他要死！」但是，現在卻有了一個孩子，雖然能不能養大也很難說，然而目下總算已經頗能說些話，發表他自己的意見了。不過不會說還好，一會說，就使我覺得他彷彿也是我的敵人。

他有時對於我很不滿，有一回，當面對我說，「我做起爸爸來，還要好……」甚而至於頗近於「反動」，曾經給我一個嚴厲的批評道：「這種爸爸，什麼爸爸！？」

我不相信他的話。做兒子時，以將來的好父親自命，待到自己有了兒子的時候，先前的宣言早已忘得一乾二淨了。況且我自以為也不算怎麼壞的父親，雖然有時也要罵，甚至於打，其實是愛他的。所以他健康，活潑，頑皮，毫沒有被壓迫得瘟頭瘟腦。如果真的是一個「什麼爸爸」，他還敢當面發這樣反動的宣言麼？

但那健康和活潑，有時卻也使他吃虧，九一八事件後，就被同胞誤認為日本孩子，罵了好幾回，還挨過一次打——自然是並不重的。這裡還要加一句說的聽的，都不十分舒服的話：近一年多以來，這樣的事情可是一次也沒有了。

中國和日本的小孩子，穿的如果都是洋服，普通實在是很難分辨的。但我們這裡的有些人，卻有一種錯誤的速斷法：溫文爾雅，不大言笑，不大動彈的，是中國孩子；健壯活潑，不怕生人，大叫大跳的，是日本孩子。

然而奇怪，我曾在日本的照相館裡給他照過一張相，滿臉頑皮，也真像日本孩子；後來又在中國的照相館裡照了一張相，相類的衣服，然而面貌很拘謹，馴良，是一個道地的中國孩子了。

為了這事，我曾經想了一想。

這不同的大原因，是在照相師的。他所指示的站或坐的姿勢，兩國的照相師先就不相同，站定之後，他就瞪了眼睛，覗機攝取他以為最好的一剎那的相貌。孩子被擺在照相機的鏡頭之下，表情是總在變化的，時而活潑，時而頑皮，時而馴良，時而拘謹，時而煩厭，時而疑懼，時而無畏，時而疲勞……。照住了馴良和拘謹的一剎那的，是中國孩子相；照住了活潑或頑皮的一剎那的，就好像日本孩子相。

馴良之類並不是惡德。但發展開去，對一切事無不馴良，卻決不是美德，也許簡直倒是沒出息。「爸爸」和前輩的話，固然也要聽的，但也須說得有道理。假使有一個孩子，自以為事事都不如人，鞠躬倒退；或者滿臉笑容，實際上卻總是陰謀暗箭，我實在寧可聽到當面罵我「什麼東西」的爽快，而且希望他自己是一個東西。

但中國一般的趨勢，卻只在向馴良之類——「靜」的一方面發展，低眉順眼，唯唯諾諾，才算一個好孩子，名之曰「有趣」。活潑，健康，頑強，挺胸仰面……凡是屬於「動」的，那就未免有人搖頭了，甚至於稱之為「洋氣」。又因為多年受著侵略，就和這「洋氣」為仇；更進一步，則故意和這「洋氣」反一調：他們活動，我偏靜坐；他們講科學，我偏扶乩；他們穿短衣，我偏著長衫；他們重衛生，我偏吃蒼蠅；他們壯健，我偏生病……這才是保存中國固有文化，這才是愛國，這才不是奴隸性。

其實，由我看來，所謂「洋氣」之中，有不少是優點，也是中國人性質中所本有的，但因了歷朝的壓抑，已經萎縮了下去，現在就連自己也莫名其妙，統統送給洋人了。這是必須拿它回來——恢復過來的——自然還得加一番慎重的選擇。

即使並非中國所固有的罷，只要是優點，我們也應該學習。即使那老師是我們的仇敵罷，我們也應該向他學習。我在這裡要提出現在大家所不高興說的日本來，他的會摹仿，少創造，是為中國的許多論者所鄙薄的，但是，只要看看他們的出版物和工業品，早非中國所及，就知道「會摹仿」決不是劣點，我們正應該學習這「會摹仿」的。「會摹仿」又加以有創造，不是更好麼？否則，只不過是一個「恨恨而死」而已。

我在這裡還要附加一句像是多餘的聲明：我相信自己的主張，決不是「受了帝國主義者的指使」，要誘中國人做奴才；而滿口愛國，滿身國粹，也於實際上的做奴才並無妨礙。

八月七日

運命

有一天，我坐在內山書店[1]裡閒談——我是常到內山書店去閒談的，我的可憐的敵對的「文學家」，還曾經借此竭力給我一個「漢奸」的稱號，可惜現在他們又不堅持了——才知道日本的丙午年生，今年二十九歲的女性，是一群十分不幸的人。大家相信丙午年生的女人要剋夫，即使再嫁，也還要剋，而且可以多至五六個，所以想結婚是很困難的。這自然是一種迷信，但日本社會上的迷信也還是真不少。

我問：可有方法解除這夙命呢？回答是：沒有。

接著我就想到了中國。

許多外國的中國研究家，都說中國人是定命論者，命中注定，無可奈何；就是中國的論者，現在也有些人這樣說。但據我所知道，中國女性就沒有這樣無法解除的命運。「命凶」或「命硬」，是有的，但總有法子想，就是所謂「禳解」；或者和不怕相剋的命的男子結婚，制住她的「凶」或「硬」。假如有一種命，說是要連剋五六個丈夫的罷，那就早有道士之類出場，自稱知道妙法，用桃木刻成五六個男

1. 日本人內山完造於上海開設，主要販售日文書籍的書店。

人，畫上符咒，和這命的女人一同行「結儷之禮」後，燒掉或埋掉，於是真來訂婚的丈夫，就算是第七個，毫無危險了。

中國人的確相信運命，但這運命是有方法轉移的。所謂「沒有法子」，有時也就是一種另想道路——轉移運命的方法。等到確信這是「運命」，真真「沒有法子」的時候，那是在事實上已經十足碰壁，或者恰要滅亡之際了。運命並不是中國人的事前的指導，乃是事後的一種不費心思的解釋。

中國人自然有迷信，也有「信」，但好像很少「堅信」。我們先前最尊皇帝，但一面想玩弄他，也尊后妃，但一面又有些想吊她的膀子；畏神明，而又燒紙錢作賄賂，佩服豪傑，卻不肯為他作犧牲。崇孔的名儒，一面拜佛，信甲的戰士，明天信丁。宗教戰爭是向來沒有的，從北魏到唐末的佛道二教的此仆彼起，是只靠幾個人在皇帝耳朵邊的甘言蜜語。風水，符咒，拜禱……偌大的「運命」，只要花一批錢或磕幾個頭，就改換得和注定的一筆大不相同了——就是並不注定。

我們的先哲，也有知道「定命」有這麼的不定，是不足以定人心的，於是他說，這用種種方法之後所得的結果，就是真的「定命」，而且連必須用種種方法，也是命中注定的。但看起一般的人們來，卻似乎並不這樣想。

人而沒有「堅信」，狐狐疑疑，也許並不是好事情，因為這也就是所謂「無特操」。但我以為信運命的中國人而又相信運命可以轉移，卻是值得樂觀的。不過現在為止，是在用迷信來轉移別的迷信，所以歸根結蒂，並無不同，以後倘能用正當的道理和實行——科學來替換了這迷信，那麼，定命論的思想，也就和中國人離開了。

假如真有這一日，則和尚，道士，巫師，星相家，風水先生……的寶座，就都讓給了科學家，我們也不必整年的見神見鬼了。

十月二十三日

「京派」和「海派」

去年春天，京派大師曾經大大的奚落了一頓海派小丑，海派小丑也曾經小小的回敬了幾手[1]，但不多久，就完了。文灘上的風波，總是容易起，容易完，倘使不容易完，也真的不便當。我也曾經略略的趕了一下熱鬧，在許多唇槍舌劍中，以為那時我發表的所說，倒也不算怎麼分析錯了的。其中有這樣的一段——

「……北京是明清的帝都，上海乃各國之租界，帝都多官，租界多商，所以文人之在京者近官，沒海者近商，近官者在使官得名，近商者在使商獲利，而自己亦賴以糊口。要而言之：不過『京派』是官的幫閒，『海派』則是商的幫忙而已。……而官之鄙商，固亦中國舊習，就更使『海派』在『京派』眼中跌落了。……」

但到得今年春末，不過一整年帶點零，就使我省悟了先前所說的並不圓滿。目前的事實，是證明著京派已經自己貶損，或是把海派在自己眼睛裡抬高，不但現身說法，演述了派別並不專與地域相關，而且實踐了「因為愛他，所以恨他」的妙語。當初的京海之爭，看作「龍虎鬥」固然是錯誤，就是認為有一條官商之界也不免欠

1. 1933年10月18日天津《大公報·文藝副刊》發表了沈從文的《文學者的態度》一文中，譏笑了上海的作家。12月1日蘇汶在上海《現代》的四卷第二期發表《文人在上海》加以反駁。沈從文又發表《論「海派」》等文。此後多方文人於報刊上展開了所謂「京派」與「海派」的爭論。

明白。因為現在已經清清楚楚，到底搬出一碗不過黃鱔田雞，炒在一起的蘇式菜——「京海雜燴」來了。

實例，自然是瑣屑的，而且自然也不會有重大的例子。舉一點罷。一，是選印明人小品的大權，分給海派來了；以前上海固然也有選印明人小品的人，但也可以說是冒牌的，這回卻有了真正老京派的題簽，所以的確是正統的衣缽。二，是有些新出的刊物，真正老京派打頭，真正小海派煞尾了；以前固然也有京派開路的期刊，但那是半京半海派所主持的東西，和純粹海派自說是自掏腰包來辦的出產品頗有區別的。要而言之：今兒和前兒已不一樣，京海兩派中的一路，做成一碗了。

到這裡要附帶一點聲明：我是故意不舉出那新出刊物的名目來的。先前，曾經有人用過「某」字，什麼緣故我不知道。但後來該刊的一個作者在該刊上說，他有一位「熟悉商情」的朋友，以為這是因為不替它來作廣告。這真是聰明的好朋友，不愧為「熟悉商情」。由此啟發，仔細一想，他的話實在千真萬確：被稱讚固然可以代廣告，被罵也可以代廣告，張揚了榮是廣告，張揚了辱又何嘗非廣告。例如罷，甲乙決鬥，甲贏，乙死了，人們固然要看殺人的兇手，但也一樣的要看那不中用的死屍，如果用蘆席圍起來，兩個銅板看一下，準可以發一點小財的。我這回的不說出這刊物的名目來，主意卻正在不替它作廣告，我有時很不講陰德，簡直要妨礙別人的借死屍斂錢。然而，請老實的看官不要立刻責備我刻薄。他們哪裡肯放過這機會，他們自己會敲了鑼來承認的。

聲明太長了一點了。言歸正傳。我要說的是直到現在，由事實證明，我才明白了去年京派的奚落海派，原來根柢上並不是奚落，倒是路遠迢迢的送來的秋波。

文豪，究竟是有真實本領的，法郎士做過一本《泰綺思》，中國已有兩種譯本了，其中就透露著這樣的消息。他說有一個高僧在沙漠中修行，忽然想到亞歷山大府的名妓泰綺思，是一個貽害世道人心的人物，他要感化她出家，救她本身，救被惑的青年們，也給自己積無量功德。事情還算順手，泰綺思竟出家了，他恨恨的毀壞了她在俗時候的衣飾。但是，奇怪得很，這位高僧回到自己的獨房裡繼續修行時，卻再也靜不下來了，見妖怪，見裸體的女人。他急遁，遠行，然而仍然沒有效。他自己是知道因為其實愛上了泰綺思，所以神魂顛倒了的，但一群愚民，卻還是硬要當他聖僧，到處跟著他祈求，拜，拜得他「啞子吃黃連」——有苦說不出。他終於決計自白，跑回泰綺思那裡去，叫道「我愛你！」然而泰綺思這時已經離死期不遠，自說看見了天國，不久就斷氣了。

不過京海之爭的目前的結局，卻和這一本書的不同，上海的泰綺思並沒有死，她也張開兩條臂膊，叫道「來嚧！」於是──團圓了。

《泰綺思》的構想，很多是應用弗洛伊特的精神分析學說的，倘有嚴正的批評家，以為算不得「究竟是有真實本領」，我也不想來爭辯。但我覺得自己卻真如那本書裡所寫的愚民一樣，在沒有聽到「我愛你」和「來嚧」之前，總以為奚落單是奚落，鄙薄單是鄙薄，連現在已經出了氣的弗洛伊特學說也想不到。

到這裡又要附帶一點聲明：我舉出《泰綺思》來，不過取其事蹟，並非處心積慮，要用妓女來比海派的文人。這種小說中的人物，是不妨隨意改換的，即改作隱士，俠客，高人，公主，大少，小老闆之類，都無不可。況且泰綺思其實也何可厚非。她在俗時是潑剌的活，出家後就刻苦的修，比起我們的有些所謂「文人」，剛到中年，就自歎道「我是心灰意懶了」的死樣活氣來，實在更其像人樣。我也可以自白一句：我寧可向潑剌的妓女立正，卻不願意和死樣活氣的文人打棚[2]。

至於為什麼去年北京送秋波，今年上海叫「來」了呢？說起來，可又是事前的推測，對不對很難定了。我想：也許是因為幫閒幫忙，近來都有些「不景氣」，所以只好兩界合辦，把斷磚，舊襪，皮袍，洋服，巧克力，梅什兒……之類，湊在一

2. 上海方言，開玩笑的意思。

處，重行開張，算是新公司，想借此來新一下主顧們的耳目罷。

四月十四日

魯迅文選

作　　者　魯迅

發 行 人　林敬彬
主　　編　楊安瑜
編　　輯　吳培禎
封面設計　陳膺正
編輯協力　陳于雯、林裕強

出　　版　大旗出版社
發　　行　大都會文化事業有限公司
11051台北市信義區基隆路一段432號4樓之9
讀者服務專線：(02)27235216
讀者服務傳真：(02)27235220
電子郵件信箱：metro@ms21.hinet.net
網　　　址：www.metrobook.com.tw

郵政劃撥　14050529 大都會文化事業有限公司
出版日期　2020年04月初版一刷
定　　價　380元
I S B N　978-986-98603-6-9
書　　號　B200401

First published in Taiwan in 2020 by Banner Publishing,
a division of Metropolitan Culture Enterprise Co., Ltd.

4F-9, Double Hero Bldg., 432, Keelung Rd., Sec. 1,Taipei 11051, Taiwan
Tel: +886-2-2723-5216　　Fax: +886-2-2723-5220
Web-site:www.metrobook.com.tw
E-mail:metro@ms21.hinet.net

國家圖書館出版品預行編目（CIP）資料

魯迅選文/魯迅著. -- 初版. -- 臺北市：大旗出版：大都會文化發行，2020.04
432面； 14.8×21公分

ISBN 978-986-98603-6-9 (平裝)

1. 現代文學創作 2. 魯迅

848.2　　109003633